W0025964

Anna Gavalda, 1970 in der Nähe von Paris geboren, ist eine der erfolgreichsten französischen Schriftstellerinnen der Gegenwart. Die Verfilmung ihres Bestsellerromans »Zusammen ist man weniger allein« erreichte ein großes Publikum in ganz Europa, allein im Taschenbuch verkaufte er sich über zwei Millionen Mal. Anna Gavalda lebt mit ihren zwei Kindern bei Paris.

Im Fischer Taschenbuch Verlag liegen außerdem vor: »Ich wünsche mir, dass irgendwo jemand auf mich wartet«, »Ich habe sie geliebt«, »Zusammen ist man weniger allein«, »Alles Glück kommt nie«, »Ein geschenkter Tag« und »Nur wer fällt, lernt fliegen«.

Weitere Informationen finden Sie auf www.fischerverlage.de

ANNA GAVALDA

Ab morgen wird alles *anders*

Erzählungen

Aus dem Französischen
von Ina Kronenberger

FISCHER Taschenbuch

Erschienen bei FISCHER Taschenbuch
Frankfurt am Main, August 2018

Lizenzausgabe mit freundlicher Genehmigung
des Carl Hanser Hanser Verlag
Die Erzählungen »Mathilde« und »Yann« erschienen
unter dem Titel »La Vie en mieux«
bei Le Dilettante, Paris

Druck und Bindung: CPI books GmbH, Leck
Printed in Germany
ISBN 978-3-596-70199-5

Für Marianne

Ab morgen wird alles anders

Mein Hund wird sterben

Eines Tages schaffte er es nicht mehr allein in den Lkw. Er tat nicht mal so, als würde er es versuchen. Er setzte sich vors Trittbrett und wartete, bis ich kam. Heho, sagte ich zu ihm, auf, beweg dich ein bisschen, Junge, aber als ich seinen Blick sah, kam ich mir ziemlich dämlich vor. Ich hob ihn auf seinen Platz, und er legte sich hin, als wäre nichts gewesen, ich aber hab an dem Tag beim Losfahren den Motor abgewürgt.

Außer uns ist niemand im Wartezimmer. Wenn ich ihn so halte, ziemlich fest, aber ohne ihn zu sehr zu drücken, zieht es mir in der Schulter. Ich gehe mit ihm ans Fenster, um ihm die Aussicht zu zeigen, und selbst jetzt, in diesem Moment, kann ich sehen, dass er sich interessiert.

Dieses Waschweib …

Ich fahre ihm mit dem Kinn über den Kopf und sage ganz leise:

»Was mach ich nur ohne dich, du …? Was mach ich nur …«

Er schließt die Augen.

Bevor ich hierherkam, hab ich meinen Chef angerufen. Hab ihm gesagt, dass ich heute etwas später loskomme, aber dass ich das wieder reinhole. Wie immer. Das weiß er ja.

»Was ist los?«

»Ein kleines Problem, Monsieur Ricaut.«

»Hoffentlich nichts mit dem Motor?«

»Nein, mit meinem Hund.«

»Was hat er denn jetzt schon wieder, dein Köter? Steckt er in einer Hündin fest?«

»Das nicht, er hat ... Ich muss mit ihm zum Tierarzt, es geht aufs Ende zu.«

»Welches Ende?«

»Sein Lebensende. Und da sie nicht vor 9 Uhr aufmachen und bis ich alles hinter mir hab, komm ich zu spät zum Betriebshof. Darum ruf ich an.«

»O Scheiße, Mann. Das tut mir leid, Jeannot. Wir haben deinen Hund immer so gerngehabt. Was ist denn passiert?«

»Nichts ist passiert. Er wird alt.«

»Ach, Mann. Das wird bestimmt hart für dich. Wie lange hast du ihn jetzt schon mit auf deinen Fahrten?«

»Eine Ewigkeit.«

»Und was steht heute Morgen bei dir an?«

»Garonor.«

»Was genau? Eine Lieferung von Deret?«

»Ja.«

»Weißt du was, Jeannot? Ich geb dir den Tag frei. Wir kriegen das schon gebacken.«

»Ohne mich schafft ihr das nicht. Der Kleine hat frei, und Gérard muss zum Idiotentest.«

»Ach ja, du hast recht ... Aber wir kriegen das schon irgendwie geregelt. Sonst übernehm ich deine Tour. Dann roste ich auch nicht ein. Ist schon so lange her, ich weiß nicht mal, ob meine Arme noch bis zum Lenkrad reichen!«

»Sicher?«

»Na klar, mach dir keinen Kopf. Du hast heute frei.«

Letztes Jahr im September, als es Straßensperren gab und die Streiks richtig massiv wurden, haben sie mich beschimpft, weil ich nicht mitmachen wollte. Ob ich dem Chef in den Arsch kriechen will, wurde ich gefragt. Das weiß ich noch genau, Waldek hat das gesagt. An den Satz muss ich ganz oft denken. Aber ich wollte einfach nicht mitmachen. Ich wollte nicht, dass meine Frau in der Nacht allein ist, und wenn ich ehrlich bin, hab ich auch nicht mehr dran geglaubt. Es war mir egal. Ich hab ihnen gesagt, dass der alte Ricaut genauso beschissen dran ist wie wir alle und dass ich keine Lust hab, mich an den Mautstellen aufzubauen, während uns die Typen von Geogis oder Mory die Aufträge wegschnappen. Und außerdem, das sag ich ganz offen, hab ich vor dem Mann immer Respekt gehabt. Er war als Chef immer korrekt zu mir, und auch heute, wo mein Hund sterben wird, ist er korrekt.

Ich sage »mein Hund«, weil er keinen anderen Namen hat, sonst würd ich ihn anders nennen. Ich wollte mich nicht zu sehr an ihn binden, aber in dem Punkt hab ich voll danebengelegen, wie bei allem anderen auch.

Ich hab ihn in einer Nacht Mitte August aufgegabelt, als ich von Orléans zurückfuhr. Auf der Nationalstraße 20, kurz vor Étampes.

Ich wollte damals nicht länger leben. Ludovic war ein paar Monate zuvor gestorben, und wenn ich immer noch Material und lose Teile transportierte, dann, weil ich mir ausgerechnet hatte, dass ich noch acht Jahre bräuchte, bis meine Frau eine einigermaßen passable Rente bekäme.

Damals war das Führerhaus mein Kerker. Ich hatte mir sogar einen kleinen Kalender zugelegt, bei dem man die Tage einzeln abreißt, damit ich es immer vor Augen hatte: acht Jahre, sagte ich mir, acht Jahre.

Zweitausendneunhundertzwanzig Tage – und tschüss.

Ich hörte nicht mehr Radio, nahm niemanden mehr mit, ich hatte die Lust am Reden verloren, und wenn ich nach Hause kam, schaltete ich nur den Fernseher ein. Meine Frau war schon im Bett. Man muss dazusagen, dass sie damals jede Menge Tabletten schluckte.

Ich rauchte.

Ich rauchte drei Schachteln Gauloises am Tag und dachte an mein totes Kind.

Ich schlief fast nicht mehr. Gern hätte ich die Uhr zurückgedreht oder wenigstens angehalten. Um etwas anders zu machen. Damit seine Mutter weniger litt. Damit sie endlich ihre gottverdammten Besen und Putzlappen weglegte. Ich wollte in eine Zeit zurückkehren, in der sie noch von hier hätte verschwinden können. Ich presste die Zähne so fest aufeinander, dass mir ein Zahn abbrach, nur vom Grübeln.

Der Betriebsarzt, zu dem die Firma mich geschickt hatte, damit er mir Antidepressiva verschrieb (Ricaut hatte Angst, dass ich mit einem *seiner* Laster einen Unfall baute), sagte, während ich mich anzog:

»Hören Sie. Ich weiß nicht, was genau Sie umbringen wird. Ich weiß nicht, ob es die Trauer ist, die Zigaretten oder die Tatsache, dass Sie seit Monaten nicht mehr anständig essen, aber eins ist sicher, wenn Sie an Ihrem Zustand nichts ändern, dann, nun ja, dann versichere ich Ihnen, Monsieur Monati, dann versichere ich Ihnen, dass Sie nicht mehr sehr lange zu leben haben …«

Ich hatte nicht darauf geantwortet. Ich brauchte den Wisch für Dany, die Sekretärin, und da er sich selbst gern reden hörte, ließ ich ihn reden, dann ging ich. Ich kaufte die Medikamente, damit die Krankenkasse und die Versicherung zufrieden waren, und warf die Schachteln in den Müll.

Ich wollte sie nicht nehmen, und bei meiner Frau hatte ich die Befürchtung, sie würde sich damit umbringen.

Es gab sowieso keine Hoffnung mehr. Und von Ärzten hatte ich die Nase voll. Ich konnte sie nicht mehr sehen.

Die Tür geht auf. Wir sind dran. Ich will meinen Hund einschläfern lassen, sage ich. Der Tierarzt fragt, ob ich dabeibleiben will, und ich sage ja. Er verlässt den Raum. Kommt mit einer Spritze zurück, die mit einer rosa Flüssigkeit gefüllt ist. Erklärt mir, dass das Tier nicht leiden wird, dem Hund wird es vorkommen, als würde er einschlafen und ... Lass gut sein, Alter, würde ich am liebsten zu ihm sagen, lass gut sein. Mein kleiner Sohn ist auch schon vor mir gestorben, darum, weißt du, lass gut sein.

Ich selbst fing an zu rauchen wie ein Schlot, und meine Frau hörte nicht mehr auf zu putzen. Von morgens bis abends, von einem Montag bis zum nächsten hatte sie nichts anderes im Kopf als den Haushalt.

Es fing an, als wir vom Friedhof kamen. Wir hatten Verwandte da, Cousins von ihrer Seite, die von Poitou gekommen waren, und als sie den letzten Bissen runtergeschluckt hatten, hat sie alle rausgescheucht und noch von hinten nachgeschoben. Ich glaubte, sie wollte endlich ihre Ruhe haben, aber von wegen, sie zog ihr Kleid aus und schlüpfte in ihre Schürze.

Seitdem hat sie sie nicht mehr abgelegt.

Anfangs dachte ich: Das ist normal, sie muss sich beschäftigen. Ich werde schweigsam, und sie ackert wie blöd. Jeder geht mit seinem Schmerz so um, wie er kann. Das geht vorbei.

Aber ich hatte mich geirrt. Heute kann man bei uns vom Fußboden essen, wenn man will. Vom Fußboden, von den

Wänden, vom Fußabtreter, von den Treppenstufen und sogar von den Klos. Gefahrlos. Alles ist mit Javelwasser getränkt. Ich habe meinen Teller noch nicht fertig ausgetunkt, da hält sie ihn schon unter den Wasserhahn, und wenn ich versehentlich mein Messer auf den Tisch lege, kann ich sehen, wie sie sich beherrscht, um nicht loszuschimpfen. Ich ziehe immer die Schuhe aus, bevor ich das Haus betrete, und dann kann ich hören, wie sie meine Treter gegeneinanderschlägt, sobald ich ihnen den Rücken gekehrt habe.

Als sie eines Abends auf dem Boden kniete, um die Fugen zwischen den Fliesen zu schrubben, bin ich ausgerastet:

»Jetzt hör damit auf, mein Gott! Hör auf, Nadine! Hör auf! Du treibst mich noch in den Wahnsinn!«

Sie hat mich wortlos angeschaut und dann weitergeschrubbt.

Ich hab ihr den Schwamm aus der Hand gerissen und ihn in die Ecke gepfeffert.

»Hör auf, sage ich.«

Ich hätte sie umbringen können.

Sie ist aufgestanden, hat ihren Schwamm geholt und weitergemacht.

Von dem Tag an schlief ich im Keller, und als ich den Hund mitbrachte, ließ ich ihr nicht die Zeit, etwas dazu zu sagen:

»Er wohnt bei mir im Keller und setzt keinen Fuß nach oben, du kriegst ihn gar nicht zu Gesicht. Ich nehme ihn mit zur Arbeit.«

Oft, bestimmt tausend Mal, hätte ich sie am liebsten gepackt und in die Arme geschlossen oder hätte sie wie einen Zwetschgenbaum geschüttelt und angefleht. Sie angefleht, damit aufzuhören. Hätte ihr gesagt, dass es mich auch noch gibt und dass ich genauso untröstlich bin wie sie. Aber das war nicht möglich. Immer war uns ein Staubsauger oder ein Korb mit dreckiger Wäsche im Weg.

Manchmal hatte ich keine Lust, zum Schlafen nach unten zu gehen. Manchmal blieb ich sitzen, trank zu viel und schlief vor dem Fernseher ein.

Wartete darauf, dass sie mich holen kam.

Aber sie kam nie, und ich fand mich damit ab. Ich legte die Kissen wieder ordentlich hin und kehrte in den Keller zurück, dabei wäre ich fast die Treppe runtergefallen.

Als alles so sauber war, dass sie nicht den Hauch eines Staubkorns mehr aufspüren konnte, zog sie los, kaufte einen Kärcher und fing an, die Außenwände und alle Mauern abzuspritzen. Ein Nachbar im Haus warnte sie davor, dass sie dabei den Putz ruinieren würde, vergeblich, sie ließ sich nicht davon abbringen.

Sonntags lässt sie das Haus in Ruhe. Sonntags nimmt sie ihre Putzlappen und den ganzen Krempel und geht auf den Friedhof.

Sie war nicht immer so. Ich hatte mich in sie verliebt, weil sie mich fröhlich machte. Mein Vater hat immer gesagt: *O Nanni, tua moglie è un usignolo.* Deine Frau ist ein Singvögelchen.

Als wir ganz frisch zusammen waren, das können Sie mir glauben, da hat der Haushalt sie nicht wirklich beschäftigt.

Wahrlich nicht.

Ich fuhr viel zu schnell an dem Tag, als ich meinen Hund das erste Mal sah. Man muss dazusagen, dass die Kontrollsysteme damals noch nicht so ausgefeilt waren wie heute. Und außerdem gab es weniger Radarfallen. Und außerdem war mir das alles egal … Ich fuhr einen Scania 360. Einen unserer letzten, das weiß ich noch. Es dürfte gegen zwei

Uhr nachts gewesen sein, und ich war so müde, dass ich das Radio plärren ließ, um mich wach zu halten.

Zuerst hab ich nur die Augen gesehen. Zwei gelbe Punkte im Scheinwerferlicht. Er lief über die Straße, und ich bin mächtig ausgeschert, um ihm auszuweichen. Ich hatte eine Stinkwut. Auf ihn, weil er mir einen Schreck eingejagt hatte, aber auch auf mich, weil ich wie ein Berserker über die Straße heizte. Erstens wollte ich nicht so schnell fahren, zweitens war es ein Wunder, dass der Seitenstreifen frei war, ich hätte sonst alles niedergemäht. Ich hatte ganz schön Schiss bekommen. Ich fuhr noch ein paar hundert Meter weiter und fluchte wie ein Rohrspatz, dann fragte ich mich, was er wohl hier machte, der Hund, um zwei Uhr nachts auf einer Nationalstraße mitten im August.

Noch einer, der nie das Meer zu sehen bekäme …

Armselige Hunde hatte ich zuhauf gesehen, seit ich Lkw fuhr. Lebende und tote, angebundene und verlorene, welche, die kläfften, und welche, die hinter den Autos herrannten, aber ich hatte bisher nie angehalten. Warum dann bei ihm?

Ich weiß es nicht.

Bis ich mich entschlossen hatte, war ich schon weit weg. Ich bin noch ein Stück weitergefahren auf der Suche nach einer Stelle, an der ich wenden könnte, aber weil es nicht ging, hab ich die dümmste und gefährlichste Entscheidung meiner ganzen Laufbahn als Berufsfahrer getroffen: Ich hab die Kiste stehen lassen. Mitten auf der Straße. Hab den Warnblinker eingeschaltet und mich auf die Suche nach dem Tier gemacht.

Der Tod kann doch nicht immer gewinnen.

Es war das erste Mal, seit mein Junge tot war, dass ich mir wieder etwas in den Kopf setzte. Das erste Mal, dass ich eine Entscheidung fällte, die mich selbst betraf. Ich war selbst nicht sehr überzeugt davon.

Ich lief lange durch die Dunkelheit, hinter der Leitplanke entlang, wo es eine gab, durch Gras und all den Mist, den die Leute wegwerfen. Plastikverpackungen, die Pissflaschen meiner Kollegen, die zu faul oder zu spät dran waren, um fünf Minuten zu halten, leere Dosen und Zigarettenschachteln. Ich sah den Mond durch die Wolken schimmern und hörte die Schreie der Raubvögel oder was immer es war in der Ferne. Ich trug nur ein kurzärmeliges Hemd und begann zu frieren. Ich sagte mir: Wenn er noch da ist, nehm ich ihn mit, aber wenn ich ihn von der Straße aus nicht sehe, geb ich auf. Dass der Brummi weiter hinten mitten auf der Straße stand, war nicht gut. Und als ich die Kurve erreichte, die uns beiden beinahe viel Ärger eingebracht hätte, sah ich ihn.

Er saß am Straßenrand und schaute in meine Richtung.

»So«, hab ich zu ihm gesagt, »kommst du?«

Er atmet schwer. Es ist klar, dass er leidet. Ich rede ihm gut zu und streichle den weißen Strich zwischen seinen Augen. Noch bevor die Nadel herausgezogen wird, spüre ich, wie sein Kopf schwer wird, mir über den Arm rollt und sich seine trockene Schnauze in meine Hand schiebt. Der Tierarzt fragt mich, ob es mir lieber ist, wenn er verbrannt wird, oder ob ich ihn zur Tierkörperbeseitigung geben will. Ich nehme ihn mit, antworte ich.

»Aber aufgepasst, da gibt's ein paar Regeln zu beachten, wissen S...«

Ich hob die Hand. Er schwieg.

Ich hatte große Mühe, den Scheck auszufüllen. Die Zeilen tanzten vor meinen Augen, und ich wusste nicht mehr, welcher Tag heute war.

Ich hüllte ihn in meine Jacke und legte ihn auf die Decke an seinem angestammten Platz.

Meine Frau und ich hatten uns ein zweites Kind gewünscht, damit der Kleine nicht allein blieb, aber es hat nicht geklappt.

Wir konnten uns noch so sehr anstrengen, wir konnten noch so sehr versuchen, darüber zu lachen, ins Restaurant gehen, etwas trinken, die Tage zählen, uns Spielchen ausdenken und so, jeden Monat bekam sie ihre Bauchschmerzen, und jeden Monat sah ich, wie sie etwas mehr den Glauben an uns verlor. Ihre Schwester riet ihr, zum Arzt zu gehen und sich behandeln zu lassen, aber ich war dagegen. Ich erinnerte sie an das, was sie auch selber wusste, dass der Kleine ganz ohne Hilfe von außen gekommen war und dass sie sich nicht mit unzähligen Hormonen und Spritzen die Gesundheit zu ruinieren brauchte.

Heute, nach allem, was man über Atomkatastrophen, Genmais, Rinderwahnsinn und den ganzen Mist weiß, der auf unseren Tellern landet, tut es mir leid, dass ich das zu ihr gesagt habe, es tut mir leid. Ihr Organismus hätte auch nicht mehr gelitten als jeder andere …

Wie auch immer, bevor wir uns dazu entschlossen hatten, bekam Ludovic seinen ersten Anfall, und von dem Tag an haben wir nicht mehr an ein zweites Kind gedacht.

Von dem Tag an haben wir keine Pläne mehr gemacht.

Er war noch keine zwei, als er anfing zu husten. Tagsüber, nachts, im Stehen, im Sitzen, im Liegen oder vor seinen Zeichentrickfilmen, er hustete. Er hustete so, dass er fast erstickte.

Seine Mutter wurde ganz leise: Sie horchte. Tat nichts

anderes mehr. Wie ein Tier. Spitzte nur noch die Ohren, horchte auf seinen Atem und fletschte die Zähne.

Mit ihrem Kind unterm Arm rannte sie von Wartezimmer zu Wartezimmer. Sie nahm sich tagelang frei. Fuhr nach Paris. Irrte durch die Metro. Investierte ihre ganzen Ersparnisse in Taxifahrten und suchte eine Reihe von Spezialisten auf, die sie immer länger warten ließen und immer teurer wurden.

Doch das Schlimmste war, dass sie sich jedes Mal herausputzte. Für den Fall, dass sie den treffen würde, der ihr kleines Kerlchen retten könnte …

Er war ein Kind, das häufig in der Schule fehlte. Aber auch sie blechte dafür. Sie verdiente gut, sie war bei der Arbeit hoch angesehen und verstand sich bestens mit ihren Kollegen, aber nach einiger Zeit haben sie sie trotzdem vorgeladen.

Sie haben sie einbestellt und ließen sie einen Aufhebungsvertrag unterschreiben.

Sie sei erleichtert, sagte sie, aber an diesem Abend aß sie nichts. Es sei ungerecht, sagte sie immer wieder, das Ganze sei ungerecht.

Sie hat nach Auslösern für die Allergie gesucht. Hat den Teppich ausgetauscht, seine Bettwäsche, die Vorhänge, hat ihm seine Kuscheltiere weggenommen, ihn von Spielplätzen und Rutschen ferngehalten, von kleinen Spielkameraden, sie hat ihm verboten, Tiere zu streicheln, Milch zu trinken, Nüsse zu knacken, alles, was Kinder lieben.

Sie verdarb ihm den Spaß. Verdarb ihm den Spaß, um ihn zu retten. Tagsüber passte sie auf ihn auf, nachts horchte sie auf seinen Atem.

Das Asthma.

Ich weiß noch, einen Abend im Badezimmer … Ich putzte mir die Zähne, während sie sich abschminkte.

»Sieh mal, die ganzen Falten«, stöhnte sie, »die weißen Haare ... man kann zusehen, wie ich altere ... Von einer Nacht auf die andere werde ich älter, schneller als alle anderen Frauen in meinem Alter ... Ich bin so kaputt ... So wahnsinnig kaputt ...«

Ich hab nichts darauf gesagt, wegen der Zahnpasta. Hab nur die Schultern gezuckt, wie um zu sagen: Blödsinn. Weibergeschwätz. Du bist schön. Dabei stimmte es: Sie hatte abgenommen, ihr Gesicht hatte sich verändert, alles an ihr war kantiger geworden.

Wir schliefen seltener miteinander und ließen die Tür dabei offen.

Ich fahre durch die Gegend. Weiß nicht, wo ich meinen Hund begraben soll.

Diesen Rattenfänger, diesen Kläffer, diesen kleinen Bastard, der mich so lange am Leben gehalten und mir so nett Gesellschaft geleistet hat. Der Angst vor Gewittern hatte, der ein Kaninchen auf mehr als hundert Meter Entfernung riechen konnte, der auf den Autobahnraststätten die Mülleimer zerlegte, bevor er bei den Wohnwagen betteln ging, und der beim Schlafen immer seinen Kopf auf meinen Oberschenkel legte. Ja, dieser Frechdachs ... Keine Ahnung, wo ich hinsoll mit ihm ...

Ihm hab ich es zu verdanken, dass ich mehr oder weniger mit dem Rauchen aufgehört habe. Er fing nämlich ebenfalls an zu niesen, der Lausebengel. Ich weiß genau, dass er mich veräppelt hat, weil er oft nicht mal gewartet hat, bis ich sie angezündet hatte, um seine Show abzuziehen, aber okay ... das Niesen weckte unschöne Erinnerungen in mir, darum wartete ich lieber bis zur nächsten Pause ...

Ich brauchte mich nicht mehr über geschlossene Tabakläden aufzuregen, über Parkplatzprobleme, das viele Geld, was mich das kostete, passende Münzen und so weiter. Ich wurde dicker, und der Dieselgeruch an meinen Händen oder der Gestank der Rapsfelder, an denen ich vorbeifuhr, störten mich mehr als früher, aber die ganze Sache hat mir sehr gutgetan. Sehr, sehr gut … Sie war der Beweis, dass ich doch viel freier war als gedacht.

Damit hatte ich nicht gerechnet.

Ihm hab ich es zu verdanken, dass ich wieder angefangen hab zu reden, dass ich Bekanntschaften schloss. Ich hatte mir keine Vorstellung davon gemacht, wie viele meiner Kollegen Hunde hatten. Ich hab neue Wörter und neue Rassen kennengelernt, hab jede Menge Schwachsinn von mir gegeben und in Pamplona und Den Haag das Trockenfutter geteilt. Ich hab mit Typen sympathisiert, von deren Sprache ich kein Wort verstand, die ich nur mit Hilfe ihrer Nummernschilder zuordnen konnte, die aber ganz ähnlich waren wie ich. Die weniger allein waren, als es den Anschein hatte.

Die anderen haben ihren Laster, ihre Ladung, ihren Plan und ihren Stress. Das haben wir auch, und dazu noch einen Hund.

Auch er hat Bekanntschaften geschlossen. Ich hab sogar ein Foto von einem seiner Jungen im Handschuhfach. Der ist in Rumänien. Der Kollege und ich waren uns sicher, dass wir uns erkennen würden, wenn wir die beiden zufällig am selben Ort zum Pinkeln schicken würden, aber dazu ist es nie gekommen. Tja …

Ihm hab ich es zu verdanken, dass ich Bernard kennengelernt hab, er hat einen Sohn im selben Alter verloren wie wir. Ihn hat zu allem Überfluss noch seine Frau sitzenlassen. Er hat zweimal versucht, sich das Leben zu nehmen, am Ende hat er wieder geheiratet. Was in etwa aufs selbe rauskommt, sagt er, nur dass er so mehr Scherereien hat.

Wenn wir uns nachts über Funk finden, reden wir. Wobei – eigentlich redet er. Er ist ziemlich gesprächig. Er kann unglaublich witzig sein ... Außerdem kommt er aus Béarn. Hat einen netten Akzent. Wir unterhalten uns, und alles, was er mir erzählt hat, hält mich anschließend noch lange wach.

Nanar64.

Ein Freund.

Meinem Hund hab ich es zu verdanken, dass ich wieder den Mund aufkriege und wieder Spaß am Unterwegssein hab. Dank der obligatorischen Pinkelpausen hab ich sogar hier und da Orte gefunden, an denen es sich gut leben ließe.

Ihm, den man ausgesetzt hatte und der in unserer ersten Nacht tapfer auf mich wartete, der keine Sekunde daran zweifelte, dass ich wieder aufkreuzen und ihn mitnehmen würde, und der von da an auf mich zählte, ihm hab ich es zu verdanken, dass es mir besserging.

Ich sage nicht, dass ich glücklich war, es ging mir nur besser.

So etwas oder so jemand hat meiner Frau gefehlt.

Ich fahre immer noch durch die Gegend. Ich muss eine schöne Stelle finden.

In der Sonne. Und mit Ausblick.

Ich weiß nicht, ob die Erinnerung zu den guten oder zu den schlechten zählt ... Ludovic muss elf oder zwölf gewesen sein ... Dürr und kreideweiß hing er ständig am Rockzipfel seiner Mutter, flennte bei der geringsten Anstrengung, fehlte ständig in der Schule, war vom Sportunterricht befreit, saß stundenlang vor seinen Zeichentrickfilmen und Videospielen ... kein richtiger Junge halt ...

An einem Abend, der anders war als sonst, bin ich explodiert.

Ich hab meine Frau am Handgelenk gepackt und sie gezwungen, sich zu dem leidenden Kind umzudrehen:

»Das kann nicht sein, Nadine! Das kann echt nicht sein! Er wird doch nicht bis zu unserem Tod so sitzen bleiben? Aus ihm muss doch ein Mann werden, zum Donnerwetter! Ich verlange ja nicht, dass er Marathon läuft, aber trotzdem! Er wird doch nicht bis an sein Lebensende diesen Schwachsinn lesen und auf seinem Computer irgendwelche Männchen töten, Scheiße, Mann!«

Meine Frau geriet in Panik, und der Kleine stand auf und legte seinen Joystick weg.

»Mensch, Ludo, ich sag das nicht, um dich runterzumachen, aber in deinem Alter muss man raus an die frische Luft! Man muss seine Alten auf die Palme bringen! An einem Mofa rumschrauben und den Mädchen hinterherschauen! Keine Ahnung, ich … aber hier lernst du nichts über das wahre Leben. Schalt das Ding aus, Junge. Zieh den Stecker …«

»Ich schaue den Mädchen hinterher«, sagte er lächelnd.

»Aber hinterherschauen allein reicht nicht, verdammt! Man muss auch mit ihnen reden!«

»Reg dich nicht auf, Jean«, flehte meine Frau mich an, »reg dich nicht auf.«

»Ich reg mich nicht auf.«

»Doch, du regst dich auf. Du hörst jetzt sofort damit auf, sonst kriegt er noch einen Anfall.«

»Einen Anfall? So ein Blödsinn! Spuck ich etwa Haare?«

»Hör auf … Es ist der Stress, das weißt du genau …«

»Hör mir auf mit Stress! *Du* bist doch schuld daran, dass er so geworden ist, indem du ihn so verhätschelst! *Du* hältst ihn doch davon ab, gesund zu werden!«

Seine Mutter fing an zu heulen.

Sie hatte dicht am Wasser gebaut.

In der Nacht hustete er und nahm vier Mal sein Spray. Ich schlafe an der Außenwand, es war Zufall, dass ich es gehört habe.

Am nächsten Tag war Sonntag. Sie kam zu mir in den Schuppen:

»Am Mittwoch hat er einen Termin in der Kinderklinik. Diesen Monat gehst du mit ihm dahin. Bei der Gelegenheit kannst du Robestier fragen, wann er wieder Sport machen und in Cafés rumhängen darf, okay?«

»Am Mittwoch arbeite ich.«

»Nein«, widersprach sie mir, »du arbeitest nicht, dein Junge muss nämlich ins Krankenhaus, und du wirst ihn begleiten.«

Als ich ihren Blick sah, hab ich nichts mehr gesagt. Außerdem musste ich am Mittwoch nicht arbeiten. Es war der Beginn der Angelsaison, und mir war klar, dass sie das wusste.

Hm, die Stelle ist nicht schlecht ... Der Hügel da vorne ...

Mein Hund war nämlich gar kein Hund, er war eine Plaudertasche. Saß immer aufrecht da, die Pfoten auf dem Armaturenbrett, und schaute auf die Straße. Manchmal bellte er, ohne dass man wusste, warum. Irgendwas da vorn gefiel ihm nicht, und er regelte das von seinem Wachposten aus.

Was hat er mich genervt, wenn ich nur daran denke ...

Wie oft wurde ich gefragt: Haben Sie einen Kojoten mit für die Radarfallen? Na klar, hab ich geantwortet, der ist berüchtigt! Und mit Saugnapf ausgestattet!

Ein Hügel wäre demnach das mindeste.

Natürlich hab ich mich nicht getraut, was zu sagen. Die anderen Kinder im Wartezimmer hatten mich eingeschüchtert, und die ganzen Untersuchungen, die mein kleiner Ludo über sich ergehen lassen musste, noch mehr. Irgendwann hätt ich am liebsten gerufen: He, jetzt ist gut. Sie sehen doch, dass er nicht mehr kann. Wollen Sie ihn schikanieren, oder was? Am Ende haben sie ihn in eine Glaskabine gesetzt, und er musste in ein paar merkwürdige Schläuche pusten, bis er fast ohnmächtig wurde. So konnte man seinen Atem in einer Kurve auf dem Monitor verfolgen.

Wie sonst den Herzschlag.

Ich saß auf einem Hocker und hielt seine Jacke.

Während sie die Schläuche wechselten, hab ich versucht, ihn per Handzeichen anzufeuern. Es war zwar kein richtiger Wettkampf, aber trotzdem … er war ganz schön tapfer …

Anschließend musste er wieder machen, was sie von ihm verlangten, und ich starrte auf die vielen Monitore, um zu verstehen, worum es ging.

Auf der Suche nach einer Erklärung für das, was aus unserem Leben geworden war. Für all die durchwachten Nächte. Die panische Angst. Warum war mein Sohn der Kleinste in der Klasse, und warum liebte meine Frau mich nicht mehr so wie früher? He? Warum? Warum wir? Aber bei den vielen Zahlen, die in alle Richtungen zeigten, verstand ich nur Bahnhof.

Dann hab ich gemerkt, dass sie mit dem Doktor gesprochen haben musste, irgendwann drehte er sich nämlich zu mir um und sagte mit dem milden Lächeln eines Pfarrers:

»Nun, Monsieur Monati … Ich habe gehört, Sie sind ein wenig … (Er tat so, als suchte er nach dem richtigen Wort) ein wenig … *erzürnt* über das Verhalten Ihres Sohns im Alltag, nicht wahr?«

Ich druckste herum.

»Er ist Ihnen zu verweichlicht.«

»Wie bitte?«

»Zu lethargisch? Indifferent? Apathisch?«

Mir wurde heiß. Ich kapierte gar nichts mehr.

»Seine Mutter hat mit Ihnen gesprochen, stimmt's? Hören Sie, Doktor, ich weiß nicht, was sie Ihnen erzählt hat, aber ich, ich will einfach nur, dass mein Junge ein normales Leben führt. Ein normales Leben, verstehen Sie? Ich glaube nicht, dass sie ihm einen Gefallen tut, wenn sie ihm jeden Wunsch von den Augen abliest. Ich weiß schon, dass er nicht bei bester Gesundheit ist, aber ich frage mich, ob ihr Versuch, ihn abzuschotten, ihn wie in einem Brutschrank einzusperren, ob er dadurch nicht noch mehr geschwächt wird.«

»Ich verstehe, Monsieur Monati, ich verstehe ... Ich begreife sehr wohl, was Ihnen durch den Kopf geht, und doch kann ich Sie beim besten Willen nicht beruhigen. Was ich Ihnen hingegen vorschlagen kann, ist, sich einem kleinen Test zu unterziehen ... Sind Sie bereit?«

Er war schlimmer als ein Pfarrer, ein echtes Backpfeifengesicht.

Ludovic sah mich an.

»Na klar.«

Er bat mich, die Jacke auszuziehen. Erhob sich, holte eine Schere, die hinter seinem Computer lag, und schnitt ein breites Pflaster ab, das er mir auf den Mund klebte. Das gefiel mir gar nicht. Zum Glück hatte ich keinen Schnupfen. Dann ging er für längere Zeit aus dem Raum, und Ludo und ich saßen rum wie bestellt und nicht abgeholt.

»Mhmm ... Mhmm ...«, machte ich und watschelte wie ein Pinguin.

Er lachte. Wenn er so die Augen zusammenkniff, konnte

ich in ihm seine Mutter erkennen. Nadine, als sie noch jünger war. Dieselbe Ausgelassenheit. Derselbe spitze Mund.

Der Doktor kam mit einem gelben Strohhalm zurück, einem Strohhalm, wie Kinder ihn bekommen, wenn sie Pfefferminzsirup trinken. Mit einem Skalpell bohrte er ein winziges Loch in das Pflaster vor meinem Mund, dann schob er den Strohhalm durch und fragte, ob ich atmen könne. Ich nickte.

Danach stach er mit einer Spritze mehrmals in den Strohhalm. Fragender Blick zu mir. Alles bestens, keine Angst. Von mir aus konnte er sein bescheuertes Spielchen fortsetzen.

Anschließend verschloss er mir mit einer Klammer die Nase, jetzt fühlte ich mich schon weniger gut. Ich bekam leichte Panik.

Er wandte sich an den Kleinen:

»Wie heißt dein Vater?«

»Jean. Aber alle nennen ihn Jeannot.«

»Gut«, er drehte sich zu mir um: »Sind Sie bereit, Jeannot? Kommen Sie mit? Und natürlich ist es strengstens verboten, meine kleine Vorrichtung zu berühren. Ich kann mich doch auf Sie verlassen, nicht wahr?«

Ich parkte den Wagen, machte den Kofferraum auf, nahm meine Schaufel heraus und klemmte meinen toten Hund unter die Jacke.

Das Wetter war schön, ich zog den Reißverschluss hoch, und wir liefen los.

Wir folgten ihm in den Flur, und er bat uns, einen Augenblick zu warten. Lulu und ich schauten uns an, wir schüttelten den Kopf: Machte er jetzt einen auf Doktor Eisenbart, oder was? Das heißt, er schüttelte den Kopf, ich nicht.

Ich konnte nicht. Ich verdrehte nur die Augen, und das allein raubte mir fast den Atem, unglaublich. Danach hab ich mich keinen Millimeter mehr bewegt.

Robestier kam zurück. Er hatte seinen Kittel ausgezogen und hopste wie ein Kind, dabei bugsierte er mit dem Fuß einen alten Fußball vor sich her.

Dann rief er mir zu:

»Los, Jeannot! Ein kleiner Pass gefällig?«

Ich dachte nicht eine Sekunde daran, den verdammten Ball zu kicken. Nicht eine Sekunde.

Ich bewegte mich ein wenig, aber ich konnte mich nicht bücken. Der Strohhalm musste unbedingt in der Horizontalen bleiben. Ich durfte den Kopf nicht zu schnell bewegen und schon gar nicht von links nach rechts oder von oben nach unten, sonst bekam ich nicht genug Luft.

Dabei versuchte ich es.

»Auf, Jeannot! He, was ist los, Alter?«

Ich erkannte ihn nicht wieder. Er, der vorhin so unnahbar hinter seinem Schreibtisch gesessen hatte, duzte mich jetzt und hüpfte wie ein Zicklein herum.

»Ich verlange ja nicht, dass du ein Tor schießt, Mensch! Aber doch wenigstens einen kleinen Pass, verdammt!«

Der Strohhalm, den ich auf keinen Fall ausspucken wollte, der Luftmangel und der Ärger darüber, dass ich diesen vermaledeiten Ball nicht traf, sorgten dafür, dass ich die Kontrolle verlor. Ich versuchte, mich zu beruhigen, aber ich hatte das Gefühl zu krepieren.

»NEIN, MONSIEUR MONATI! NEIN!«

Doch das Einzige, was mir in den Sinn kam, um mir nicht das verfluchte Pflaster vom Mund zu reißen oder gar vor meinem Jungen das Gesicht zu verlieren, war, auf den Boden zu sinken. Mich zu einer Kugel zusammenzurollen und so lange wie möglich reglos liegen zu bleiben, die Stirn auf den Knien, die Hände über dem Kopf verschränkt, um mich vor der Welt zu schützen.

Kein Mensch sollte mich sehen. Kein Mensch sollte das Wort an mich richten. Kein Mensch sollte mich berühren. Ich wollte nur atmen können, langsam und in meinem Rhythmus, den leichten Lufthauch auf Höhe der Fußleisten einatmen.

Er hielt mir eine Hand hin und half mir hoch, während ich mich von dem ganzen Mist befreite.

»Sehen Sie, Monsieur Monati, was Sie gerade erlebt haben, das …«

Er zeigte auf die Maschine, auf den kleinen Bildschirm. Als Ludovic für sie sein Bestes gab, als er mit aller Kraft in die Schläuche blies, erschienen dort nur winzige, verlorene Tupfer in einem Schaubild, das viel zu groß für sie war.

Mir war nicht klar gewesen, dass es hier so steil bergauf ging. Ich nutzte meine Schaufel als Wanderstab und wiederholte einzelne Wörter: *Auf, Jeannot! Ein kleiner Pass gefällig? Nein, Monsieur Monati, nein!*

Am Abend war ich zu meinem Jungen ins Zimmer gegangen. Er lag schon in seinem Bett. Las in einer Zeitschrift. Ich zog den Stuhl unter seinem Schreibtisch zu mir heran.

»Alles klar?«

»Ja.«

»Was liest du da Schönes?«

Er zeigte mir die Vorderseite.

»Ist es spannend?«

»Ja.«

»Gut …«

Ich konnte sehen, dass er keine große Lust hatte, sich zu unterhalten. Dass er müde war und am liebsten in Ruhe sein Heft über die zehn Rätsel des Sonnensystems lesen wollte.

»Hast du dein Ventolin genommen?«

»Ja.«

»Na, dann … geht's dir gut?«

»Ja.«

»Ich … Ich geh dir auf die Nerven. Ich halte dich vom Lesen ab, stimmt's?«

Er sah mir in die Augen.

»Ja«, sagte er und lächelte breit, »ein bisschen.«

Ach … wenn ich daran zurückdenke … Was war er für ein lieber Junge … So lieb …

Als ich sein Zimmer verließ, konnte ich es nicht lassen zu sagen:

»Wie schaffst du das bloß?«

»Was?«

»Zu atmen.«

Er legte die Zeitschrift auf seinen Bauch und dachte nach, um mir die einzig richtige Antwort zu geben:

»Ich konzentriere mich.«

Ich wünschte ihm eine gute Nacht, und als ich die Tür schloss, hörte ich, wie er kicherte:

»Gute Nacht, Champion.«

Und weil er sich still und leise amüsierte, weil er über seinen alten Papa lachte, wäre er fast erstickt.

Die Stelle war perfekt. Ein kleiner Vorsprung über dem Tal Richtung Südsüdwest. Hier konnte er sich austoben, mein kleiner Kläffer.

Ich begann zu graben.

Ich überließ ihm meine Jacke. Packte zwei Stück Würfelzucker aus, die ich in einer Cafeteria mitgenommen hatte, und steckte sie in die Innentasche.

Als Wegzehrung.

Das Loch war schnell wieder verschlossen. Er war ja nicht sehr groß.

Ich setzte mich zu ihm und fühlte mich auf einmal allein.

Rauchte eine Zigarette. Dann eine zweite. Und noch eine dritte.

Anschließend stand ich mit Hilfe meiner Schaufel wieder auf.

Die Ärzte hatten uns immer wieder gesagt, dass Ludovic die Höhenluft guttäte. Dass wir ihn auf eine Schule in den Bergen schicken sollten, weit weg von zu Hause. Es fiel uns schwer, uns dazu durchzuringen. Vor allem meiner Frau.

Am Ende haben wir ihn in einer Art Sanatorium mit angeschlossenem Gymnasium in den Alpen angemeldet. Es ging völlig problemlos. Nadine meinte, sein Zeugnis hätte den Ausschlag gegeben, ich war eher der Meinung, sein ärztliches Attest, aber egal, er freute sich, wegzukommen.

Er war gerade fünfzehn geworden und in die zehnte Klasse gekommen, ein lieber Junge. Das sage ich nicht, weil es mein Junge war, sondern, weil es die Wahrheit ist. War er von seinem Wesen her so, oder hatte ihn die Krankheit so werden lassen? Ich weiß es nicht, aber ich sage es ein letztes Mal: Er war ein lieber Junge.

Zwar klein für sein Alter, aber im Herzen groß …

Es passierte wenige Tage vor Ostern. Wir erwarteten voller Ungeduld seine Heimkehr. Seine Mutter wusste nicht mehr, wohin mit sich, und ich hatte angefangen, Überstunden abzufeiern. Wir wollten mit ihm in den Freizeitpark Futuroscope, bevor wir zu seinen Cousins nach Parthenay fahren würden. Ich war zu Hause, als das Telefon klingelte.

Der Direktor des Gymnasiums teilte uns mit, dass unser Sohn, Monati, Ludovic, in der großen Pause einen Anfall erlitten hatte, dass sie sofort die Feuerwehr gerufen hätten, er aber auf dem Weg ins Krankenhaus erstickt sei.

Das Schlimmste war, hinzufahren und sein Zimmer auszuräumen. Wir mussten alles abholen und in Müllbeutel stecken: seine sauberen und seine dreckigen Klamotten, seine Modelle, seine Bücher, die Poster, die sie über sein Bett gehängt hatten, seine Hefte, seine Geheimnisse und seine vielen Medikamentenschachteln.

Nadine klagte nicht. Sie verlangte nur eins: den Direktor nicht sehen zu müssen. Es gab Details in dieser »traurigen Angelegenheit«, wie er es nannte, die sie ihm nicht abnahm. Ein fünfzehnjähriger Junge starb nicht einfach so auf dem Pausenhof ...

Vor dem Internat drehte sie sich zu mir um:

»Ich will nicht, dass du mir im Weg bist. Warte im Auto auf mich. Mir ist lieber, ich mach das allein.«

Sie brauchte es mir nicht noch einmal zu sagen, und doch hatte ich seit diesem Tag das Gefühl, ihr im Weg zu sein.

Der Verkehr ist zäh. Ich hatte nicht mit den Staus gerechnet. Ich bin es nicht gewöhnt, um diese Uhrzeit unterwegs zu sein. Ich bin es nicht gewöhnt, auf der Straße wie in einer Falle zu sitzen. Die Leute hupen, und mir fehlt mein Hund.

Morgen werde ich wieder in mein Führerhaus steigen, und sein Geruch wird noch in der Luft hängen.

Es wird dauern, bis ich mich daran gewöhnt habe, dass er nicht mehr da ist ...

Wie lange?

Wie lange *dieses Mal*?

Wie lange, bis ich nicht mehr zur Seite schauen werde, ihn fragen werde, ob alles in Ordnung ist, und die Hand zum Beifahrersitz ausstrecke, na?

Wie lange wird das dauern?

Ich sagte nur, ich bin's, und ging in die Küche, um mir ein Bier aufzumachen. Ich wollte gerade nach unten gehen, als sie mich rief. Sie saß im Wohnzimmer.

Sie steckte nicht in einer Schürze, ihr Mantel lag auf ihrem Schoß.

»Ich hatte mir Sorgen gemacht und deshalb bei deiner Arbeit angerufen, Ricaut hat mir das mit deinem Hund erzählt.«

»So?«

Ich hatte mich schon abgewendet, da sagte sie:

»Willst du nicht ein bisschen nach draußen gehen?«

»...«

»Los ... Komm ... Zieh dir die Schuhe wieder an und komm. Ich warte.«

Wir gingen nach draußen, ich sperrte die Tür ab, die Nacht brach über uns herein, und wir fassten uns bei der Hand.

Mathilde

erster Akt

1.

Das Café liegt nicht weit vom Triumphbogen entfernt. Ich sitze fast immer auf demselben Platz. Ganz hinten, links vom Tresen. Ich lese nicht, bewege mich nicht, starre nicht auf mein Handy, ich warte auf jemanden.

Warte auf jemanden, der nicht kommen wird, und weil ich mich langweile, schaue ich mir an, wie die Nacht über dem *Escale* an der Place de l'Étoile hereinbricht.

Letzte Kollegen, letzte Drinks, die letzten abgenutzten Witze, Flaute für etwa eine Stunde, dann endlich räkelt sich Paris: Taxen streifen umher, junge Frauen kommen aus den Löchern gekrochen, der Wirt dämpft das Licht, und die Kellner werden jünger. Sie stellen auf jeden Tisch eine kleine Kerze – eine unechte, die flackert, aber nicht tropft – und bedrängen mich dezent: Entweder ich trinke noch was, oder ich räume den Platz.

Ich trinke noch was.

Es ist das siebte Mal, zusätzlich zu den ersten beiden Malen, dass ich in der Dämmerstunde in diese Spelunke komme, um meinen Durst zu löschen. Das weiß ich genau, ich habe alle Belege aufgehoben. Anfangs eher als Souvenir, aus Gewohnheit oder aus Fetischismus, aber heute?

Heute, das muss ich zugeben, versuche ich, mich an etwas festzuhalten, wenn ich die Hand in meine Manteltasche stecke.

Wenn diese Schnipsel existieren, ist das der Beweis dafür, dass … ja, wofür eigentlich?

Für nichts.

Dass das Leben neben dem unbekannten Soldaten teuer ist.

2.

Ein Uhr nachts. Wieder einmal Fehlanzeige. Ich gehe unverrichteter Dinge nach Hause.

Ich wohne am Friedhof von Montmartre. Ich bin in meinem ganzen Leben noch nie so viel gelaufen. Bisher hatte ich ein Fahrrad – das Jeannot hieß und mir vor kurzem abhandengekommen ist. Ich weiß nicht genau, wann. Nach einer Party bei Leuten, die ich nicht kannte, nicht weit von der Gare Saint-Lazare.

Ein junger Mann hatte mich mit in seine Wohnung genommen. An seinem Arm war ich fröhlich gewesen, in seinem Bett nicht mehr. Das Katzenklo, das Muster der Bettwäsche, das *Fight Club*-Poster über dem IKEA-Bett, ich … ich konnte einfach nicht.

Ich vertrug den Alkohol besser als gedacht.

Es war das erste Mal, dass mir das passiert ist, dass ich mich entzog und auf einen Schlag nüchtern wurde, danach war ich untröstlich. Dabei hätte ich so gern gewollt. Ja, ich hätte mich gern ein wenig gehenlassen. Das tat ich gern. Und außerdem gab es Schlimmeres als Brad Pitt und Edward Norton als Anstandswauwaus. Aber mein Körper ließ mich im Stich.

Wie konnte das sein?

Mein Körper.

Sonst so entgegenkommend …

Damals hätte ich es auf keinen Fall zugegeben, aber heute Abend nach kilometerlangen Fußmärschen, nach all der Leere, dem Nichts, der Sehnsucht, der Sehnsucht nach allem, überall und ständig, beuge ich mich den Tatsachen: Mein Körper war schuld.

Er war der Parasit, und seine Unterminierungsarbeiten kamen in dieser grauenhaften Bettwäsche zum ersten Mal ans Licht.

Entblößt, enttäuscht, mit dem Rücken zur Wand, völlig perplex lag ich da, als ich eine pelzige Stimme hörte, die mich beruhigte:

»He … Du kannst ja trotzdem bleiben …«

Hätte ich ein Luftgewehr zur Hand gehabt, ich hätte auf seinen Kopf gezielt.

Es war dieses »trotzdem«, diese Verachtung, dieses Gönnerhafte gegenüber der dämlichen Tussi, die ihm keinen geblasen hatte.

Peng.

Ich bebte. Auf der Treppe, auf der Straße und auf der Suche nach meinem Fahrrad unter den Straßenlampen. Ich bebte vor Wut. In so einem Gemütszustand war ich noch nie gewesen.

Ich hatte den Geschmack von Kotze im Mund und spuckte auf den Boden, um ihn loszuwerden.

Doch da ich unfähig bin, einen anständigen Klumpen Spucke zu bilden, ist alles an mir heruntergelaufen, über den Ärmel und meinen hübschen Schal, und das war auch gut so, wie sonst ließe sich so viel Hass erklären?

Ich lebte das Leben, das ich verdient hatte, und lebte … *trotzdem.*

3.

Ich heiße Mathilde Salmon. Bin vierundzwanzig. Offiziell studiere ich Kunstgeschichte (eine tolle Erfindung), aber im wahren Leben arbeite ich für meinen Schwager. Den Reichen, den Schönen, den Coolen. Der sich ständig die Nasenspitze reibt und niemals eine Krawatte trägt. Er leitet eine große Agentur für digitales Marketing mit Schwerpunkt Corporate Branding, Webentwicklung und Webdesign (im Klartext: Wenn Sie irgendwelchen Schrott im Netz verscherbeln wollen, programmiert er Ihnen eine schöne Plattform und einen Wegweiser voller Pfeile inklusive Zahlungsabwicklung) (garantiert sicher) und hat mich letztes Jahr angeworben.

Er brauchte Söldner und ich etwas Taschengeld, an meinem Geburtstag haben wir den Deal perfekt gemacht und darauf angestoßen. In Sachen Arbeitsvertrag gibt es Schlimmeres.

Als Studentin profitiere ich von zahlreichen Vergünstigungen, im Kino, im Museum, beim Sport und in der Mensa, aber da ich die meiste Zeit vorm Bildschirm sitze, dabei verblöde und zu viel verdiene, um mir die Mensa anzutun, bringt es mir nicht so richtig viel.

Ich arbeite zu Hause, in meinem eigenen Rhythmus und schwarz, habe tausend Namen, tausend Adressen, tausend Pseudonyme und genauso viele Avatare und verfasse den ganzen Tag gefakte Kommentare.

Denken Sie an den Fahrkartenknipser von Serge Gainsbourg, dann haben Sie eine Vorstellung von dem, was ich mache. Ich schreibe so viel, dass ich ein Lied davon singen könnte.

Ich bekomme endlos lange Listen von Internetseiten zugeschickt mit dem Vermerk »runtermachen« oder »*praise only*« (wenn's schick klingen soll, ist in der IT-Branche alles auf Englisch), mit dem Ziel, potentielle Kunden zu verunsichern oder anzuwerben, bevor ich ihnen positive Kommentare in Diskussionsforen und das bestmögliche Ranking bei Google anbiete, aber erst, wenn sie genug Geld lockergemacht haben.

Beispiel: Die Firma superjojo.com produziert und vertreibt supertolle Jojos, da ihre Homepage aber superveraltet ist – man sehe sich zur Bestätigung all die unfreundlichen Kommentare an, die Micheline T. (meinereiner), Jeannot41 (meiner Mutter Tochter), Choubi-angel (meine Wenigkeit), Helmutausmuenchen (Ego) oder NYUbohemiangirls (me and myself) überall hinterlassen, hochladen, droppen, teilen, bloggen, posten, spotten, twittern, taggen, poken, chatten, disliken, dis-lol-en, hashtaggen oder shitstormen –, tja, deshalb herrscht in Jojoland die blanke Angst. Am Ende knicken Madame und Monsieur Jojo, die dank eines ebenso verrückten wie genialen Schachzugs (den hier zu erklären zu viel Zeit kosten würde)(und außerdem ist es völlig sinnlos) von den Wundertaten meines Schwagers Kenntnis bekamen, vollends ein und beknien ihn. Sie brauchen unbedingt eine brandneue Seite. Doch, unbedingt! Für ihr Unternehmen ist es eine Frage von Leben und Tod! Er, ganz Gentleman, willigt schließlich ein, ihnen zu helfen, und drei Wochen später, o Wunder, wenn du auf deiner Tastatur »Jo« oder »Joj« eingibst, bist du schon bei Jojoland (das gilt noch nicht für »J« allein, aber daran arbeiten wir wie die Bekloppten), und o Wunder zum Zweiten, meinereiner bestellt zehn von jedem für seine sechs Enkelkinder, meiner Mutter Tochter frohlockt und versichert, dass sie in allen Superjojo-Spots der Welt davon erzählen wird, meine Wenigkeit sagt, voll cool!!!, Ego steuert Iiinfos bei fur zu werden Jojo Verkaufsleiteeeer, und me and myself sind sooooo excited *coz yoyos are soooo french.*

Das ist alles: Ich kommentiere, während mein Schwager in seinem megagroßen Apartment im 16. Arrondissement daran arbeitet, sich weiter zu diversifizieren.

Die Richtung ist nicht gut, ich weiß. Ich täte besser daran, meine Masterthesis zu beenden (vielmehr zu beginnen) mit dem Thema »Von Königin Wilhelmina der Niederlande bis zu Paul Jouanny – Geschichte und Gestaltung der von Plain-Air-Malern verwendeten Wohnwagen und rollenden Gefährte« (irre, was?) oder an meine Zukunft, meine Titten und meine Rentenpunkte zu denken, aber ach, ich habe unterwegs den Glauben daran verloren und lasse mich selbst von den Ereignissen überrollen.

Ist doch eh alles Fälschung … nichts als Kommentare … die Pole schmelzen, die Banker erhalten Abfindungen, Bauern erhängen sich in ihren Scheunen, und öffentliche Bänke werden abgebaut, damit sich keine Penner darauf setzen … Mal im Ernst? Warum soll ich mir in so einer Welt die Mühe machen, meine Schlingen auszulegen?

Um nicht darüber nachdenken zu müssen, drehe ich fleißig mit an dem Rad meines zweifelhaften Schwagers und eines Larry Page: Ich lüge von morgens bis abends und tanze die ganze Nacht.

Wobei … Tanzen war einmal. Zurzeit schnalle ich den Gürtel etwas enger und lungere im Mondschein herum, warte auf einen Typen, der nicht einmal weiß, dass ich auf ihn warte.

Voll daneben.

Muss ich neben der Spur sein, um so zu enden.

4.

Pauline und Julie D., die beiden Mädels, mit denen ich mir die 110 m² in der Rue Damrémont teile, sind Zwillinge. Die eine arbeitet bei der Bank, die andere in der Versicherungsbranche. Rock 'n' Roll pur. Wir haben keine Gemeinsamkeiten, und genau darin liegt das Geheimnis unseres harmonischen Zusammenlebens: Ich bin zu Hause, wenn sie nicht da sind, und wenn sie daheim sind, bin ich wieder weg.

Sie regeln die Finanzen, ich nehme ihre Pakete entgegen (irgendwelchen PayPal-Mist), ich bringe die Croissants mit, sie bringen den Müll runter.

Alles bestens.

Ich finde sie ziemlich albern, aber ich bin froh, bei ihrem Casting gewonnen zu haben. Sie hatten reihenweise Anhörungen anberaumt im Stil von *Auf der Suche nach der fast perfekten neuen Mitbewohnerin* (mein Gott …) (grandios …) (eine weitere unvergessliche Episode meiner wilden Jugend …), und ich war die Auserwählte. Auch wenn ich bisher nicht verstanden habe, wieso. Damals war ich Aufpasserin, was sag ich, Wärterin! im Museum Marmottan, und ich glaube, der gute Monet hat mir geholfen: ein gutaussehendes junges Mädchen, das so viel Zeit zwischen den *Seerosen* verbrachte, musste ja anständig sein.

Ziemlich albern, wie ich schon sagte.

Paris ist nur eine unvermeidliche Durchgangsstation in ihrem Lebenslauf. Es gefällt ihnen überhaupt nicht, und sie träumen von einer Rückkehr nach Roubaix, wo ihr Vater, ihre Mutter und ihr Kater Papouille geblieben sind und wohin sie sich so oft wie möglich zurückziehen.

Ich genieße also mein Glück (jedes Wochenende eine tolle Wohnung ganz für mich allein zu haben und dazu noch ihren Vorrat an Mikrofasertüchern ordentlich zusammengelegt unter der Spüle, um das Erbrochene meiner Freunde aufzuwischen), solange sie nicht beschließen, für immer in die Heimat zurückzukehren.

Sagen wir lieber, ich habe es genossen. Im Moment weiß ich nicht so recht. Ich … ich glaube, es fällt mir zunehmend schwerer, sie zu ertragen … (Wenn sie nach Hause kommen, schlüpfen sie in ihre Ballerinaschläppchen Marke Isotoner, und beim Frühstück hören sie *Chante France*, manchmal ist es echt hart), dabei liegt das Problem bei mir, das ist mir vollkommen klar. Sie sind genauso rücksichtsvoll wie immer, stellen den Ton leiser, wenn ich mich im Dampf ihres Zichorienkaffees verirre. Ich kann ihnen keinen Vorwurf machen.

Ja, ich bin selbst für meine Unruhe verantwortlich, ich ganz allein. Seit drei Monaten geht das jetzt schon so, ich kann nichts mehr genießen, gehe nicht mehr aus, trinke nichts mehr, ich …

Es geht bergab mit mir.

*

Vor drei Monaten war die Wohnung noch eine Baustelle.

Sie war in keinem guten Zustand gewesen, und Pauline (die Aufgewecktere der beiden) hatte unseren Vermieter überredet, uns die Renovierung zu überlassen, wenn uns im Gegenzug eine Mietaussetzung in Höhe der tatsächlich angefallenen Kosten gewährt würde. (Ein etwas komplizierter Satz, der nicht von mir ist, das kann ich Ihnen versichern!) Sie waren aufgeregt wie die Hühner, haben alles ausgemessen, Pläne gezeichnet, in Katalogen geblättert, haufenweise Kostenvoranschläge eingeholt und sie abendelang beim Schlürfen ihres Kräutertees besprochen. Ich fragte mich schon, ob sie nicht den Beruf verfehlt hatten.

Der ganze Rummel ging mir gegen den Strich. Um meine Ruhe zu haben, musste ich desertieren und im Bienenstock meines Schwagers mit all den netten Geeks 2.0 neue Kommentare an den Mann bringen. Okay, ich gebe ja zu, vorher hatte die Stromversorgung zu wünschen übrig gelassen (war der Ofen an, flackerte mein Computer), überall blätterte die Farbe ab, und das Badezimmer war alles andere als praktisch (man musste ständig über ein altes Bidet steigen). Ich kümmerte mich um gar nichts, und als sie vorschlugen, die Arbeiten in bar zu bezahlen, um (wenigstens!) die Mehrwertsteuer einzusparen und sich die Gunst von Monsieur Carvalho zu sichern (dem auserwählten, gerissenen und hoffnungslos überlasteten Handwerker), sagte ich nicht nein.

Auch in dem Punkt war ich äußerst kooperativ.

Warum erzähle ich das alles? Weil ich ohne die sanften Erpressungsversuche dieses Monsieur Carvalho, der die Sozialabgaben einfach nur »wiii-derrr-lisch« fand, ganz zu schweigen von der überraschenden Mehrwertsteuererhöhung im Immobiliensektor und ohne unser aller Habgier –

auch in dem Punkt hat er auf der ganzen Linie gewonnen – jetzt nicht hier wäre, in diesem deprimierenden Viertel, in Erwartung meiner eigenen Bedeutungslosigkeit.

Ich berichte:

5.

Das Café lag nicht weit vom Triumphbogen entfernt. Ich saß ganz hinten, links vom Tresen. Ich las nicht, ich muckte mich nicht, ich streichelte nicht mein Handy, ich wartete auf Julie.

Das ist meine Mitbewohnerin, *die* von der Bank, die alles, was sich zwischen uns teilen lässt (Miete, Nebenkosten, Weihnachtsgeld, Abschlagszahlungen, Trinkgelder, Geschirrspültabs, Wohltätigkeitskalender der Feuerwehr, Klopapier, Duschgel, Fußmatte und viele reizende Dinge mehr), ausrechnet und dabei die richtigen Zahlen im Kopf behält.

Wir hatten uns am späten Nachmittag dieses Freitags in einer Kneipe nicht weit von ihrer Arbeit verabredet.

Es hatte mich ziemlich angeödet, ihretwegen durch halb Paris zu fahren, aber ich wusste, dass sie auf den Zug musste, und außerdem war ich diejenige, die von uns allen am meisten … äh … am wenigsten arbeitete.

Sie sollte mir für unseren steuerhinterziehenden Lieblingsmaurer, mit dem ich am nächsten Morgen verabredet war, ihren Anteil an der Kohle geben, das heißt einen ziemlich dicken Briefumschlag mit 10 000 Euro cash.

Na klar … War ja auch Versailles.

Ich hatte meinen freien Nachmittag zum Shoppen genutzt – damals war ich noch ein ganz normales brünettes junges Mädchen: einfältig, fröhlich, oberflächlich, bei dem das Geld locker saß –, und nun wartete ich auf sie und blickte fast zärtlich auf die Taschen voller Firlefanz, Accessoires, Schönheitsprodukte und neuer überflüssiger Schuhe, die neben mir auf der Kunstlederbank lagen.

Ich hatte einen kilometerlangen Schaufensterbummel hinter mir und nippte zur Erholung an einem Mojito.

Ich war fix und fertig, abgebrannt, ziemlich belämmert und sehr glücklich.

Alle Frauen werden das verstehen.

*

Sie kam auf die Minute pünktlich in ihrem engen mausgrauen Kostüm. Sie hatte nicht die Zeit für einen Drink, ja, okay, vielleicht doch, von mir aus, aber nur ein Mineralwasser. Sie wartete, bis der Kellner gegangen war, warf dann ein paar misstrauische Blicke um sich und zog schließlich einen Briefumschlag aus ihrer Aktentasche, den sie mir mit dem typisch leidvollen Gesichtsausdruck eines Bankers überreichte, der gezwungen ist, einem Geld auszuhändigen.

»Den steckst du doch nicht etwa in die Tasche?«, fragte sie beunruhigt.

»Doch, doch. Na klar. Was denn sonst?«

»Bei der Summe, meine ich …«

Dass ich in meinen Minzblättern rührte, beruhigte sie überhaupt nicht:

»Du passt gut drauf auf, ja?«

Ich nickte mit ernstem Gesicht (die Ärmste, wenn sie

wüsste, von dem bisschen Rum und Limette schwirrt mir doch noch nicht der Kopf …), bevor ich ihren Zaster in meine Handtasche steckte, die ich auf dem Schoß behielt, um sie zu beruhigen.

»Lauter Hunderter … Ich hatte sie zuerst in einen Briefumschlag von der Bank gesteckt, aber dann fiel mir ein, dass das etwas auffällig wäre. Wegen des Logos, verstehst du … Darum habe ich einen anderen genommen.«

»Gut gemacht«, lobte ich sie und nickte.

»Und wie du siehst, habe ich ihn nicht zugeklebt, so kannst du deinen Teil noch dazustecken …«

»Perfekt!«

Und da sie immer noch ganz angespannt war:

»He, Julie … Jetzt ist gut …«, seufzte ich und streifte mir den Tragriemen meiner Umhängetasche über den Kopf. »Siehst du! Ich mache es wie ein Bernhardiner! Er kriegt seine Kohle, euer Halunke, ganz sicher. Mach dir keinen Kopf.«

Sie verzog ihren Mund und deutete ein Lächeln oder einen Seufzer an, schwer zu sagen, dann fing sie an, die Rechnung zu inspizieren.

»Lass mal, das übernehme ich. Düs du lieber los, sonst verpasst du noch den Zug. Grüß deine Eltern von mir und sag Pauline, dass ihr Paket heil angekommen ist.«

Sie stand auf, schickte einen letzten bangen Blick in Richtung meiner alten Handtasche, schnürte sich in ihren Trenchcoat und brach fast widerstrebend auf zu einem Wochenende im Schoß der Familie.

Erst danach, in diesem Café nicht weit vom Triumphbogen entfernt, ganz hinten, links vom Tresen etc. holte ich mein Handy heraus. Marion hatte eine Nachricht hinterlassen, sie wollte wissen, ob ich bei dem blauen Kleid schwach geworden war, das wir letzte Woche zusammen entdeckt hatten, wie weit mein Konto im Minus war und ob ich schon Pläne für heute Abend hatte.

Ich rief sie zurück, und wir kicherten und glucksten die ganze Zeit. Ich schilderte ihr meine Ausbeute in allen Details, kein Kleid, aber ein Paar umwerfende Pumps, hinreißende Haarspangen und wunderschöne Dessous, na klar, du weißt schon, so ein BH wie von Eres mit solchen Cups und solchen Trägern, ein paar entzückende Höschen, ach was, überhaupt nicht teuer, ich schwör's, und total süß, mit einer neckischen Spitzenborte und bla bla bla und Mannomann und oh oh oh.

Anschließend habe ich ihr von dem verklemmten Auftritt meiner nervigen Mitbewohnerin erzählt, die ganze Geschichte mit dem Briefumschlag ohne Logo und wie ich mir, um sie zu beruhigen, meine Upla-Tasche um den Hals geschlungen habe, wie es plumpe Pfadfinderinnen machen, woraufhin wir nur noch lauter gekichert haben.

Am Ende haben wir über ernstere Dinge gesprochen, wie beispielsweise die Planung des heutigen Abends, wer mit von der Partie sein sollte und welches Outfit wir wählen würden. Nicht zu vergessen einen ersten Schnelldurchlauf der erwarteten Vertreter männlichen Geschlechts und jüngeren Alters mit detailliertem Profil: Kilometerstand, Abnutzung der Räder, Familienstand, Kompetenzaufstellung und Vertrauenswürdigkeit des Unternehmens.

Das ganze Geplapper hatte mich durstig gemacht, und ich bestellte mir einen zweiten Mojito, um durchzuhalten.

Was knabberst du denn da?, wunderte sich meine Freundin plötzlich. Zerstoßenes Eis, gestand ich ihr. Wie kannst du nur, fuhr sie entsetzt fort, und schon ließ ich eine höchst anzügliche Bemerkung über die Vorteile des Eiswürfelkauens in gewissen Lebenssituationen los.

Reine Angeberei, ganz klar. Phrasen aus einem alten erotischen Schundroman, alles nur, um meine gute Freundin albern kichern zu hören. Fast hatte ich das Geschwätz schon vergessen, doch sollte es mich wenige Tage später wieder einholen, um mich in eine fürchterliche Gemütsverfassung zu versetzen.

Wir werden noch sehen, weshalb.

Schließlich beendete Marion das Gespräch, ich legte zwei Scheine auf den Tisch und packte meinen Krempel zusammen, doch erst als ich meinen Schlüsselbund herausholen wollte, um mein Fahrrad aufzuschließen, geriet ich in Panik.

Ich hatte alle Taschen mitgenommen, die Treter, die Antifaltencremes und die kleinen getüpfelten Höschen, es fehlte lediglich die eine Tasche, die wirklich zählte.

Scheiße, murmelte ich, ich bin so doof … und machte im Schweinsgalopp kehrt, raste zurück, wobei ich mir sämtliche Schimpfwörter an den Kopf warf, die mir in den Sinn kamen.

6.

Mann, was ich plötzlich schwitzte … Und wie kalt sie waren, die kleinen Tröpfchen, die mir die Wirbelsäule herunterliefen … Und meine Beine … Was waren sie schwach … Und wie sie kämpften, um den Boden zu besiegen, der unter ihnen nachgab.

Dabei überlegte ich, redete mir gut zu.

Ich redete mir gut zu, während ich unter dem Protest erboster Autofahrer die Straße an einer Stelle überquerte, die dafür nicht gedacht war. Ich sagte mir: Ganz ruhig, es ist ja erst wenige Minuten her und nur ein paar hundert Meter von hier passiert. Sie ist noch da. Der Kellner wird sie gesehen haben, er wird sie an sich genommen haben. Als er das großzügige Trinkgeld eingesteckt hat, hat er sie beiseitegestellt und wird sie mir in zwei Minuten übergeben und dabei die Augen verdrehen: Typisch Frau.

Beruhige dich, meine Liebe, beruhige dich.

Um ein Haar wäre ich überfahren worden, und beruhigen konnte ich mich schon gar nicht.

Die Sitzbank war noch lauwarm, der Abdruck meines Pos noch zu erkennen, meine Scheine lagen unberührt auf dem Tisch, und meine Tasche war unauffindbar.

7.

Die Kellner konnten es sich nicht erklären. Der Wirt konnte es sich nicht erklären. Nein, sie hatten nichts gefunden, aber na ja, in dieser Gegend brauchte man sich auch nicht zu wundern. Letzte Woche erst hatte man ihnen die Seifenschalen geklaut. Ja, Sie haben richtig gehört: die Seifenschalen: Unfassbar, was? Jemand hatte sie abgeschraubt. Was war das für eine Welt? Ganz zu schweigen von den Grünpflanzen um die Terrasse, die sie jeden Abend anketten mussten. Hallo!? Und das Besteck? Wissen Sie, wie viel Geld uns jedes Jahr flöten geht? Echt. Nennen Sie eine Zahl.

Natürlich hörte ich mir das Gewäsch nicht an. Es interessierte mich nicht die Bohne. Ich war total in Panik, und sie hatten nicht mitbekommen, dass jemand nach mir das

Lokal verlassen hatte, das hieß, der Schuft war noch in der Nähe.

Ich lief einmal durch das ganze Lokal, suchte die Terrasse ab und scannte die Sitzbänke, die Stühle, die Oberschenkel sowie die Garderobe, schaute unter die Tische. Ich rempelte Leute an, entschuldigte mich, hielt die Tränen zurück, ging hinunter zur Damentoilette, ins Herrenklo, durch Türen mit dem Schild »Privat«, in die Küche, stellte Fragen, stieß diejenigen beiseite, die mir den Zugang verweigern wollten, bettelte, versprach alles Mögliche, wurde schwach, fluchte, lächelte, scherzte, durchsuchte, inspizierte, zoomte heran, überwachte die Eingangstür, um am Ende zu resignieren: Weit und breit weder eine Umhängetasche noch ein Verdächtiger in Sicht.

Ich wurde belogen. Oder ich verlor den Verstand.

Das war möglich. Vielleicht sogar schon eingetreten. Ich dachte nicht mehr nach, meine Gedanken rotierten: Hatte ich sie auf dem Weg zum Fahrrad verloren? War der Tragriemen gerissen als Strafe dafür, dass ich mich über die freundlichen Pfadfinderinnen lustig gemacht hatte? War ich Opfer eines ausgebufften Champs-Élysées-erfahrenen Taschendiebs geworden? Hatte ich heute zufällig Ausgang? War ich die anderen Tage der Woche in einer Anstalt?

Schließlich bin ich gegangen, am Boden zerstört vom deprimierenden Ton ihrer Aufmunterungsfloskeln:

Tut uns wirklich leid, Kleine. Geben Sie uns Ihre Telefonnummer für alle Fälle. Und schauen Sie am besten in allen Mülleimern hier im Viertel nach. Die interessieren sich nur für das Geld, wissen Sie, den Rest wollen sie gleich wieder loswerden. Warten Sie ein bisschen, bevor Sie Anzeige erstatten, auch wenn ein Ausweis heutzutage eindeutig Gold wert ist. Bei all den Roma, die sich seit zwei Jahren auf den Champs-Élysées rumtreiben, braucht man sich jedenfalls über nichts zu wundern.

Tja … Kopf hoch.

Kaum war ich draußen, fing ich an zu heulen.

Über mich. Über meine Dummheit. Über die absurden Tüten, die ich in den Händen hielt. All die Sachen, die ich nicht brauchte, die mir schnurzpiepegal waren, die mich belasteten und …

Und meine Glücksbringer, mein persönlicher Krempel, meine Fotos … mein Handy, mein süßes Schminktäschchen, meine Schlüssel, meine Adresse, unsere Adresse mitsamt den Schlüsseln, Schlösser, die wir nun würden auswechseln müssen, und die Mädels, die weit weg waren und nicht viel Verständnis hätten für Schnitzer dieser Art … Und meine Kreditkarte, mein Portemonnaie, das ich so sehr liebte, mein Geld und ihr Geld … Ja, ihr Geld, verflixt noch mal! 10 000 Euro! 10 000 Euro, die ich dem Typ morgen früh geben sollte! Wie konnte ich nur so blöd sein? Tja, am Handy mit Marion scherzen, das konnte ich, aber sobald man mir was Wichtiges anvertraute, versagte ich auf der ganzen Linie.

Wie ging es jetzt weiter? Was sollte ich tun? Wie war noch mal mein Name? Warum war ich bloß so eine Last für andere? Warum? Und wie kam ich da wieder raus? Wo war noch mal die Seine? Mama. Heilige Mutter Gottes. Lieber Gott. Helft mir.

Lieber Gott, mach, dass. Lieber Gott, ich verspreche dir, dass ich. Jesus, Maria und Josef, auch wenn es vielleicht nicht so aussieht, ich denke superoft an euch, wisst ihr … Und die 10 000 Euro, Scheiße! Was hab ich bloß in meinem Schädel, verdammt? Wie kann man nur so dumm sein? Oh … heiliger Antonius … heiliger Antonius von Padua, erhöre mich … Erbarmen … Meine Fotos, mein Handy, meine gespeicherten Nachrichten, meine Kontakte, meine Erinnerungen, mein Leben, meine Freunde … Und dann auch noch mein Fahrrad … Mein angeschlossenes Fahrrad, das mich ganz dumm anschaute und das jetzt bestimmt geklaut würde! Und ich hatte nicht einmal Geld für ein Taxi … Und erst recht kein Geld, um meine Schulden an die doppelten Lottchen zu bezahlen … O Gott, meine Kreditkarte, meine Geheimzahl, die Nummer, um meine Karte sperren zu lassen, meine Freunde, meine Kinodauerkarte, das Video von Louisons ersten Schritten, meine Mascara von Dior, mein Rouge von Coco Chanel, mein Terminkalender, die Schlüssel der Agentur, die Fotos von Philou und mir aus dem Automaten im Hyper U von Plancoët, die ich so sehr liebte … und mein Notizbuch, an dem ich sehr hing, und all die Erinnerungen, die darin steckten … und meine Nagelfeile … und die 10 000 Kröten … und … ach …

Und ich weinte.

Sehr.

Viel zu sehr.

Manche Tränen ziehen andere nach sich. Ich weinte ganz viel. Über alles. Über alles, was ich an mir nicht mochte, alle Dummheiten, die ich bisher begangen, mir aber nicht eingestanden hatte, und alles, was ich unterwegs verloren hatte, seit ich alt genug war zu begreifen, dass manches für immer verloren war.

Ich weinte von der Place de l'Étoile bis zur Place de Clichy.

Ich weinte auf dem ganzen Weg durch Paris. Über mein bisheriges Leben.

8.

Die Concierge hatte einen Ersatzschlüssel. Ich hätte sie am liebsten umarmt. Ich streichelte sogar ihren Hund zum Lohn für ihre Mühe. Ich kramte das Festnetztelefon hervor und ließ meine Karte sperren, suchte im Ordner »Handwerker« und hinterließ Senhor Carvalho eine Nachricht, um Zeit zu gewinnen. Was für ein Glück in all dem Unglück, dass er einen Anrufbeantworter hatte. Auch wenn ich stark bezweifle, dass er von meinem wirren Gestammel, *grosse confusaziõnne*, auch nur ein Wort verstehen würde. Egal, im Moment bin ich nicht erreichbar. Ich schloss zweimal ab, schickte Marion eine verzweifelte Mail, duschte, wühlte in den Sachen der Mädels, stibitzte ihnen ein paar Schlaftabletten, zog die Decke über das Häufchen Elend, das von mir geblieben war, und schloss die Augen, wobei ich mir pausenlos den total sinnlosen Ausspruch von Scarlett O'Hara vorsagte: Morgen ist ein neuer Tag.

Von wegen, blöde Zicke, das glaubst auch bloß du …

Morgen wird alles nur noch schlimmer …

Ich wollte am liebsten sterben. Ich weiß, es ist ziemlich dumm zu glauben, dass zwei Tabletten Donormyl ausreichen, um ein solches Wunder zu vollbringen. Aber tja, genau danach sehnte ich mich an diesem Abend: dass meine Mama an meinem Bett sitzt und mir ein Lied vorsingt und nicht aufhört, mir die Schläfen zu streicheln.

Ich sang es mir selbst ganz leise vor, um mich nicht länger fertigzumachen, und als mein ganzer Tränenvorrat aufgebraucht war, zog ich los und suchte nach einer Flasche oder zwei, um mir einen neuen anzulegen.

*

Es hatte mich schon ziemlich viel Mühe gekostet, mir von meinem Schwager 3000 Euro zu leihen, um meinen eigenen Anteil zusammenzukriegen, so dass ich ihn kaum um weitere 10000 anpumpen konnte ...

Ich hatte mir sein Sprüchlein über die Eichhörnchen, Grillen und Ameisen anhören dürfen. Nicht wirklich gemein, das nicht, dafür umso anstrengender. Leicht herablassend. Leicht bevormundend.

Ich mochte es nicht, wenn man mich wie ein kleines Kind behandelte. Meine Mutter war gestorben, als ich siebzehn war, und Arthur Rimbaud mit seinem Bier und seiner Limonade ging mir mächtig auf den Keks. Man kann in diesem beschissenen Alter ziemlich ernst sein. Entscheidend ist, dass man es nicht zeigt. Man geht weiter, die Hände in »zerschlissenen Hosentaschen«, man kauft sich als Kompensation haufenweise Schrott und verschleudert zwangsläufig das Wertvollste, was man besitzt. Na ja, das ist zwar traurig, aber man weiß es und steckt es weg wie alles andere auch. Moralpredigten braucht kein Mensch. Das geht nicht mehr. Leute, die *Bescheid wissen* und dir das Leben erklären wollen, reißt man am besten mit der Wurzel aus.

Während ich im Dunkeln auf dem Boden saß und mich an die Ofentür lehnte, überließ ich es Mister Gordon und Mrs. Smirnoff, mich zu beruhigen und einzulullen. Ich will jetzt nicht mit irgendwelcher Psychokacke kommen, aber als sie damals starb, habe ich vermutlich die Zähne zusammengebissen (hatte ich eine Wahl?), und der Verlust dieser Tasche, die ihr gehört hat, mit allem, was sie an Verbindendem, Authentischem, an Erinnerungen und winzigen zärtlichen und unersetzlichen Dingen enthielt, erlaubte mir endlich, um sie zu weinen.

Ich lalll-de, ich schnief-de, ich schnäuz-de mich und lalll-de noch meeea. Aus meinem Mund kam nur sinnloses Zeuch. Eine echde Denota... Detona... Eine De... Ach, Mist!

Alles flog mir um die Ohren.

Alles.

Alles.

Alles.

9.

Laut Backofen war es 13:38, als ich mit einem gewaltigen Kater aufwachte. Dem schönsten in meiner bisherigen Sammlung.

Ich lag zusammengerollt auf dem Küchenboden, folgte mit dem Blick den Fugen der Fliesen und zählte die Wollmäuse unter den Möbeln. Sieh mal an, dachte ich, da ist es ja, das kleine Messer, von dem wir angenommen hatten, wir hätten es mit den Gemüseabfällen weggeworfen, da ist es ja ...

Wie lange ich schon so dalag? Stunden. Stunden um Stunden. Die Sonne war bereits ins Wohnzimmer gewandert. In unser schönes nagelneues Wohnzimmer, das noch nicht abbezahlt war.

Puh ... Noch eine Minute, du Chaosweib ... Noch eine Minute oder zwei mit der Nase am Mülleimer, anschließend gehe ich zur Polizei, versprochen. Ich werde meine heißgeliebten Mitbewohnerinnen und meinen Schwager anrufen. Ich werde ihm sagen: He, Junge, ich hab einen guten Witz für dich! Ich brauche noch mal 10 000! Komm schon, sei lieb zu mir ... Ich werde die nächsten hundertfünfzig Jahre damit zubringen, bescheuerte Kommentare für dich zu schreiben, um meine Schulden zurückzuzahlen. Was anderes kann ich eh nicht als … mich für jemand anderen ausgeben und den größten Stuss erzählen.

Ich befand mich im Garten der Marewskis in Varenne. Meine Mutter erklärte mir, warum ich die winzigen weißen Alpenveilchen nicht pflücken durfte, die sich unter den Linden eng aneinanderschmiegten:

Sie müssen sich doch weiter aussamen können, verstehst du?

Das hatte sie mir schon hundert Mal erklärt, aber ich war so gerührt über das Wiedersehen mit ihr, dass ich mich nicht getraut hatte, sie zu unterbrechen. Dann hörten wir großen Lärm in der Ferne. Ist das Donner?, fragte sie beunruhigt, nein, antwortete ich lachend, nein, das sind die Bauarbeiten, du weißt doch, sie reißen in der Wohnung gerade alles raus, da hat sie mich …

Jemand trommelte gegen die Tür. Scheiße, wie spät war es eigentlich? Lautes Klingeln an der Tür, Schreie, infernalischer Radau. Oooh, mein Kopf … Ich richtete mich auf, irgendetwas klebte an meiner Wange … Eine Brotkrume … 18:44 … Scheiße, ich hatte den ganzen Tag unter der Spüle gelegen und gepennt und … aua … verfluchter Siphon.

»Machen Sie auf, sonst rufe ich die Feuerwehr!«, brüllte jemand.

Die Concierge. Sie war völlig außer sich. Es war das dritte Mal, dass sie die Treppe hochgestiegen war. Sie versuchte seit dem Morgen, mich anzurufen. Meine Mitbewohnerinnen hatten mich auch nicht erreicht und ließen ihr in ihrer Pförtnerloge keine Ruhe.

»Und als ich ihnen sagte, ich kann schwören, dass Sie da sind, waren sie natürlich ziemlich besorgt, verstehen Sie?

Wir dachten schon, Sie hätten einen Unfall gehabt. Mein Gott … was haben wir uns für Sorgen gemacht! Was haben Sie uns für einen Schrecken eingejagt.«

Mein Vater hatte sich bei ihnen gemeldet. Mein Vater, mit dem ich seit Jahren kein Wort mehr gewechselt hatte und der sich unter der Bezeichnung »Papa« noch im Adressbuch meines Smartphones befand, aus reiner Nachlässigkeit und/oder einem Rest an töchterlicher Pietät und … und als Madame Starovič merkte, dass ich völlig neben der Spur war und nichts schnallte von dem, was sie mir erzählte, packte sie schließlich meinen Arm und schüttelte ihn sanft:

»Jemand hat Ihre Handtasche gefunden …«

Sie ließ mich wieder los und riss die Augen auf.

»Was ist? Warum heulen Sie? Sie brauchen doch nicht zu heulen, herrje. Im Leben kommt alles wieder auf die Reihe!«

Ich heulte zu heftig, um ihr zuzustimmen. Ich versuchte, meine Fassung wiederzugewinnen, sie zu beruhigen, aber ich sah ganz deutlich, dass sie mich für verrückt hielt, und während ich ihr rotzverschmiert zulächelte, hörte ich in meinem lädierten Schädel ein zaghaftes Stimmchen: Danke … danke, Mama.

10.

Ich rief also im hohen Norden an. Und hatte Glück, Pauline war am Apparat, sonst hätte ich riskiert, gelyncht zu werden. Abgesehen davon, eine mäßig freundliche Begrüßung, leidvolle Seufzer, feldwebelhafte Sätze und widerwillig preisgegebene Infos. Das ging mir dermaßen auf den

Geist, dass ich ihr am Ende irgendwas vom Pferd erzählte (ich weiß, ich weiß, darauf brauche ich mir nichts einzubilden, das ist mein Job), um zu vermeiden, dass ich ausfallend wurde. Für heute hatte ich mein Pensum an Aufregung gehabt. Ich habe ihr also leicht genervt erklärt, dass sie mit mir nicht reden soll, als wäre ich minderbemittelt, dass ihr Briefumschlag nicht mehr in meiner Tasche sei und ihr Geld an einem sicheren Ort. Alles bestens. Ende des Dramas. Abtreten.

Haaaaa … Das hat sie sofort entspannt, die Kleine … Ihre Stimme ist um zehn Grad nach oben geschnellt, und ihre Erklärungen wurden verständlicher. Natürlich hörte ich mir an, was sie mir Wichtiges mitzuteilen hatte, aber bereits in diesem Moment wusste ich, dass die faden Jahre unserer innigen Eintracht vorbei waren und ich die Rue Damrémont so bald wie möglich verlassen würde. Das Leben war kurz, deshalb war es mir immer noch lieber, in der Banlieue zu versauern (aaargh), als mit Leuten zusammenzuwohnen, die sich ein Vergnügen daraus machten, mich zurechtzuweisen.

Ich scheiß auf die Moral und auf alle Moralapostel. Die hängen mir zum Hals raus. Vor allem, wenn ihr heiliges Feuer, das *sie*, ihre Moralpredigten, ihre Beschimpfungen und ihren erhabenen Zorn durchströmt, beim Anblick von Geldscheinen erlischt.

Oh … Was für ein wunderschöner Satz, herrlich und edelmütig, dem guten Victor Hugo in seinem Faltenwurf ebenbürtig, aber er klang genauso hohl wie mein armer Kopf: Die 10 000 Euro waren spurlos verschwunden, und ich glaubte schon lange nicht mehr an den Weihnachtsmann. Auch wenn der Typ, der den sogenannten »Papa« aus meinem Adressbuch angerufen hatte, meine Tasche gefunden hatte, würde er sie mir nicht wohlgefüllt zurückgeben.

Leider nicht …

Alles kam irgendwie auf die Reihe, aber deshalb gleich zu behaupten, das Leben sei schön, ging dann doch etwas zu weit.

Wo würde ich die verdammte Kohle finden? Und schon setzte sich die Mühle wieder in Gang. Nur dass es jetzt okay war. Jetzt waren wir im Bereich des Materiellen, und das Materielle geht mir am A… vorbei.

Das Materielle stirbt nicht in einem Krankenhauszimmer.

Der einzige Haken war, dass besagter Typ meinen Erzeuger hatte wissen lassen – der es wiederum an die beiden Schnattergänse weitergegeben hatte –, dass er sich an diesem verlängerten Wochenende nicht in Paris aufhalten würde (Montag war Feiertag) und mich erst am kommenden Dienstag um 5 Uhr nachmittags in dem Café treffen könnte, in dem ich meine Tasche verloren hatte.

Im ersten Moment erschien mir das reichlich dreist, weil ich fand, dass er die Tasche ruhig auch dem Geschäftsführer hätte aushändigen können, aber nach einer Weile dachte ich mir, dass er sich vermutlich just wegen der Knete nicht darauf einlassen wollte. Der Briefumschlag war schließlich nicht verschlossen … Und ich armes Geschöpf begann, an den Weihnachtsmann zu glauben …

Um auf andere Gedanken zu kommen, ging ich noch zu Marion, und wir feierten meine Wiederauferstehung.

Gebührend.

11.

Die drei folgenden Tage waren sonderbar. Die Mädels hatten sich freigenommen (sie waren achtundzwanzig und kriegten es immer hin, Überstunden gemeinsam bei ihren Eltern und ihrem dicken Kater abzufeiern), und ich war bis Dienstagabend allein.

Ich drehte Däumchen. Wartete. Auf jemanden, auf etwas, auf ein Gefühl der Erleichterung, eine Enttäuschung.

Eine Geschichte.

Ich nahm Dinge in Angriff, die für mich völlig untypisch waren: Aufräumen, Haushalt, Post und Bügeln. Ich sortierte Kleider, Papiere, Bücher und CDs. Dabei stieß ich auf allerhand spannende Sachen. Ich ließ den Computer aus. Hielt die Hände beschäftigt, um den Geist zu überlisten. Grub Mitschriften und Merkzettel vom Studium aus und fand eine Reihe von Skizzen, die ich im Automobilmuseum von Compiègne gemacht hatte.

Vor einem gefühlten Jahrhundert, an einem schönen Tag im Herbst ... Die Verwendung sanfter Weißtöne erinnerte mich daran.

Ich fragte mich, warum ich so schnell aufgegeben hatte. Sie hatten doch was, meine rollenden Wagen, und außerdem ersparten sie mir die Peinlichkeit, mein dummes Geschwätz zu dem der anderen Kunstinspirierten noch hinzuzufügen. Warum verkaufte ich stattdessen Jojos? Warum nannte ich mich Choubi-angel und äußerte mich in schwachsinnigen Formulierungen, garniert mit lächerlichen Smileys?

Warum hatte ich die Rennställe, die zum Palast Het Loo in Apeldoorn gehörten, noch nicht besucht, warum die wunderschönen fahrbaren Aquarellkästen der Königin

Wilhelmina und die weiße Leichenkutsche anlässlich ihrer Bestattung noch nicht bewundert? He? Warum? :-(:-/ :'-(

Ich lernte, ohne Anrufe, ohne SMS, ohne Nachrichten und ohne Mailbox zu leben.

Ohne dieses Schmusetuch, das bei der geringsten Kleinigkeit gedrückt werden will.

Ich lernte, die Leere des Alltags zu ertragen und ihr ein gewisses Vergnügen abzugewinnen. Wann würden die Marmeladen an die Reihe kommen, wann der Stickrahmen? Ich war zerstreut, phantasierte, dachte an diesen ... diesen Mann, der mit einem Stück von mir über der Schulter ins Wochenende gefahren war. Ich fragte mich, wie alt er wohl war, ob er rücksichtsvoll, wohlerzogen, neugierig war, ob er andere Telefonnummern ausprobiert hatte, bevor er auf die Nummer meines alten Herrn gestoßen war, ob er das Display gestreichelt hatte und meine Fotos vorbeidefilieren sah, ob er in meinem Terminkalender geblättert hatte, sich meinen Ausweis angeschaut hatte, meinen Führerschein, wo ich mit Glatze posierte (jeder trauert auf seine Weise), und meine Kinodauerkarte, auf der ich aussah, als wäre ich auf dem Weg zur Kommunion in der Église de la Madeleine, ob er meine Hello-Kitty-Kondome entdeckt hatte, meinen Korrekturstift gegen Augenringe, mein vierblättriges Kleeblatt, meine Geheimnisse ...

War er gerade dabei, das alles unter die Lupe zu nehmen, jetzt, in diesem Moment, wo ich an ihn dachte? Und die 10 000 Kröten? Hatte er sie gezählt? Würde er sich eine Provision genehmigen für gute und treue Dienste? Würde er den Überraschten spielen? Ach? Es befand sich ein Briefumschlag in der Tasche, sagen Sie? Keine Ahnung, ich habe nichts angerührt ... Ja, auch damit rechnete ich, denn wenn er die Tasche, direkt nachdem ich gegangen war, an sich genommen hatte, warum war er dann nicht hinter mir hergerannt? Ich war nicht sehr schnell gelaufen. Ich hatte zwei Mojitos intus gehabt und das ganze Leben vor mir …

Warum?

War er langsam? Zerstreut? Nicht ganz sauber? Und wo hatte er überhaupt gesessen? Warum war er mir nicht aufgefallen, da ich doch nichts lieber mag als Leute um mich herum beobachten, während ich mich volllaufen lasse.

Ein langes Osterwochenende lag vor mir, still und voller Nervosität, in einer Wohnung, die ich einmal sehr gemocht hatte, in der ich jedoch nicht mehr wohnen wollte, ein paar Stunden der Ruhe, der Versöhnung, in Erwartung einer Verabredung, die mich verfolgte und mich zugleich ziemlich kaltließ.

Zum ersten Mal seit Jahren träumte ich von meiner Mutter, sah sie ohne Kopfbedeckung und hörte ihre Stimme. Dieses Geschenk war gut und gern 10 000 Euro und ebenso viele Schluchzer wert, und hätte ich das gewusst, hätte ich ihre Tasche schon viel früher verloren.

12.

Im Nachhinein könnte ich mir natürlich in den Arsch beißen, ab … sagen wir, Dienstag, 13 Uhr.

Ich könnte mich fragen, warum ich naives Huhn so viel Zeit darauf verwendet hatte, mich hübsch zu machen. Warum ich mich geschrubbt, gecremt, gewienert und herausgeputzt hatte, warum ich zuerst in ein Kleid geschlüpft war, dann in eine Hose, dann wieder in ein Kleid, und warum ich an besagtem Tag zarte Haut, nackte Arme und kirschrote Lippen hatte.

Ist doch wahr, Mathilde. Warum?

Tyrannei. Die Tyrannei der Verbitterten. Ich war hübsch, weil ich fröhlich war, und ich war fröhlich, weil ich glücklich war. Eigentlich spielte es auch keine Rolle, dass mein Schutzengel ein Mann war (soweit ich wusste) (ein »Typ«, hatte Pauline gesagt, »ein Typ hat in der Kneipe, in der ihr wart, deine Tasche gefunden«), hätte man mir eine alte Frau oder den Glöckner von Notre-Dame angekündigt, hätte ich mir nicht weniger Mühe gegeben. Es ging nicht darum, den Typen zu würdigen, wenn ich leicht bekleidet mit kurzem Rock in die Stadt ging, sondern das Leben.

Das Leben und seine Wohltaten, so dünn gesät.

Das Leben, den Frühling und unser großes Treffen. Ich war schon aus Dankbarkeit hübsch.

Mathilde …

Okay, ich geb's ja zu. Ich war *auch* hübsch, weil ich eine Verabredung hatte. Ein per Telefon geäußertes Interesse, und zwar reichlich unverhofft. Eine Verabredung aus heiterem Himmel mit einem menschlichen Geschöpf, das dem ersten Anschein nach ganz passabel war, ein Rendezvous in Paris unweit von Napoleons Vermächtnis zur Teezeit und aus Gründen der Redlichkeit.

Ich war hübsch, weil es trotz allem schicker war als ein Rendezvous auf einem Dating-Portal, verdammt!

So, jetzt wissen Sie alles, Herr Doktor …

Unweit vom Parc Monceau kaufte ich Blumen.

Ich legte sie in mein Körbchen und holte die Verspätung wieder auf, indem ich umso heftiger in die Pedale trat.

Einen Strauß rosa Pfingstrosen für den Unbekannten, der mich wieder aufgerichtet hatte.

13.

Okay, okay, okay … Wollte man der stillen Post Glauben schenken, ich meine der zufälligen und unzuverlässigsten Übermittlung auf Erden, hatte er, der Typ, nicht »um fünf Uhr« gesagt, sondern »gegen fünf Uhr«; das versuchte ich mir in Erinnerung zu rufen angesichts der Tatsache, dass es schon weit nach halb sechs war und meine Blumen ein wenig die Köpfe hängen ließen.

Ich kannte keinen der Kellner und konnte nicht verhindern, dass ich ernsthaft ins Grübeln kam: Kein Mensch würde kommen, das Ganze war ein Streich, ein linker Trick, die Rache eines Perversen oder eine neue Demütigung von Seiten meines Vaters. Oder die ersten Vergeltungsmaßnahmen von Anastasia und Drizella.

Ich wurde veräppelt. Ich wurde dafür bestraft, dass ich anfangs so leichtsinnig und später so gutgläubig war. Man zerdepperte mir meinen Milchtopf und meine Luftschlösser. Das Ganze war ein Fake, wieder einmal. Jemand hatte auf meinem Profil einen bösen Kommentar hinterlassen. Ich wurde getaggt. Man hatte meine Seite und meine Foren verwüstet. Ein Troll hatte mir meine Tasche, meine Papiere, meine Erinnerungen, das Geld meiner Mitbewohnerinnen und damit zugleich meine letzten Illusionen geraubt. Oder aber, er … Ich versuchte mich zu beruhigen: Er hatte sich vielleicht nur verspätet? Oder wir hatten uns allesamt missverstanden, das Treffen war nicht am Dienstag, sondern am Mittwoch. Oder am Dienstag nächster Woche?

Dabei hatte ich mich auf denselben Platz gesetzt wie letztes Mal und war ganz artig. Anfangs hatte ich einen auf lässig gemacht, als läse ich einen spannenden Roman, während ich darauf wartete, dass mich ein aufdringlicher Mensch mit einem verlegenen Räuspern »Ähäm ...« aus meiner Versunkenheit riss, aber mittlerweile war ich überhaupt nicht mehr auf dem Dornröschen-Trip, ich konnte mich kaum noch auf dem Stuhl halten und starrte verzweifelt auf die Eingangstür, superhässlich und superphotoshopmäßig aufgemotzt, so dass es fast schon peinlich war.

Ich zuckte jedes Mal zusammen, sobald jemand an mir vorbeiging, und seufzte, wenn dieser jemand mich ignorierte. Noch eine Viertelstunde, dann würde ich versuchen, Pauline zu erreichen. Mein Vater kam nicht in Frage. Lieber krepieren.

Ein Kellner, der etwas aufmerksamer war als die anderen, bemerkte schließlich mein Gezappel.

»Suchen Sie die Toilette?«

»Nn... nein«, stammelte ich, »ich bin verabredet ... äh ... Das heißt, ich warte auf jemanden, der ...«

»Die Handtasche, stimmt's?«

Am liebsten hätte ich ihn auf den Mund geküsst, den großen Trottel. Er schien es zu spüren, er wirkte nämlich plötzlich etwas überfordert.

»Aber ... ist der nicht schon wieder gegangen?«

Er lehnte sich an den Pfeiler links neben mir, beugte sich vor und wandte sich an eine für mich unsichtbare Bank auf der anderen Seite:

»He, Gigolo ... Aufwachen, deine Süße ist da.«

Ich drehte mich ganz langsam um. Nicht dass ich ängstlich gewesen wäre, aber es war mir schrecklich peinlich. Ich fühlte mich regelrecht gedemütigt, als mir klar wurde, dass er ganz in der Nähe war, und das schon seit einiger Zeit.

Er hatte das letzte Mal bestimmt an derselben Stelle gesessen, im Hinterhalt, versteckt und ... äh ... das war ... Na ja, das war echt nicht fair ... Man gibt sich einer Dame zu erkennen, wenn man gute Manieren hat, junger Mann.

Ich drehte mich ganz langsam um, weil mir plötzlich wieder einfiel, was er da alles mitgehört haben konnte oder musste. Das Treffen mit meiner Mitbewohnerin, ihren »unauffälligen« Briefumschlag, ihre Ängste, mein großspuriges Auftreten, wie ich sie freundlich beruhigt hatte und wie ich zwei Minuten später am Telefon mit Marion über sie hergezogen war. Und ... Oh ... oh ... Am Handy ... Meine ganzen Geschichten, übers Anbaggern, Rumbumsen, das ganze Gewinsel der läufigen Hündin ... Und ... und meine neuen Höschen ... Und alle meine gescheiterten Affären und ... Oh ... Himmel, hilf.

Ich drehte mich tapfer um und hielt Ausschau nach einem Mauseloch, in das ich mich verkriechen könnte, bevor er ganz aufgewacht war.

Aber er schlief. Wobei, nein, er schlief nicht, er lächelte.

Er lächelte mit geschlossenen Augen. Wie eine Katze. Wie eine dicke Miezekatze, zufrieden mit dem jüngsten Coup.

Mathildes Grinsekatze in Ärgerland.

»Sehen Sie ... Er war gar nicht weit ... Okay, ich lass euch jetzt allein, was?«, sagte der Kellner und verschwand.

Schluck.

14.

Nur wenige Sekunden später, die mir unendlich lang vorkamen, aber genau reichten für ein Update: Scheiße, voll der Griff ins Klo, der Typ ist hässlich, fett, hat einen widerspenstigen Wirbel, er ist angezogen wie ein Bauerntrampel, hat sich vorm Losgehen rasiert und sich dabei zweimal geschnitten, kaut an den Nägeln, riecht komisch, und nirgends sehe ich meine Handtasche, schlug er die Augen auf.

Und schaute mich ganz merkwürdig an. Als würde er auf mich zielen oder mich heimlich zum Duell herausfordern. Er berührte seine Lider, entfernte eine Wimper und schloss von Neuem die Augen.

Erbarmen, dachte ich, er ist nicht nur hässlich, er ist auch noch besoffen. Oder er hat was geraucht. Ja, genau, er hat ganz Jamaika im Blut, der Mistkerl …

Ich beugte mich heimlich zur Seite, um zu sehen, ob meine Tasche neben seinen Füßen stand. Wenn ja, würde ich sie mir schnappen und sofort die Fliege machen, ihn seinen gräsernen Gelüsten überlassen. Doch Fehlanzeige, nur ein paar schmutzige Treter. Schwarze Schuhe mit runder Spitze, wie sie zur Grundausstattung der Gendarmerie gehören, und weiße Tennissocken mit Streifen.

Kind Gottes …

Wie tief bist du gesunken?

Gut, ich werde ihm jetzt nicht beim Pennen zuschauen und seine Schnittwunden zählen. Ich drehte mich um, griff erneut nach meinem Buch und wartete darauf, dass meine … wie hatte ich sie noch genannt? – »unverhoffte«, rein zufällige Verabredung geruhte, sich meiner zu erinnern.

Zehn Minuten waren vergangen, und ich war nicht eine Zeile weitergekommen.

Ich war fassungslos. Was machte ich hier eigentlich? Auf *wen* wartete ich? *Wer* verarschte mich da?

Ich löste mich von meiner Geschichte und ergriff den Blumenstrauß, ich würde verduften.

»Mathilde?«

Dann laut und vernehmlich:

»Mathilde, Edmée, Renée, Françoise?«

Ich stellte ein Ohr auf und zog eine halbe Braue hoch.

»Darf ich euch was zu trinken anbieten, Mädels?«

Ich hatte echt einen Glücksgriff getan, er war Komiker.

Okay, er hatte zumindest meinen Ausweis in den Fingern gehabt, so viel war klar.

Als ich zögerte, ob ich seine Einladung annehmen sollte, zog er am Reißverschluss seiner Jacke, und ich sah den Tragriemen meiner Tasche über seiner Brust. Er hielt inne, legte seine Hände auf den Tisch, betrachtete sie, hob dann das Kinn und sah mir geradewegs in die Augen:

»Tut mir leid … Ich bin sehr früh aufgestanden. Kommen Sie?«

15.

Ich setzte mich ihm gegenüber.

Wir spielten »Wer zuerst lacht, hat verloren«, eine ganze Weile, bis ich verlor. Ich fragte ihn:

»Waren Sie am Freitag schon da?«

»Ja.«

»Haben Sie geschlafen?«

»Nein.«

»Habe ich Sie geweckt?«

»Sind die Blumen für mich? Das ist ja nett.«

Er nahm mir den Blumenstrauß aus der Hand und hielt mir im Gegenzug meine Umhängetasche hin.

Sie war ganz warm. Ich drückte sie an mich, und … und das Leben kehrte zurück.

Aus seinem Gewicht, seinem Instinkt, seiner Hässlichkeit, seinem Lächeln, der kleinen Schnittwunde, die unter seinem rechten Ohr ein braunes Komma bildete, seinem billigen Humor und der Art, ein Gähnen höflich hinter seiner Pranke zu verbergen, schloss ich, dass er mir nichts geklaut hatte. Und dabei merkte ich, dass es mir nicht um den Briefumschlag ging, sondern um den ganzen Rest. Um mich. Um meinen Wesenskern, mein Vertrauen in die Menschheit. Um all die Schläge, die ich mir im sogenannten zarten Kindesalter eingefangen hatte, die mir ziemlich zusetzten, ja, mir aber nicht wirklich etwas anhaben konnten …

»Was wollen Sie trinken?«

Nachdem er die Bestellung aufgegeben hatte, haben wir uns erneut angestarrt wie die Ölgötzen.

Verglichen mit dem ersten Kontakt zwischen zwei jungfräulichen Mormonen war es ein Ausbruch der Leidenschaft. Nach einer Weile brachte ich immerhin etwas unbeholfen heraus:

»Heißen Sie wirklich Gigolo?«

»Nein.«

»Aha?«

»Ich heiße Jean-Baptiste.«

»Aha …«

»Sind Sie enttäuscht?«

»Ähm … nein.«

Zwei Rhetorikgenies.

Ich dachte an die Bilder, die ich von Saint Jean-Baptiste – Johannes dem Täufer – kannte, oder vielmehr von seinem Kopf auf einem Silbertablett, und ich betrachtete dabei mein Gegenüber. Es fehlte nur noch etwas Petersilie in der Nase.

Ich prustete innerlich los, kriegte mich aber wieder ein, keine Sekunde zu früh. Dass mich ein hundsgewöhnlicher Kerl dermaßen aus dem Gleichgewicht bringen konnte, ging mir gegen den Strich.

»Sind Sie so fröhlich, weil Sie Ihre Tasche wiederhaben?«

»Ja«, lächelte ich.

Unsere Getränke kamen, ein Tee für mich (meine guten Vorsätze) und ein doppelter Espresso für ihn, in den er gewissenhaft zwei oder drei Stück Zucker einrührte. Vielleicht auch vier.

»Müssen Sie wieder zu Kräften kommen?«

»Ja.«

Wir tranken schweigend.

Er sah mich an.

Sein Blick war so intensiv, dass ich es unangenehm fand.

»Erinnere ich Sie an jemanden?«

»Ja.«

Okay …

O je … Ganz schön mühsam, diese Geschichte … Und ich hatte überhaupt keine Lust, ihn zu unterhalten. Ich fühlte mich nicht wohl in meiner Haut, es kam mir vor, als ob er mich eingehend musterte, und dieser Eifer, der völlig fehl am Platze war, ließ ihn ziemlich bescheuert aussehen. So sehr übrigens, dass ich mich fragte, ob er nicht etwas schlicht gestrickt war. Im Sinne von zurückgeblieben, ungehobelt, zu heiß gewaschen. Sein Mund stand leicht offen, und ich wartete auf den bedrückenden Moment, in dem etwas Speichel herauslaufen würde.

Dabei habe ich mich weiß Gott bemüht: Wie frisch es draußen noch ist, wie groß Paris doch ist, wie viele Touristen herumlaufen, wie viele Tauben herumfliegen, na ja, solche Brücken halt, ziemlich ausbaufähig, aber er hörte mir nicht zu. Er war wieder in einen Zustand glückseliger Ekstase abgedriftet, und ich fühlte mich ein wenig wie die Mariengrotte in Lourdes, nur ohne die Jungfrau und den Rosenkranz.

Es hatte sich voll gelohnt, dass ich heute meine hübschen Dessous eingeweiht hatte.

Ich weiß nicht, was ihn aus seiner Lethargie gerissen hat, aber irgendwann hat er sich geschüttelt, auf seine Uhr geschaut und nach seiner Brieftasche gesucht.

»Ich muss los.«

Ich gab keine Antwort. Ich war erleichtert. Und außerdem hatte ich das dringende Bedürfnis nachzuschauen, ob ich mich nicht geirrt hatte. Ich mag die Menschen im Allgemeinen, trotzdem bin ich ihnen gegenüber misstrauisch, zwangsläufig. Er schien meine Gedanken gelesen zu haben, denn er sah mich jetzt anders an, mit so etwas wie … großer Herablassung.

»Siehst du diesen Koffer hier?«

Ich hatte ihn bisher noch nicht gesehen, doch tatsächlich stand neben seinem rechten Bein ein schöner Koffer aus hellem Holz.

»Schau her …«

Er zeigte auf eine Kette, die den Griff des Koffers mit einer Gürtelschlaufe seiner Hose verband.

»Da ist nichts so Wertvolles drin wie in deiner Tasche, trotzdem … für mich sind das mehrere Monatsgehälter …«

Er schwieg. Ich fürchtete, er hätte beim Denken irgendwo den Faden verloren, und wollte gerade etwas Witziges sagen, um die Stimmung aufzulockern, aber er fügte ganz leise hinzu, während er die Kette befingerte:

»Weißt du, Mathilde ... Wenn du an etwas im Leben wirklich hängst, tja, dann sieh zu, dass du es nicht verlierst.«

Oha ... Wen hatte ich da bloß aufgetrieben? Einen Erleuchteten? Den Sohn des Propheten? Einen Zeugen Jehovas, als Bauerntölpel verkleidet mit einem Koffer voller apokalyptischer Bilder und dämlicher Gebete?

Natürlich brannte ich darauf zu erfahren, was für wertvolle Sachen er da mit sich führte, aber das hieße, ihm plötzlich zu viel Bedeutung zu geben, und ... Und warum duzte er mich überhaupt?

»Ahnst du, was es ist?«

Hilfe. Jetzt zog er die ganz große Nummer ab. Mit Zaubermantel, Zauberstab und Hut.

»Ein Kopfkissen?«

Meine Bemerkung brachte ihn nicht zum Lachen. Vielmehr hörte er überhaupt nicht, was ich sagte. Er stellte seinen Schminkkoffer auf den Tisch, hantierte an dem Zahlenschloss, drehte ihn zu mir um und hob den Deckel hoch.

Darauf, das muss ich zugeben, war ich nicht gefasst gewesen. Er schloss den Deckel wieder und stand auf.

Tja ... hm ... wie soll ich sagen? Die Schlaftablette vor mir mit ihrem etwas dümmlichen Gesichtsausdruck und einem insgesamt beschränkten Vokabular spazierte mit einem Koffer voller Messer durch die Gegend.

In Wahrheit war er Rambo, ich hatte ihn nur nicht erkannt.

Er war mittlerweile schon am Tresen und beglich die Rechnung.

Was für eine Story ... Tja, ich stand ebenfalls auf.

Alles gut und schön, aber jetzt wollte ich die Kohle zählen!

Er hielt mir die Tür auf und blockierte sie just in dem Moment, als ich unter seinem Arm hindurchschlüpfen wollte. Nicht lange, eine halbe Sekunde nur, eine achtel Sekunde, gerade lang genug, um so zu tun, als sei er auf seine Schnürsenkel getreten, habe das Gleichgewicht verloren und sei von hinten auf mich gestolpert. Er berührte mich kaum, den Hauch einer Sekunde nur. Ich hatte nicht einmal die Zeit, pikiert zu sein, schon waren wir draußen. Aber ich hatte seine warme Nasenspitze an dem kleinen spitzen Knochen ganz oben an der Wirbelsäule gespürt.

Ich hatte es zu eilig, das Ganze hinter mich zu bringen, als dass ich mich damit aufhielt, ihm einen Vorwurf zu machen, ich entwand mich geschickt.

Puh. Bloß keine Tanzschritte mit diesem Trottel. Aus dem Weg mit ihm und seinen verfluchten Macheten.

Zurück in den Dschungel mit dir, Cheeta, sofort ...

Trotzdem wollte ich ihn nicht mit einem schlechten Eindruck zurücklassen. Er würde es nie erfahren, aber ich schuldete ihm sehr viel.

Also, Kopf hoch, kleine Madonna der Versager dieser Welt, Kopf hoch. Schenk dem netten Herrn ein kleines Lächeln. Ein letztes freundliches Wort zum Abschied, das bringt dich nicht um.

»Ihre Jacke ...«, fügte ich hinzu, »hat einen ganz eigenen Geruch ...«

»Hirsch. Das ist Hirschleder.«

»Ach. Echt? Das hab ich noch nie gesehen. Tja, also dann … sage ich tschüss und vielen, vielen Dank.«

Ich gab ihm die Hand, das Problem war nur, dass er sie nicht mehr losließ.

»Eigentlich«, stammelte er, »ähm … ich … ich wollte dich … Sie gern wiedersehen.«

Ich lachte laut auf, um ihn ein für alle Mal loszuwerden, dann sagte ich:

»Na ja, ich weiß nicht, aber ich glaube, Sie sind schon im Besitz aller notwendigen Informationen …«

Und noch während ich die Worte aussprach, wurde mir klar, dass mein spießiges Lachen ziemlich falsch klang.

»Nn… nein«, stotterte er und starrte auf meinen Arm.

Wie blass er plötzlich war.

Blass, ernst, hilflos und traurig. Er war gerade um zehn Jahre gealtert. Er hob den Blick, und zum ersten Mal hatte ich das Gefühl, dass er mich tatsächlich sah.

»Ich *hatte* alles, natürlich, aber ich … ich habe nichts mehr, weil ich dir … weil ich Ihnen alles zurückgegeben habe.«

Äh … Ich fragte mich, ob er mir gerade etwas vorspielte. Er wirkte ehrlich, aber übertrieb er es dabei nicht ein bisschen?

Meine Rädchen drehten hohl: He, gib ihm auf keinen Fall deine Nummer. Du siehst doch, dass der Typ total gestört ist. Das ist dir doch klar. Sieh nur hin. Schau ihn dir an! Sein Gesicht. Der geht glatt als der kleine Cousin von Jack the Ripper durch, aus der Provinz. Außerdem, ich weiß nicht, ob du es gesehen hast, aber ihm fehlt eine Fingerspitze. Ein ziemlich großes Stück sogar. Und überhaupt, er ist zwar ein anständiger Kerl, keine Frage, aber er ist echt hässlich, Mann … Das Ganze bringt dir nur Scherereien, das weißt du genau. Du bist schon so oft reingefallen. Los, irr dich bei der Nummer, Mathilde … Mach schon … Nur bei der letzten Ziffer … Es wäre weder das erste noch das letzte Mal.

Sag mal, spinnst du … er war echt nobel.

Woher willst du das wissen, du Närrin? Du hast deine verdammte Tasche ja noch nicht mal aufgemacht!

Mag sein, aber ich habe sie immerhin in der Hand. Ich sitze jedenfalls nicht heulend auf der Wache.

Ich kann sie ihm doch auch geben und später nicht ans Telefon gehen …

Wie du willst, aber mal im Ernst, du forderst dein Schicksal echt heraus, was?

Wirklich wahr, ich habe meinen Anteil an hoffnungslosen Fällen längst gehabt. Ich weiß nicht, ob ich mit Cupido schon immer auf dem Kriegsfuß stand, aber was habe ich Federn gelassen, nur weil der Typ einen Knick in der Optik hat … Gut, lassen wir das, das gehört nicht zum Thema, ich werde dem Kerl meine Nummer geben, und zwar nur aus einem Grund, weil ich fürchte, dass er die Nummer meines Vaters aufgehoben hat und ihn in seiner Verzweiflung anrufen könnte.

Wenn ich mich schon mit einem Gestörten herumschlagen musste, dann lieber mit ihm.

»Hören Sie … könnten Sie vielleicht mal kurz loslassen?«

Er hatte so fest zugedrückt, dass seine dicken roten Finger auf meine abgefärbt hatten.

Ich schrieb meine Nummer auf ein Metroticket.

Er studierte sie lange, als wollte er sichergehen, dass sie richtig war, versenkte sie in seiner Brieftasche, diese dann in der Innentasche seiner Jacke, musterte mich ein letztes Mal, nickte mit dem Kopf und ging in die entgegengesetzte Richtung davon.

Uff…

Ich machte drei Schritte, dann drehte ich mich um, etwas verlegen wegen der vielen schlechten Gedanken, die ich gehabt hatte:

»He … hallo … Jean-Baptiste!«

Er drehte sich ebenfalls um.

»Danke!«

Letzter Blick, letztes Lächeln, diesmal viel verkniffener als zuvor. Letztes Schulterzucken, das bedeuten konnte: »Gern geschehen«, »Halt's Maul« oder »Verpiss dich«, dann düste er weiter.

Ich beobachtete ihn aus der Ferne, wie er mit seinem leicht gebeugten Hirschlederrücken, seinen riesigen Messern in der einen Hand und dem Strauß Pfingstrosen in der anderen die Avenue Friedland überquerte, und ich … ich war völlig neben der Spur.

Zum Beweis: Ich wartete, bis ich zu Hause war, um meine Tasche aufzumachen und endlich die Knete zu zählen.

16.

Es war alles da. Auch in meinem Geldbeutel. Und aus irgendeinem Grund, den ich mir nicht erklären konnte und der mir missfiel, war ich darüber ein wenig enttäuscht.

Ich schlüpfte wieder in eine Jeans, steckte meine eigenen 5000 Kröten in den verfluchten Briefumschlag und legte ihn auf den Küchentisch mit einer kleinen Nachricht, die etwa folgendermaßen lautete: »Hier habt ihr die Knete, und jetzt lasst mich in Ruhe mit euren bescheuerten Renovierungsarbeiten«, bevor ich mich aus dem Staub machte.

Meine zwei Sch'tis konnten jede Minute heimkommen, und das hätte meine Kräfte überstiegen. Auch Marion. Alles. Alles hätte meine Kräfte überstiegen.

Ich merkte, dass mir wieder zum Heulen war, also ging ich ins Kino und schaute mir eine Liebeskomödie an.

zweiter Akt

1.

Kaum hatte der Abspann begonnen – ich wollte es eigentlich gar nicht verraten, aber in meinem jetzigen Zustand brauche ich mich nicht mehr zu zieren –, zückte ich mein Handy und hoffte auf ihn.

Auf ihn. Den Warrior Jean-Baptiste.

Natürlich hätte ich damals Stein und Bein geschworen, dass es nicht stimmte, dass es völliger Blödsinn war, aber wenn ich heute mit ehrlichem Blick auf das damals nicht sehr ehrliche Mädchen schaue, das in dieser Aprilnacht die Rue Caulaincourt entlanglief und über seinem Herzen seinen zerschlissenen Dufflecoat übereinanderschlug, dann sage ich Ihnen eins – und das können Sie gern festhalten, Frau Gerichtsschreiberin: Es war die Vorführung um 18 Uhr, mit der sie sich beschäftigte.

Es war sein Gesicht, das sie angehalten hatte und nun als Standbild betrachtete, es waren ihre (unvergesslichen) Repliken, die sie als Endlosschleife laufen ließ, und seine Zuckerwürfel, die sie erneut zählte, während sie in der Hosentasche ein stummes Stück Plastik zerquetschte.

Das mit der Dunkelheit verschmolz. Schnitt.

*

Und dann?

Dann nahm das Leben wieder seinen Lauf.

So heißt es doch, wenn nichts passiert, oder?

Wenn man seine guten Vorsätze vergisst, seine Träume von der Freiheit aufgibt (warum weggehen, wo mein Zimmer doch gerade frisch gestrichen wurde?) und von der Größe (warum mein Studium wiederaufnehmen, solange mir der Computer als einarmiger Bandit dient?) und man weitertrinkt und rechts und links mit Männern schläft und sich Komödien ausdenkt, die alles andere als romantisch sind.

Wenn man dabei vom Regen in die Traufe kommt und am Ende mit irgendeinem Kerl im Bett landet.

Ja, genauso heißt es doch.

Die Jugend …

Dieser Wartesaal …

Was war aus meinem bekifften Schläfer geworden? Ein Gag, eine Anekdote, eine lustige Geschichte, die man bei Tisch zum Besten geben konnte. Ich hatte damit meine kleinen Erfolge … Ich schnitt ihm von Mal zu Mal ein weiteres Fingerglied ab und stattete ihn mit einem weiteren Messer aus. Am Ende war er quasi *Lord of War* in der Leprastation von Kalkutta.

Anfangs musste ich ständig daran denken. Es gab Dinge an ihm, die mich verfolgten: dieses autoritäre »Kommen Sie?«, die Sorgfalt, mit der er mich von Kopf bis Fuß gemustert hatte, sein gequälter Gesichtsausdruck, als er davon sprach, dass wir uns wiedersehen könnten, und die Tatsache, dass er meine Tasche nicht allzu gründlich durchwühlt haben konnte, sonst hätte er sie von selbst gefunden, meine Telefonnummer, und dann sah ich wieder seine weißen Socken vor mir und wandte mich mit neuem Mut meinen Webcoms zu.

Mein tapferes GPS hatte recht: Sackgasse geradeaus.

*

In den folgenden Tagen versuchte mich dreimal jemand mitten in der Nacht zu erreichen, ohne eine Nachricht zu hinterlassen. Beim ersten Mal dachte ich, jemand hätte sich verwählt, beim zweiten Mal beschlich mich eine leise Ahnung, und beim letzten Mal wusste ich, dass er es war: Ich hatte sein Schweigen erkannt.

Obwohl die Uhr schon 2 Uhr nachts zeigte, war ich noch wach und versuchte, ihn zurückzurufen, aber es war eine anonyme Festnetznummer, und mein Klingeln verlor sich in der Ferne.

In dem Moment ging irgendetwas in mir kaputt. Und ich widersetzte mich einem meiner wenigen Prinzipien (das sowohl moralisch wie meiner Gesundheit zuträglich war, wenn ich so sagen darf), ich schlief mit eingeschaltetem Handy neben meinem Kopfkissen. Ich pfiff auf die Strahlen, auf den Krebs, auf meinen Stolz und auf meine Nachtruhe: Ich brauchte Gewissheit. Wer versuchte hier, mich heimlich zu erreichen, und machte zugleich alle Chancen, mich anzutreffen, zunichte? Wer? Und falls er es war, warum? Was wollte er bloß von mir? Auf den ersten Blick vermochte ich die … wie soll ich sagen … die Tragweite einer solchen Handlungsweise nicht zu ermessen … aber wie konnte man besser in die Intimsphäre eines anderen Menschen eindringen, als ihn im Schlaf zu attackieren?

Von nun an stellte ich jeden Abend die Lautstärke des Klingeltons auf Maximum und teilte mein Bett mit einem Phantom.

Ich ging weniger oft aus. Ja, es ärgert mich zwar, es zuzugeben, und ich hatte tausend Ausreden parat, für den Fall, dass jemand nachgebohrt hätte, aber die Faktenlage ist eindeutig: Ich ging weniger aus. Zehn Tage, vielmehr zehn Nächte waren ohne Zwischenfall verstrichen, und ich hatte gerade beschlossen, mich wieder auszuklinken, weil ich schlecht schlief. Ich wachte regelmäßig auf, um nachzusehen, ob nicht das kleine Symbol für eingehende Anrufe blinkte oder ob mein Handy unter der Decke nicht erstickt war.

Und ich war sauer auf ihn. Und ich war sauer auf mich. Ja, ich war mordsmäßig sauer auf mich, weil ich so dünnhäutig geworden war. Ich war so sauer auf uns, dass ich mir an diesem Abend, wie ich mich erinnere, beim Schlafengehen schwor, es sei das letzte Mal. Es sei seine letzte Chance, mich nachts heimzusuchen.

Sollte er doch mit seinen Ketten, seinen Messern und seinen heimlichen Anrufen versauern, ich hatte es satt.

Anrufe, SMS-Nachrichten, Anzeigen auf dem Display, Chats und Mails, ich wollte diese virtuellen Begegnungen nicht mehr auf dem Konto »Liebesleben« verbuchen.

Ich hatte für all die absurden und albtraumhaften Rendezvous, die uns die Liebe in digitalen Zeiten bescherte, gebüßt und gelitten, ich hatte meinen Teil der Zeche bezahlt.

Ja, ich war müde. Schlimmer noch, ich fühlte mich beschämt, leer, wirklichkeitsfremd, so oft geliebt zu haben, ohne zu lieben. Jetzt wollte ich was Echtes mit echten Leuten und echtem Fleisch dran, sonst würde ich lieber passen.

Und weil er sehr stark ist und in puncto Fleisch alle Erwartungen erfüllt, rief er in dieser Nacht wieder an.

2.

Er musste früher angerufen haben als die anderen Male, denn ich war mitten im ersten Tiefschlaf und kapierte nicht sofort, ob es im Traum klingelte oder im wahren Leben, ich streckte den Arm aus und spürte einen warmen, harten und glatten Gegenstand an meinem Ohr.

Nichts passierte. Es war ein Traum. Völlig apathisch flüsterte ich:

»Jean-Baptiste?«

»...«

»Sind Sie es?«

»Ja.«

»Die letzten Male auch?«

»...«

»Warum machst du das? Warum sagst du nichts?«

»...«

Ich hatte mich um meine Hand mit dem Handy eingerollt. Es dauerte. Es dauerte zu lange. Während ich auf seine Antworten wartete, schlief ich wieder ein.

Ich weiß nicht, wie viele Minuten so verstrichen sind. Am nächsten Morgen zeigte mein Anrufprotokoll, dass unser Gespräch zwei Stunden und vierunddreißig Minuten gedauert hatte, aber ich nehme an, ich hatte nicht richtig aufgelegt. Irgendwann hörte ich:

Ichwürdirgäänwasessemachen.

Genau in dem Moment machte ich die Augen auf, und es verschlug mir die Sprache.

Er war ganz besorgt:

»Sind Sie noch dran?«

»Ja.«

»Weißt du, ich … ich bin Koch.«

»…«

»… und ich würd dir gern was zu essen machen.«

Oh, sorry. Ich hatte verstanden, ich würd's dir gern ganz bequem machen. Also … ähm … in welcher Dimension waren wir da gelandet? Ein verklemmter, verschossener und an Schlaflosigkeit leidender Kochmützenträger rief mich um Viertel nach zwölf an, um mir seine Speisekarte vorzulesen … Legt euch wieder schlafen, Freunde! Legt euch wieder schlafen! Alles unter Kontrolle! Und Küsschen von der heiligen Anna!

»Willst du das?«

»Jetzt gleich?«

»Nein«, seine Stimme nahm plötzlich einen etwas fröhlicheren Ton an, »ein bisschen Vorbereitung gehört schon dazu!«

»Wann?«

»Ich sage dir noch Bescheid. Ich muss noch etwas abklären. Kannst du dir eine Nummer aufschreiben und mich morgen Abend um dieselbe Zeit anrufen?«

Hm, eine äußerst praktische Uhrzeit, das muss man schon sagen.

»Ich höre.«

Ich schnappte mir irgendein Buch, das auf meinem Nachttisch lag. Weiterhin im Halbschlaf notierte ich im Licht meines Displays eine Reihe Zahlen, die er mir diktierte. Was danach kam, weiß ich nicht mehr. Ich hörte noch ein- oder zweimal meinen Vornamen, aber ich kann nicht sagen, ob es seine Stimme war oder nur deren Echo in meinem Dämmerzustand.

3.

Am nächsten Morgen hatte ich die Gewissheit, nicht geträumt zu haben, eine Telefonnummer prangte auf dem Vorsatzblatt – welch Ironie – von Michael Connellys Buch über einen Strohmann, *Sein letzter Auftrag*.

Ich musste allerdings völlig im Tran gewesen sein, ich konnte meine eigene Schrift nicht mehr lesen. War das hier eine 7, eine 3 oder eine 1? Und dort? Eine 2, eine 3 oder eine 5?

Hm. Ich würde alle Kombinationen durchprobieren.

Ich war zwar in der Schule eine Niete in Mathe gewesen und noch mehr in Wahrscheinlichkeitsrechnungen, aber ich ahnte schon, dass mich dieses kleine Kniffelspiel eine ganze Weile wach halten würde.

Das zweite Problem war, dass ich kaum bis Mitternacht warten konnte, um eine Reihe eventuell falscher Nummern in die Tastatur zu tippen. Das Risiko, eine Menge rechtschaffener Bürger zu wecken und nebenbei gelyncht zu werden, war zu groß. Daher habe ich gegen 10 Uhr angefangen, und ich tat gut daran, denn auch zwei Stunden später hatte ich meinen Schlauberger noch nicht ausfindig gemacht.

Die Stimmen am anderen Ende der Leitung waren zunehmend weniger entgegenkommend, und ich fing an, den Durchblick über meine Kombinationen zu verlieren. Ich konnte mich nicht mehr erinnern, welche ich schon ausprobiert hatte, ich fragte unaufhörlich nach einem Jean-Baptiste und antwortete jedes Mal »Oh, Entschuldigung, das tut mir leid«, richtete in allen Haushalten im Großraum Paris, deren Telefonnummer mit 01.41, 01.43 oder 01.45 begann, ein Chaos an und dann … ach Scheiße, Mann, ich gab auf.

Ich war genervt. Er würde schon wieder anrufen.
Ein Monomane ließ niemals locker.

Ich selbst war ein Nervenbündel, mein Superthriller vollgekritzelt mit durchgestrichenen Zahlen und mein Handy kurz vor der Implosion.

Ich ging nach draußen.

Schnappte ein wenig frische Luft zusammen mit anderen Schlaflosen, die weniger mundfaul waren.

Ist doch wahr! Dieser Autist ging mir allmählich gewaltig auf den Senkel! Er konnte mich mal! Sollte er seinen Fraß doch Mädels vorsetzen, die mehr sein Stil waren! Außerdem bin ich überhaupt keine gute Esserin! Mir ist die französische Gastronomie so was von egal. Gib mir ein Stück Brot, und ich bin glücklich!

Mann, war ich ungerecht … Der Idiot hatte mir schon den Rest gegeben, bevor er überhaupt seinen Herd angeschmissen hatte.

Meine Nerven lagen blank, ich schäumte. Ich musste auflegen, den Stecker ziehen, die ganze Geschichte vergessen und mein Fahrrad besteigen.

Ja, ich musste mich auf den Sattel schwingen, trinken und vergessen.

Ich strampelte und strampelte, ich strampelte wie besessen.

Und herrschte die Sterne an.

Nach dem Motto:

Warum immer ich, was soll das? He, Opa, ja du da oben, mit dir rede ich! Warum schickst du mir immer nur Sozialfälle? Scheiße, die sind doch dein Job, Mann! Mir reicht's. Du hast mir schon genug Müll angedreht. Mein Gott … Mein Gott, ich flehe dich an: Verlasse mich.

4.

Er rief nicht wieder an.

An diesem Abend nicht und auch nicht an den folgenden.

Dabei legte ich mich noch ein paar Nächte lang mächtig ins Zeug und ließ mein blödes Handy an. Ohne Erfolg. Ich hatte mich in ihm getäuscht. Er war nicht so dämlich wie gedacht.

Oder noch dämlicher. Oder weniger motiviert, als ich erwartet hatte.

Kurzum, der Dickwanst hatte mich von vorne bis hinten verarscht.

Und das Leben, wie hatte ich noch gesagt?, »nahm wieder seinen Lauf«.

Ganz einfach.

Das war's.

Scheiße, Mann.

5.

Natürlich kam ich darüber hinweg. Ich hatte schon Schlimmeres erlebt, wie man gemeinhin sagt. Es war Frühling, Frühling in Paris, der Frühling von Cole Porter und Ella Fitzgerald. Die Straßencafés, die Versprechen und die Tage dehnten sich aus, ich war am Leben und bei guter Gesundheit, ich hatte weitere Trümpfe in meinem Ärmel und mehr als einen Zaubertrick auf Lager, ich verscheuchte den Kerl aus meinem Kopf.

Ganz im Ernst. Ich hatte ihn vergessen. Und dann leerte ich eines Morgens meine Tasche aus. Weil ich eine andere benutzen wollte. Weil ich zu einer Hochzeit eingeladen war und etwas Schickeres brauchte. Und jetzt kam die Überraschung vom Küchenchef: Pikantes Hähnchen und Eisbombe.

Ohne Vorwarnung kehrte mein Koch zurück und goss Öl ins Feuer.

Heiß und fettig.

beiseite gesprochen

1.

Hätte ich eine Erzfeindin, der ich die schlimmsten Qualen an den Hals wünschte, die leisesten, langsamsten, grausamsten und zerstörerischsten, ich würde sie einem Schriftsteller in die Arme werfen, würde dafür sorgen, dass sie von reiner Liebe zu ihm ergriffen würde, und würde dabei zusehen, wie sie litt, während ich beiläufig in einer uralten *Paris Match*-Ausgabe blätterte.

Ich war kaum neunzehn, als mir diese Strafe widerfuhr. Neunzehn … Ein Kind … Elternlos noch dazu … Oh, das ist ja eine tolle Geschichte, Schätzchen. Ein Vögelchen, das aus dem leeren Nest gefallen ist, mit großen traurigen Augen und rasiertem Schädel. Bestes Futter … Bester Stoff für einen Roman … Einen Erstling … Nicht nur ein hübsches Dekor, sondern auch ein verdammt guter Plot, was?

Okay. Ich hör schon auf. Er hat sich seitdem einen Namen gemacht. Ich habe ihm Glück gebracht, vielmehr mein Fall hat ihm Glück gebracht, und er braucht keine Werbung. Die Vermarktung kriegt er sehr gut selbst gewuppt. Irgendwann, wenn ich einmal alt bin, wird man mir vielleicht ein oder zwei Fragen stellen für eine kleine Fußnote, aber bis dahin schweige ich lieber.

Friede.

Friede dem Künstler.

Platz für Legenden.

Nur eine letzte Sache noch. Die Begegnung mit diesem Jungen, diesem Mann, diesem Filou in meinem Leben hatte vor allem eins bewirkt: Sie hat mich an die Erkenntnis erinnert – und mich zudem in ihr bestärkt –, die ich während der langen Krankheit und dem Todeskampf meiner Mutter gewonnen hatte, nämlich dass der Spruch »Was uns nicht tötet, macht uns nur noch härter« absoluter Schwachsinn ist, was uns nicht tötet, tötet uns nicht, Schluss aus.

(Ein komplizierter Satz, der hinsichtlich seiner Syntax durchaus diskussionswürdig ist und sich schlicht und einfach folgendermaßen zusammenfassen ließe: Dieser Mistkerl hat mir das Maul gestopft.)

Werter Nicolas Boileau, ihr lagt daneben. Nur weil man etwas begreift, kann man es noch lange nicht klar formulieren.

*

Er war meine erste Liebe. Es war nicht das erste Mal, dass ich mit einem Jungen schlief, aber es war das erste Mal, dass ich wirklich »Liebe machte«, und das war … okay, ich habe gesagt, dass ich aufhöre, daran halte ich mich. Ich bin schließlich keine Schriftstellerin. Ich brauche mir keinen abzubrechen, um meine Vergangenheit aufzuarbeiten, meine Gefühle in Reagenzgläser zu packen und das herauszudestillieren, was ich an Scheiße erlebt habe, um daraus Schotter zu machen, also komm zur Sache, Mathilde, komm zur Sache. Zerstör nicht den kleinen Rest Würde, den er aus Taktgefühl oder Nachlässigkeit unangetastet gelassen hat, ich bitte dich.

Ich weiß, ich weiß, man nennt das eine Ellipse. (Klar doch, er hat mir en passant schon das eine oder andere beigebracht.) Ich will nur klarstellen, weil die Geschichte, die uns hier interessiert, es fordert, dass mir dieses liebenswürdige Geschöpf zahlreiche Briefe geschrieben hat – Liebesbriefe, wie ich mir damals einbildete, Fingerübungen, Schreibversuche, wie ich mir später eingestehen musste –, die ich irgendwann einmal abends in den Müll geworfen habe, als ich glaubte, damit fertig zu sein.

Die ich schließlich unter einem Haufen Zigarettenstummel, leerer Flaschen, Kaffeesatzreste und ziemlich dreckiger Demak'Up-Pads begraben habe.

Halleluja. Endlich hatte ich es geschafft, sie wegzuschmeißen.

Bis auf einen.

Und warum?

Warum nicht diesen einen?

Weil es der letzte war. Weil er mir mehr gehörte als alle anderen. Weil ich dazu neigte – und es immer noch tue – zu glauben, dass er aufrichtig war, und selbst wenn er es nicht gewesen sein sollte, so war es nicht mehr wichtig. Weil ich selbst aufrichtig genug zu mir bin, um zwischen dem Schönen und dem Wahren unterscheiden zu können, und weil ich das Schöne vorziehe, wenn es sich aufdrängt. Weil die Frage, ob etwas Kunst oder Schmiererei war, mich niemals wirklich interessiert hat. Weil dieser Brief mich daran erinnerte, dass ich von einem begabten Jungen geliebt worden war, dass ich ihn inspiriert hatte und ja, allem zum Trotz, ihm zum Trotz dieses Glück erlebt hatte.

Und weil er schön ist.

Und auch ich es war …

Weil ich mit ihm älter geworden bin. Weil er mir beim Älterwerden zugesehen hat. Stinknormales DIN-A4-Papier, getränkt mit kleinen Zeichen aus schwarzer Tinte, die so hintereinander angeordnet waren, dass ich mal schrecklich verlegen reagierte, dann wiederum geschmeichelt, skeptisch, angewidert, dass ich mich von Kummer überwältigt über einen Mülleimer beugte und schließlich … meine Meinung änderte.

Bekehrt. Fatalistisch. Konservativ. Bewahrend. Als Hüterin des Heiligtums, das mir lieber als das Leben war, bevor es schließlich …

… in meiner Handtasche landete.

Aus Gründen der Diskretion. Um nicht in die Hände meiner WG-Genossinnen oder eines anderen Menschen zu geraten. Bloß nicht.

Der Brief steckte in dem kleinen Innenfach meiner Handtasche. Dem einzigen Fach, das sich mit einem Reißverschluss verschließen ließ. Schmal, unauffällig, unverdächtig für alle, die nicht gezielt danach suchten.

Er war nach wie vor da, nur, dass er nicht mehr in seinem Briefumschlag steckte, sondern den Briefumschlag umarmte, dabei war ich mir sicher, ihn im Umschlag belassen zu haben. Er umarmte den Briefumschlag, umarmte meinen Namen und meine damalige Adresse, als wollte er mir bedeuten, dass er gelesen worden sei und es von großer Bedeutung sei, dass ich es auf diese Weise erführe …

—

Nun, wie du siehst, habe ich einen anderen gebeten, den Briefumschlag an dich zu adressieren … Es ist ein krasses Täuschungsmanöver, das gebe ich zu, aber schick ihn mir nicht zu-

rück. Nicht diesen Brief. Er ist mehr wert als ich selbst, versprochen.

Falls du ihn nicht sofort lesen willst, dann warte. Warte zwei Monate, zwei Jahre, vielleicht auch zehn. Warte auf den nötigen Abstand.

Zehn Jahre, ich bin ganz schön eingebildet.

Nimm dir die Zeit, die du brauchst, aber bitte schlag ihn irgendwann auf. Bitte.

Unser letztes Gespräch oder besser unser allerletzter Kampf geht mir seit Wochen nicht aus dem Kopf. Du hast mir Egoismus, Gemeinheit, Selbstsucht vorgeworfen. Du hast mir vorgeworfen, ich hätte dich benutzt, dich ausgesaugt, hätte die Inspiration, die du mir gegeben hast, mehr geliebt als dich selbst.

Du hast mir vorgeworfen, ich hätte dich nie geliebt.

Du fühlst dich verraten. Du hast mir ins Gesicht gesagt, dass du im Leben kein einziges Buch mehr lesen wirst. Dass du die Worte genauso sehr hasst wie mich, vielleicht noch mehr, falls das menschenmöglich ist. Worte seien jämmerliche Waffen für jämmerliche Kreaturen meines Kalibers. Sie taugten zu nichts, sagten nichts aus, seien verlogen. Sie machten alles kaputt, was sie berührten, ich hätte dir für immer die Lust an ihnen geraubt.

Jetzt, an diesem Abend, ob in zwei Monaten oder in zwei Jahren, wirst du die folgenden Worte lesen, und du wirst sehen, Liebes, dass du nicht immer recht hast.

—

Deine geschlossenen Lider, Mathilde, ähnelten, sobald du in meinen Armen lagst, der inneren Schale einer Litschifrucht. Das paillettenhafte Schillern, die rosa Farbe, unerwartet und herz-

zerreißend. Deine zuckersüßen Ohrläppchen glichen der Kammspitze eines gut gemästeten Hahns – winzige Porzellankiesel, weich und mürbe schmolzen sie im Speichel meiner Küsse dahin – und deine Ohrmuscheln ein Juwel, Krapfen zur Fastenzeit, ein Frikassee aus Vogelköpfen.

Dein Haaransatz, dein duftender Nacken über jener flaumigen Wölbung, jenes zum Streicheln anregenden Trichters hatten den bitterscharfen Geschmack von dunklem Brot, und deine Fingernägel waren für den daran Lutschenden Mandeln, die man allzu früh geknackt, bevor der Sommer zu Ende war.

Unter deinen Salzminen perlte ein mit Essig versetzter Tropfen, der auf der Zunge bizzelte, und aus der Wölbung deiner Schulter kam zum Trost Gekühltes und Erfrischendes, das zarte Fruchtfleisch einer eingelegten Birne. Einer Tafelfrucht, an der man sich im Dunkel der Vorratskammer ergötzt …

Die winzigen Bläschen in deinem lachenden Mund, Tränen eines Rosé, frisch und herb, und deine Zungenspitze, Geliebte, waren körnig und granatfarben, rauh und blass, wie zarteste Walderdbeeren es sind. Waren wie sie entzückend unschuldig, geheim und scheu und unfassbar, unfassbar süß.

Die Spitzen deiner Brüste? Zwei Ackerbohnen aus der Provence, die ersten, die man im Februar erntet und die besonderer Aufmerksamkeit bedürfen, weil sie in rohem Zustand zu schälen sind, solange die geschwungene Form in meinen Händen noch ihre bernsteinfarbene, glatte, zarte und nach Frühlingsbirnen duftende Sahnigkeit besitzt.

Die Talmulden, die zu deinem Nabel führten, sobald du unter meiner kundigen Hand wohlige Feuchtigkeit verströmtest, erinnerten an die zuckrige Säure von Zwetschgen aus längst vergessenen Gärten und weckten einen Mund zum Glück, der trunken war von all dem cremigen Genuss.

Deine Hüften zwei Briochekugeln, und dein hohles Kreuz, es schmeckte, daran erinnere ich mich, lieblich wie eine Akazienblüte. Betäubender Duft allgegenwärtig, von den Rundungen deines Pos zu den erlesenen Grübchen in den Beugen deiner Knie. Schlingen zarten Fleischs, sanft und willig, die allzu kühne Finger gern gefangen nahmen …

Die Wölbung deiner Füße war wie Moschus, die Mulden deiner Knöchel bitter, fruchtig der Wadenbogen, salzig die Kniekehlen, mineralisch die Innenseite deiner Schenkel, und was sich im Innern fand, was folgte und übersprudelnd entwich, übertraf alles auf dem Weg dorthin Gekostete. Ein Fond. Aus deinen tiefsten Tiefen, dem Universum selbst.

Köstlicher Tropfen deines Innern, moderne Prinzessin, du, den ich gern bis zum letzten Schluck gekostet hätte, mir bleiben nur die Worte, mich an ihm zu laben.

Ach, Worte, jene kläglichen Vehikel, darauf hast du mich hingewiesen, sie leisten gar nicht viel. Sie wissen nichts, erfinden nichts, sie lehren nichts, und wenn sie sich erinnern, dann verräterisch.

Mehr noch als deine Haut, deine Haare, deine Nägel ist es die Essenz deines Wesens, der Saft deines Leibes, dein Pektin, dein Cyprin, dieser Verräter deines Hungers, deines Dursts und deines Schwindels, dieser Messdiener deiner Sehnsucht, der mir auch in dieser Nacht das Wasser im Mund zusammenlaufen lässt.

Wonach hat sie geschmeckt, deine Auserwählte?, fragen die 26 Buchstaben des einzigen Alphabets, das ich je gelernt, und in welche Reihenfolge gehören wir, falls es unsere Aufgabe ist, es ihr zu sagen?

Schwalbennest. Warme Feige. Überreife Aprikose. Winzige Himbeere, die man im leichten Nieselregen schlürft.

Hier Furchen im Sand, dort von der Flut hinterlassenes

Strandgut. Aderlass der Seele, blutender Mond. Oder Fischmilch. Vormilch der Aphrodite.

Beängstigende Mischung aus Muttermilch und dem Sekret brünstiger Tiere.

Sahnegefüllte Windbeutel. Bukett aus benetzten Lippen und pochiertem Fisch. Filetierter Rochen. Rosa Fleisch an weißer Gräte. Muschelwasser. Saft unter dem Panzer versteckt. Des Seeigels korallenrote Emulsion. Tinte eines Tintenfischs, ausgesaugt und eingefangen. Gewölbter Gaumenkitzel. Ein Hauch von Fruchtbonbon an der betäubten Zunge. Göttliche Götterspeise. Zitronat. Rotes Zitronat an jodierter Schale …

Ach Mathilde.

Ich gebe auf.

Ich habe dich geliebt.

Ich habe dich mehr geliebt, als meine Worte es beschreiben können.

Und lange nicht so gut.

2.

Meine Hände zitterten. Irgendetwas, ich weiß nicht genau was, der üble Geschmack von Scham, Keuschheit, gebrochenen Geheimnissen, ihrer Unschuld beraubt, stieg mir in den Hals und drehte mir dabei den Magen um.

Ich wusste nicht, wie mir geschah. He, dachte ich enerviert, jetzt mal ganz ruhig, Alte, ganz ruhig. Das hat nichts zu bedeuten, es war nichts passiert, nur ein kleiner intellektueller Fick, den er sich gegönnt hatte, während er an seinem Füller lutschte.

Außerdem kann es sein, dass er gar nicht lesen konnte, unser Geselle aus dem Schneide- und Wurstwarengewerbe …

Egal, ich hab den Brief sofort in der Spüle verbrannt.

Ich fror und schwitzte im Wechsel, mir war übel, und ich bemühte mich, das geschwärzte Papier in den Abfluss zu bugsieren, eine Hand vor dem Mund.

Ich hatte es eilig, war fertig, zu spät dran, kalter Schweiß stand mir im Gesicht, und ich spürte, wie sich meine Schminke verabschiedete.

Ich musste kotzen.

3.

Ich putzte das Spülbecken mit Javelwasser, bevor ich reichlich Wasser hinterherschickte. Lange. Ausgiebig. Bis das ganze Elend in den Tiefen der Pariser Kanalisation verschwunden war.

»Alles in Ordnung?«

Paulines Stimme.

Ich hatte nicht gehört, wie sie nach Hause kam. Ihre Sorge galt weniger meiner Gesundheit als vielmehr der Wasserverschwendung.

»Bist du krank?«

Als ich mich umdrehte, um sie zu beruhigen, wurde mir klar, dass sie mir nicht glauben würde.

»Mein Gott … Was ist denn jetzt schon wieder los? Du hast gestern Abend zu viel getrunken, oder?«

Was für ein Ruf …

»Auf keinen Fall!«, rief ich töricht, während ich meine

Mascara mit den Zeigefingern notdürftig verteilte, »heute ist mein großer Abend! Du siehst doch, wie schick ich mich gemacht habe … Ich gehe zur Hochzeit meiner Freundin Charlotte.«

Das hob ihre Stimmung keineswegs.

»Mathilde?«

»Ja.«

»Ich verstehe nicht, wie du so ein Leben führen kannst …«

»Ich doch auch nicht!«, lachte ich und schnäuzte mich in die Hand.

Sie zuckte mit den Schultern, dann steuerte sie den geliebten Wasserkessel an.

Ich fühlte mich dumm. Es kam selten vor, dass sie so viel Interesse für mich aufbrachte. Ich wollte mein Verhalten wiedergutmachen. Und außerdem musste ich mich einem Menschen anvertrauen.

»Weißt du noch … Dieser Typ, der meine Handtasche gefunden hat …«

»Der Gestörte?«

»Ja.«

»Hast du noch was von ihm gehört? Lässt er dich nicht in Ruhe? Mist, es ist fast kein Tee mehr da.«

»Nein.«

»Ich muss Julie sagen, dass sie welchen nachkauft.«

»Er ist Koch.«

Sie sah mich verwundert an.

»Ach so? Na so was? Ja, und? Warum erzählst du mir das?«

»Einfach so … Hm, ich muss los, sonst verpasse ich wieder das Wichtigste.«

»Wann kommst du zurück?«

»Keine Ahnung.«

Sie begleitete mich bis in die Diele.

»Mathilde?«

»Yes.«

Sie richtete meinen Kragen.

»Du bist hübsch.«

Ich lächelte sie an und neigte ehrfürchtig das Haupt.

Hoffte, sie würde darin ein Zeichen charmanter Schüchternheit sehen, während ich mit den Tränen kämpfte.

4.

Danach kam nichts mehr. Danach heißt jetzt, und es gibt nichts weiter zu berichten. Und außerdem habe ich keine Lust mehr. Jetzt, auch wenn man es mit bloßem Auge vielleicht nicht erkennt, igele ich mich am Rand des Lebens ein und warte darauf, dass es vorbeigeht.

Eine »verkappte Depression«, ich weiß nicht mehr, wo ich diesen scheinheiligen Ausdruck aufgegabelt hatte, aber ich wendete ihn bereitwillig auf mich an. Er gefiel mir. Das Heimliche daran, vermute ich. Seit Jahren werde ich als Vorbild hingestellt, rühmt man mich für meine Kraft, meine Fröhlichkeit, meinen Mut und … Tja, ihr macht es euch zu leicht, ihr miesen Feiglinge. Viel zu leicht. Es stimmt schon, dass ich versucht habe, euch zu beschützen, und ich habe so lange durchgehalten, wie ich nur konnte, aber jetzt kann ich nicht mehr.

Ich bin mit meiner Kraft am Ende.

Weil alles nur Bluff war, Freunde. Ja, alles. Der reinste Bluff … Ich wusste, dass meine Mutter in ihre Krankheitsberichte irgendwelchen Blödsinn eintrug, dass sie irgendwo ihre Kreuzchen machte und die Berichte absichtlich offen herumliegen ließ, um mich zu beruhigen. Ich wusste, dass die guten Neuigkeiten, die sie meiner Großmutter in stundenlangen Telefonaten mit lauter Stimme vortrug, nicht stimmten. Ich wusste, dass sie mich beide belogen. Ich wusste, dass mein Vater sofort zu seiner Tussi fahren würde, um sie zu vernaschen, nachdem er meine Mutter für ihre Chemo im Krankenhaus abgesetzt hatte, und ich wusste, dass auch sie es wusste.

Ich wusste, dass er sich aus dem Staub machen würde, noch bevor ihr Körper kalt wäre. Dass ich am Ende zu meiner großen Schwester käme, dass ich mir den Kopf und die Brauen rasieren, bei der Abiprüfung durchfallen würde und zum Ausgleich ihre Kleinen hüten müsste. Ich wusste, dass ich einen auf lieb, harmlos und kumpelhaft machen würde, die tolle Tante, die auf Betten herumhüpfte und sich mit den Sammelkarten von Pokémon und Bella Sara auskannte. Ich wusste, dass ich die Haare wieder wachsen lassen würde, dass ich die verlorene Zeit aufholen würde, die Beine breit machen und dem Alkohol zusprechen. Dass ich mir einen Ruf als Partylöwin zulegen würde, als kesse, unternehmungslustige Nudel, damit man mich richtig einordnete und mich ein für alle Mal in dieser Schublade beließ.

Ich wusste, dass mich mein Schwager schuften lassen würde, um seine Corleone-Seite auszuleben, die Familie sei heilig und derlei Stuss, und wenn ich nicht bereit wäre, seine künftigen Kunden zu verarschen, würde eine andere Schlange es an meiner Stelle tun, und zwar genauso gut. Ja, das alles wusste ich, und wenn ich es Ihnen bisher nicht erzählt habe, dann, weil ich eine großzügige Ader habe.

Das einzige Mal, dass ich in all den Jahren an der Front etwas erlebt habe, das einzige Mal, dass ich nicht gelogen habe, hat gereicht, damit ein Blödmann ein Buch daraus macht. Fröhlichkeit ist ein Akt der Höflichkeit, wie es so schön heißt, aber heute habe ich keine Lust mehr, höflich zu sein.

Heute verkrieche ich mich, halte den Mittelfinger hoch und ziehe den Stecker.

Doch leider kommt man gegen sein Naturell nicht an, darum werde ich mich als das brave Mädchen, das ich bin, zwingen, die Geschichte bis zum Ende zu erzählen, und ich sage es gleich vorweg: Sie können gern die Taste für den Schnellvorlauf drücken, Sie werden nicht viel verpassen.

dritter Akt

1.

Es war einmal vor langer Zeit, da vergaß ich in einem Café unweit des Triumphbogens meine Handtasche. In dieser Tasche befand sich ein unverschlossener Briefumschlag, der hundert 100-Euro-Scheine enthielt. Hundert grüne Scheine frisch von der Bank. Wunderschön, knackig, glattgebügelt und blitzeblank. Ein stämmiger Typ hatte die Tasche an sich genommen und hat sie mir vier Tage später zurückgegeben, mit dem kompletten Inhalt.

Gut versteckt im Innern der Tasche befand sich unter anderem ein Brief, der das Leben meiner Muschi und meiner Möpse in 3D wiedergab. Tja, so was kommt vermutlich vor. Vielleicht nicht gerade ein derart ergiebiger Brief, aber Fotos, Videos, belastende SMS, indiskrete Attachments, reißerische, widerwärtige und gehässige Pixel, all diese kompromittierenden Dinge mit ihrem ganzen Spektrum an Narzissmus und Schamlosigkeit, mit denen wir uns heutzutage ausstatten, das musste doch zu Tränen rühren, oder?

Ja, und ganz bestimmt streute man damit Salz in jeden Gerichtsprozess und auf zerbrochene Herzen. Warum traf es mich dann so? Warum machte ich plötzlich einen auf verschüchterte Jungfrau? Was kümmerte es mich, dass ein Typ, den ich nie wiedersehen würde, einen Vorgeschmack auf meinen Körper bekam? Ist doch wahr! Meine gellenden Schreie hatten keinen Sinn. Seit wann war ich so empfindlich? Verdammte Kacke, das hätte ich doch gemerkt!

Nichts hatte einen Sinn. Angefangen bei mir.

Ich ging zu besagter Hochzeit mit zwei Spasfon-Tabletten unter der Zunge und der Gewissheit, abzustürzen. Ich war vielleicht hübsch, aber das würde nicht lange vorhalten. In dem Punkt konnte ich mich auf mich verlassen.

2.

Völlig außer Atem kam ich an, und dank der berühmten Schühchen mit Sturzgarantie verstauchte ich mir den Fuß, als ich mit Schwung die Treppe vor dem Rathaus im 20. Arrondissement nahm.

Mit schmerzverzerrtem Gesicht sprach ich einen Typen an, der genauso herausgeputzt war wie ich, es aber bei weitem nicht so eilig zu haben schien.

»Entschuldigung, Sie … äh … ich … ich suche das Hochzeitszimmer, wissen Sie … wissen Sie, wo das ist?«

Er reichte mir den Arm, damit ich mich darauf stützen konnte, bis ich wieder in meinen gläsernen Schuh geschlüpft war, und gab mir dann äußerst liebenswürdig Auskunft:

»Die Hahnreischmiede? Die ist dort drüben! Ich gehöre dazu! Zur Feier, meine ich. Halten Sie sich gut an mir fest, Sie instabiles Kind, als Allerletzte fallen wir weniger auf.«

Bingo, ich hatte einen Komplizen gefunden, und vermutlich war er es auch, der mich weit nach Mitternacht an einen Taxifahrer übergab, nachdem ich meine zwei Schläppchen längst verloren hatte.

Das Brautpaar hat mich danach nie wieder angerufen und sich auch nicht für mein Geschenk bedankt. Ich weiß nicht mehr, in welchem Zustand ich war, geschweige denn, was ich ihren Gästen erzählt habe, aber es war vermutlich nichts sehr Hochzeitliches.

3.

Dabei war es mein letzter Vollrausch.

Und weil sie so harmlos wirken, die drei Wörter im Gänsemarsch: mein-letzter-Vollrausch, bin ich auch nicht misstrauisch geworden.

Das war ein Fehler.

Ein sehr schlechtes Zeichen.

Denn was bleibt den Leuten, die aufgehört haben zu trinken, wenn nur die Höflichkeit der Verzweiflung sie dazu bewogen hat?

Die Verzweiflung.

Das war verwirrend. Verzweiflung ist verwirrend. Vor allem für eine Taschenspielerin wie mich, die sie seit Jahren erfolgreich kaschiert.

Es fiel mir schwer, Selbstmitleid von wahrem Leiden zu unterscheiden, und da ich viel zu ängstlich bin, um den schweren Steinbrocken in mir anzuheben und nachzusehen, was sich darunter verbirgt, werde ich mich an die Symptome halten, die äußeren Anzeichen der Verzweiflung. Ich hatte zwar aufgehört zu trinken, aber ich aß auch nichts mehr und schlief nicht länger. Dafür, dass es nur um Selbstmitleid ging, war dies viel Ungemach, das müssen Sie zugeben.

Eine andere als ich, die mutiger, gewiefter oder weniger knauserig wäre, hätte sich Hilfe geholt. Vielleicht nicht gleich bei einem Psychologen, aber doch wenigstens bei einem Arzt. Dem alten Hausarzt der Familie, die sie nicht mehr hatte. Egal, bei einem x-beliebigen Allgemeinmediziner in ihrem Viertel, und sie hätte ihm, ohne zu sehr ins Detail gehen zu wollen, frei von der Leber weg gesagt: Guten Tag, Herr Doktor, mir geht's gut, mir geht's bestens, ganz bestimmt, aber, verstehen Sie, ich brauche meinen Schlaf. Ich brauche ein Minimum an Schlaf, sonst falle ich im Stehen um. Ach, der Appetitmangel ist kein Problem! Meine Hüften können es gut und gern mit einer Briochekugel aufnehmen! Und außerdem, schauen Sie … Ich bin mittlerweile bei fast zwei Schachteln Marlboro am Tag, ich habe noch einiges zuzusetzen. Aber die Nächte … die Nächte, all die Nächte, ohne ein Auge zuzutun, auf Dauer bringt einen das um, verstehen Sie?

Diese Szene schwirrte mir immer wieder durch den Kopf, als die Geschichte ihren Anfang nahm und ich mich mitten in der Nacht von der Place de l'Étoile zum Friedhof Montmartre schleppte und in meiner Tasche die siebte vergebliche Rechnung glattstrich.

Tja … Ich stelle mich wirklich nicht besonders schlau an … So viel musste passieren, damit ich am Ende hier lande: auf »Los«.

Wie bitte?

Sieben?!

Aber, aber Mathilde … Du drehst gerade alle drei Karten auf einmal um! Das war's, meine Liebe! Du hast verloren! Weißt du, wie die Engländer das Spiel nennen? *Find the Lady.* Die Dame finden. Und? Ist es das, was sich hinter deiner Herzdame versteckt? Ist es dieser Fettkloß, der dich in einen solchen Zustand versetzt?

…

Mit seinen Lackschuhen und seinen an Spitze und Ferse verstärkten Socken?

…

Und seinem fehlenden Finger? Und seinen spitzen Messern, die er an der Hose festgekettet hat?

…

Und seiner Jacke, die nach Ziege riecht?

…

Und seinen nächtlichen Anwandlungen?

…

He, ich will dir nur sagen, der hat deine Nummer noch. Okay, du bist zu dusselig, um seine korrekt aufzuschreiben, aber wenn er gewollt hätte, hätte er dich längst wieder angerufen.

…

Oder auch nicht. Wer weiß? Vielleicht kriegt er das mit seinen neun Fingern nicht auf die Reihe.

…

Hallo, Mathilde! Du könntest wenigstens antworten, wenn man mit dir spricht!

Haltet die Klappe. Verspottet mich, so viel ihr wollt, macht euch über mich lustig, aber macht mich nicht zur Schnecke. Haltet mir keine Standpauke. Ihr wisst, wie sehr ich das hasse. Wenn ihr in diesem Ton weitermacht, seid ihr mich bald ganz los. Und dann … Und dann, was soll ich noch sagen?

Alles, meine Liebe.

Alles.

Lass die Hosen runter und leg die Karten auf den Tisch.

4.

Tja … ähm … Wo soll ich anfangen? Und wo bin ich überhaupt?

Boulevard de Courcelles. Gut. In Ordnung. Ich habe noch Zeit.

Ich bereute es, meinen Brief verbrannt zu haben. Ich bereute es, ihn verbrannt und nicht noch ein letztes Mal gelesen zu haben. Ich konnte mich an das ganze Gesülze nicht mehr erinnern, und das bruchstückhafte Porträt von mir führte auf eine falsche Fährte. Ich bereute es, nicht noch einmal einen winzigen Bissen davon gekostet zu haben, um mir in etwa vorstellen zu können, was er nun von mir dachte, und mir den Zustand meiner Munitionsreserven in Erinnerung zu rufen.

Ich war von Anfang an im Nachteil. Gern hätte ich genauso viel über ihn gewusst. Wobei … genauso viel lieber nicht, aber mehr, als ich bisher hatte. Mehr als die kleinen Schnittwunden vom Rasieren, den Haarwirbel, das fehlende Fingerglied, den bohrenden Blick und die Manieren eines Pferdehändlers.

Ich ahnte, dass mir ein paar Teile fehlten, und fühlte mich abgehängt.

Ich wollte verstehen, wie es möglich war, dass in unserer heutigen Welt, in dem, was wir aus ihr gemacht hatten, in dieser riesigen Spielhölle, in der ich allmorgendlich schamlos mitmischte, ein gewisser Jemand einem ihm fremden Menschen zehntausend Euro in bar zurückgab lediglich mit dem gutgemeinten Hinweis, man solle auf das, was einem wichtig sei, gut aufpassen, und dass dieser Jemand am Ende außerdem noch die Rechnung beglich.

Ich wollte verstehen, wie es möglich war, dass jemand die

Rücksichtslosigkeit besaß, in der Handtasche einer jungen Frau zu wühlen und dies nicht einmal vor ihr zu verbergen, dass er in ihre Intimsphäre eindrang, darüber ganz verlegen war, die Frau aber in eine unangenehme Situation brachte, indem er sie mehr als eine halbe Stunde lang in einer Kneipe plump und schweigend durchleuchtete, dass er sie dann in der Tür beschnüffelte, bevor er sich an ihre Hand kettete, und gleichzeitig so bescheuert war, ihr die Tasche zurückzugeben, ohne sich ihre Telefonnummer zu besorgen, weshalb er sich gezwungen sah, sie von ihr zu erbitten. Dass er sie heimlich und überdies zu Unzeiten anrief, als wären allein schon der Plan, das Bedürfnis, der Wunsch, die Betreffende zu bekochen, um ihr den Appetit zurückzugeben, den sie eingebüßt und, ohne dass sie es wusste, bei ihm entfacht hatte, eine Majestätsbeleidigung, dass er sich schon am nächsten Abend eine eiskalte Abfuhr einfing (nach wie vor nichtsahnend, leider, wie sollte er es auch wissen?), sich jedoch nicht einmal die Mühe machte, die Nummer dieses undankbaren Geschöpfes, dieser elenden Lügnerin, die ihn zappeln ließ, ein weiteres Mal zu wählen, um ihr Appetit zu machen.

Kurz und gut, ich wollte wissen, von welchem Planeten dieser sonderbare Junge kam, und falls es unser eigener sein sollte, mit meinem Finger das berühren, was das Menschliche an ihm war.

Bereitwillig wollte ich verhungern, wenn er mich dann aufnahm und an derselben Stelle versteckte wie die Tasche meiner Mutter: unter seiner Jacke.

Ja, genau das wollte ich und nichts anderes. Dass er seinen Reißverschluss hochzog und ich mich an seine breite Brust schmiegen konnte.

…

So! Da bleibt Ihnen die Spucke weg, was? Und Sie fragen sich, was unser Plappermäulchen jetzt schon wieder vom Stapel lässt?

Nach ihrem unbrauchbaren Dichter und seinen in tiefer Schwermut bebenden Lauten, nach all den Taugenichtsen und bevor ein armer Kerl es irgendwann schaffen wird, sie sich zu krallen und ihr drei Kinder mitsamt Großraumlimousine anzuhängen, braucht sie das Hirngespinst vom Metzgergesellen mit Händen wie Suppenkellen, mit Pepitahose und Küchenclogs, stimmt's?

Grotesk.

Grotesk, grotesk, grotesk.

Genau. Lästert nur.

Lästert nur, ihr Nörgler.

Mich ficht das nicht an.

Ist Facebook etwa kein Hirngespinst?

Und Meetic? Und AdopteUnMec? Und Attractive World? Und all die anderen bescheuerten Single-Börsen im Netz? All die erbärmlichen Hexenkessel, wo man zwischen zwei Werbe-Pop-ups genüsslich in eurer Einsamkeit rührt, die vielen spontanen Likes, all die Netzwerke fiktiver Freunde, überwachter Communitys, armer, herdengetriebener und zahlender Bruderschaften, die an steinreichen Servern hängen? Was ist das sonst?

Und dieses Fieberhafte … Das ständige Entzugsgefühl, der leere Platz an deiner Seite, die Telefone, an denen wir unentwegt nagen, die Displays, die es ständig zu entsperren gilt, die Leben, die man sich erkauft, um weiterspielen zu können, die Wunde, das Gefängnis, der Druck in eurer Hosentasche? Die Art, wie ihr alle, alle ständig nachschaut, ob man euch nicht eine Nachricht hinterlassen hat, eine Botschaft, ein Zeichen, eine Wiederbelebung, eine Mitteilung, einen Werbeclip, ein … ein *was auch immer.*

Und dieses »man«, das jeder sein kann und alles, sobald es sich an euch richtet, wenn es euch beruhigt, wenn es euch daran erinnert, dass ihr noch lebt, dass ihr existiert, dass ihr *zählt*, es kann euch nebenbei vielleicht noch irgendeinen Mist andrehen.

Die ganzen Abgründe, die ganzen Schwindelanfälle, die ganzen Codezeilen, die ihr in der Metro streichelt und die euch fallenlassen wie ein Stück Dreck, sobald ihr nicht mehr auf Empfang seid. All die Manöver, die euch von euch selbst ablenken, weshalb ihr es verlernt habt, an euch selbst zu denken, von euch selbst zu träumen, mit euch selbst zu reden, euch selbst kennenzulernen oder wiederzuerkennen, die anderen zu beobachten, Fremden zuzulächeln, zu glotzen, zu flirten, jemanden rumzukriegen und sogar flachzulegen!, die euch aber die Illusion geben, dazuzugehören und die ganze Welt zu umarmen.

All die codierten Gefühle, die Freundschaften, die nur an einem dünnen Kabel hängen, die man jeden Abend aufladen muss und von denen *nichts* bleibt, wenn die Sicherung rausfliegt, ist das etwa kein Hirngespinst?

Und ich weiß, wovon ich rede.

Ich blute auch.

Es war mir egal, ob er Koch, Straßenfeger oder Börsenmakler war. Obwohl ich geneigt bin zu glauben, dass ein Geschöpf, das sich für diese Sklavenarbeit entscheidet, Tag für Tag seine Mitmenschen zu bekochen, im Grunde ein herzensguter Mensch sein muss.

Ich weiß nicht, wie man das sonst durchstehen soll.

Es mag gemeine Menschen geben, die eine Kochjacke

tragen, aber wenn man so früh aufsteht und so spät schlafen geht, wenn man jeden Morgen beim Empfang der Ware so sehr friert und an seinem Gastroherd vor Hitze fast vergeht, wenn man während des großen Ansturms so unter Druck steht, dass man anschließend in der Pause im erstbesten Bistro wegdöst, wenn man sich die Mühe macht, gedünstetes Gemüse in Eiswürfeln zu baden, damit es seine schöne Farbe behält, und dabei selbst eine aschfahle Gesichtsfarbe riskiert, weshalb man an den freien Tagen fix und fertig ist, aber noch die Energie hat, sich eine Schürze umzubinden und Freunde, Familie, Freunde seiner Freunde, all die Leute, die sich glücklich schätzen, einen Koch an der Hand zu haben, zu verwöhnen und dabei glücklich zu sein, dann glaube ich – ich mag mich irren –, dass man dafür ein guter Mensch sein muss. Zumindest großzügig. Mutig sowieso. Weil sie dermaßen undankbar ist, diese ganze Geschichte des Ernährens. Dermaßen undankbar … Und man immer wieder von vorn anfängt.

Nehmen wir einmal an, ich würde danebenliegen und auf ein reines Herz kämen zehn Gastronomie-Beamte, zehn Kartoffelhengste, zehn Sauertöpfe, zehn Lehrlinge, die man zu ihrem Glück prügeln muss, zehn Drückeberger, zehn Versager, die den Rest ihres Lebens damit verbringen werden, ihre Stunden, ihre Verbrennungen und ihre Gemüseabfälle zu zählen – die resigniert, verbittert, entmutigend und entmutigt sind, wie man es in einem solchen Job völlig zu Recht sein kann, einmal angenommen, das alles wäre so, nun ja, wissen Sie, was mein Hirngespinst dann gemacht hätte? Es hätte sich meine zehntausend Kröten unter den Nagel gerissen.

Genau.

Eben.

Ist es falsch, wenn ich immer wieder auf das Geld zurückkomme?

Nein, ist es nicht, es ist nur ein Anhaltspunkt, wissen Sie.

Und nehmen wir außerdem an, ich wäre so fies, mir einen solchen Schwachsinn auszudenken und dem erstbesten Schmonzettenschreiber, der zufällig hinter meinem Rücken schlummert, einen Tritt in den Hintern zu geben, ja, nehmen wir an, das wäre so (alter Schwede! Worüber ich mir so Gedanken mache, ohne Fahrrad, wenn alle Rollläden unten sind und alle Öfen aus!), tja, auch dann würde der Typ als ehrliche Haut durchgehen, ganz klar.

Denn er hatte in seiner Umhängetasche Munition, um mir das Leben zur Hölle zu machen … Das weiß ich, ich habe sie ihm selbst zugesteckt.

Geld futsch oder nicht, die Tasche in anderen Händen oder nicht, er hatte alles, was er an Informationen brauchte, um sich ins Fäustchen zu lachen. Um mich aufzuspüren, mich zu finden und mich nachts mit einem Wau! Wau! zu wecken, bist du wirklich so gut, willst du noch mal, ho! ho!, zerstoßenes Eis knabbern, hast du immer noch so viel Holz vor der Hütten und riecht dein Po, grrrr, wirklich nach Muscheln …

Eine solche Visitenkarte in der Handtasche einer jungen Frau war das Beste, was einem passieren konnte.

Stattdessen wurde er blass, als er mir ängstlich gestand, er hätte mir alles zurückgegeben.

Das war's. Ende.

Boulevard des Batignolles.

Du liebes bisschen, ich bin noch lange nicht im Bett.

Aber gut. Immerhin kann man in der Ferne schon ein Fitzelchen von Sacré-Cœur erkennen.

…

Ah! Jetzt fällt euch nichts mehr ein, was?

…

Hab ich was Falsches gesagt?

…

Dann antwortet, wenn man mit euch spricht, das gilt auch für euch!

Tja, eigentlich … hätten wir damit echt nicht gerechnet.

Was heißt denn damit?

Na ja, dass du so drauf bist.

Was heißt denn so drauf?

Na ja, dass du so ausgehungert bist … Das war von weitem nicht zu erkennen.

Von weitem erkennt man gar nichts.

…

Glaubt mir, glaubt mir, auf dem Gebiet bin ich Expertin. Alle … wir alle fliegen die meiste Zeit unseres Lebens unter dem Radar. Von fern, von nah, von vorn, im Profil, von schräg oben erkennt kein Mensch was.

…

He, sagt was! Hilfe. Redet mit mir. Ich überquere hier mehrere Dutzend Eisenbahnschienen, und es gibt mir gerade den Rest, die vielen verpassten Züge zu sehen. Seufzt ruhig, aber begleitet mich noch ein Stück. Bitte.

Was ist denn mit deinem berühmten GPS?

Das ist genauso aufgeschmissen wie ich.

Hm … hm, wenn alles stimmt, was du uns anvertraut hast, dann musst du ihn schleunigst wiederfinden. Eine andere Lösung gibt es nicht.

Das ist leicht gesagt …

Der erste Kellner, der ihn Gigolo genannt hat, der muss ihn doch kennen, oder …

Nein. Ich hab ihn gefragt, aber er weiß nicht mehr über den Kerl und hat ihn seitdem nicht wieder gesehen.

Mist. Dann schnapp dir einen Zirkel, schlag einen Kreis um den Ort eurer Begegnung und klappere alle Restaurants ab, die sich darin befinden.

Alle?!

Hast du eine andere Idee? Willst du sein Phantombild am Triumphbogen aufhängen?

Das wird mich wahnsinnig viel Zeit kosten!

Wahrscheinlich, aber eine andere Wahl hast du nicht.

Warum nicht?

Warum nicht? Weil wir uns langweilen! Wir haben die Schnauze voll von deinen nächtlichen Selbstgesprächen! Deine Gemütszustände sind uns vollkommen schnuppe! Vollkommen schnuppe! Die hat jeder mal! Jeder! Was wir wollen, ist eine Story! Dafür sind wir letztendlich hier!

Pfff …

Was heißt hier pfff? Was ist denn los? Warum verziehst du das Gesicht?

Ich hab Schiss, noch mehr zu leiden.

Aber Mathilde … Leiden bei guter Gesundheit ist doch was Herrliches. Das ist ein Privileg! Nur die Toten leiden nicht! Freu dich, meine Liebe! Lauf, renn, flieg, hoffe, greif daneben, blute oder feiere, aber lebe! Ein bisschen! Dein wohlerzogener Hintern und deine nach Tuttifrutti duftenden Beine … zeig uns mal, was sie können. Denn bei all deiner Wichtigtuerei moralisierst du genauso viel wie wir, ehrlich. Also raff dich auf, mit all deiner Überheblichkeit gegenüber den reichen Vierteln, raff dich auf. Vertrete deine Überzeugungen ausnahmsweise mal bis zum Ende. Reiß dich von deinem Computer los, deiner Bequemlichkeit, deinen Schwestern mit ihrer Rute, über die du so herziehst, aber unter deren Schutz du glücklich bist, weil du dann das kleine Mädchen bleiben kannst, ja, reiß dich los von deinen Flaschen, von deinem billigen Zynismus und von deiner Mutter, die nicht mehr zurückkommen wird, und ... He! Wo willst du denn hin?

Ich fass es nicht ... Mein Fahrrad ... Doch! Da ist es! Mein geliebtes Jeannot! Oh, was für ein Glück! Oh, es ist immer noch da! Oh, du bist immer noch da, Herzchen. Oh, danke. Oh, klasse. Oh, gut gemacht. So, auf jetzt, schnell nach Hause, jetzt heißt es frische Kraft tanken.

O ja, ich habe Arbeit für dich, du altes Klappergestell.

5.

Weißt du, Mathilde ... Wenn du im Leben an etwas wirklich hängst, tja, dann sieh zu, dass du es nicht verlierst.

Keine Sorge, du heiliger Sprücheklopfer, keine Sorge. Unter den Falten meines Kleids hast du sie nicht gesehen, aber auch ich habe eine sehr schöne Kette.

vierter Akt

1.

Die Sonne kitzelte die Karyatiden am Gebäude gegenüber, die Zitronenpresse brummte, der Wasserkessel sang, der Ofen zeigte 07:42, und Michel Delpech (oder Fugain) (oder Polnareff) (oder Berger) (oder Jonasz) (oder Sardou) (oder frei nach Wahl) jaulte in aller Herrgottsfrühe.

Julie prüfte gerade das Verfallsdatum eines Soja-Joghurts aus fairem Anbau mit Biobackpflaumen, und Pauline fragte besorgt:

»Hast du Mathilde gesehen?«

»Nein. Sie war schon weg, als ich aufgestanden bin.«

»Schon wieder?! Was treibt sie bloß so früh?«

»Zweiter Juli … Wir müssen uns ranhalten …«

»Wie bitte?«

»Die Joghurts … Willst du auch einen?«

»Nein danke.«

»Mist, uns verdirbt gerade jede Menge Zeugs. Aber das ist auch ihre Schuld! Sie isst fast nichts mehr!«

»Warum steht sie zurzeit nur so früh auf? Hat sie eine Arbeit gefunden?«

»Keine Ahnung …«

»Und hast du die Pläne in ihrem Zimmer gesehen? Gespickt mit kleinen Nadeln überall?«

»Ja.«

»Was heckt sie bloß aus?«

»Keine Ahnung …«

»Will sie ausziehen?«

Julie wusste es nicht, und Daniel Guichard fiel mit seinem Zigeuner in eine Endlosschleife: le gitan le gitan le gitan le gitan le gitan le gitan le gitan le gitan le gitan le gi…

Hilfe.

2.

In einem Radius von gut fünfzehn Minuten um das Café, in dem sie sich getroffen hatten (sie nahm an, er hatte vielleicht kurz frische Luft schnappen oder sich zwischen zwei Schichten die Beine vertreten wollen), machte Mathilde zweihundertachtundzwanzig Restaurants und Gaststätten ausfindig.

Dabei hatte sie alle Pizzerien, Crêperien, Cafés, Couscous-Schuppen, alle indischen, afghanischen, tibetischen, makrobiotischen und vegetarischen Restaurants außen vor gelassen. Für die, hatte sie beschlossen, brauchte man nicht derart große Messer.

228.

Zweihundertachtundzwanzig.

Zwei + hundert + acht + zwanzig.

Dafür bedurfte es eines gewissen Plans: Sie hatte Teile des 18., des 16. und des 17. Arrondissements vergrößert fotokopiert und über ihrem Schreibtisch an die Wand gehängt, bevor sie sie mit kleinen roten Nadeln spickte, um sie in sinnvoller Reihenfolge abzuarbeiten. (Das hätte Napoleon nicht besser gekonnt.)

Anfangs hatte sie es per Telefon versucht, aber schnell

gemerkt, dass sie so nicht weit kam. Sie wusste seinen Namen nicht, war nicht in der Lage, ihn zu beschreiben, sein Alter anzugeben, zu sagen, seit wann er dort arbeitete, und noch weniger, warum sie nach ihm suchte, nein, nein, sie handelte nicht im Auftrag des Gewerbeaufsichtsamts, auch wollte sie keinen Tisch reservieren, sie stieß auf nasal klingende Anrufbeantworter, überlastete Maîtres d'hôtel oder Wirte, die in ihre Buchführung vertieft waren, und alle ohne Ausnahme wimmelten sie ab.

Kurzum, es roch stark nach einem Rückzug aus Russland, noch bevor sie die Avenue de Wagram oder d'Iéna überhaupt erreicht hatte.

Sie musste eine Offensive starten.

Angreifen. Marschieren. Die Flucht nach vorn ergreifen.

Sich aus der Deckung wagen, lächeln, scherzen, einen auf gute alte Bekannte machen, die gerade zufällig vorbeikam, die kleine Schwester vom Lande, die im 75er-Département gestrandet war, die Alte auf der Suche nach ihrer Katze oder ein leichtes Mädchen, je nachdem, mit wem sie es zu tun hatte.

Und früh aufstehen.

Denn vom Bedienungspersonal durfte man sich nichts erwarten. Die Maîtres d'hôtel, die Leute, die draußen die Stühle aufstellten, die Kellner, die schon müde waren, bevor sie überhaupt ihre Weste übergezogen hatten, die Chefs de rang, die sich unter ihrer Föhnfrisur in die Brust warfen, all diese Leute verhalten sich ganz anders, wenn sie nicht im Dienst sind. Sie sind liebenswürdig, sobald sie im Rampenlicht stehen und auf Trinkgeld lauern, schnappen aber nach dir, wenn sie im Trainingsanzug rumlaufen und staubsaugen.

Wichtig war, dass man früh aufstand und durch die Hintertür kam. Den Künstler- und Lieferanteneingang. Der im Dunkeln liegt und nicht viel hermacht, wo allerlei Zeugs herumliegt – eine Obststeige, eine leere Cremedose oder ein riesiger Ölkanister –, der jetzt halb offen steht und aus dem Pakistaner, Singhalesen, Kongolesen, Ivorer, Filipinos und andere Bürger der United Colors of Scheißleben kamen, die vor sich Seifenwasser verspritzten und unter denen man von Zeit zu Zeit auch Zombies mit runderen Wangen und hellerer Haut erblickte.

Diese rieben sich das Gesicht, mussten sich ihre Zigaretten nicht selber drehen, rauchten mit einem Fuß an der Wand allein oder zu mehreren und wurden stiller, je weiter der Tag voranschritt.

In der Pause um acht sahen sie aus wie das blühende Leben, etwas ruhiger dann in der um zehn, ziemlich mitgenommen in der um fünfzehn Uhr und paradoxerweise vollkommen zu neuem Leben erwacht nach Feierabend, wo von Neuem gequasselt wurde.

Anstatt nach Hause zu gehen, wurde geschwätzt, gelacht, gestichelt und die Schicht noch einmal durchgegangen, die Masken fielen, und man ließ dem Stress Zeit, sich in der Nacht aufzulösen.

Das alles hatte Mathilde nach ein paar Tagen erfolgloser Suche (sie spuckte längst keine großen Töne mehr) gelernt.

Eine ganz eigene Welt.

Auch hatte sie begriffen, dass ein Vorname allein sie nicht weit bringen würde, weil die meisten sich nur unter ihrem Nachnamen kannten, und jedes Mal wenn sie nach Jean-Baptiste fragte, erntete sie verständnislose Blicke, als würde sie den strengen Hausmeister, der das Schultor soeben abgeschlossen hatte, nach ihrem Kuscheltier fragen. Einen

Jean-Ba höchstens, aber einen Jean-Baptiste, nein. Viel zu lang.

Wenn sie auf einen Tellerwäscher stieß und schon ahnte, dass ihr Englisch, ihr Bengali, ihr Singhalesisch, ihr Tamilisch oder Was-auch-immer für den Gesprächspartner nicht gut genug wäre, zeigte sie auf die Küche und hielt ihm ihre linke Hand hin, bei der sie die ersten Glieder irgendeines Fingers abknickte (sie konnte sich nicht erinnern, welcher Finger ihm genau fehlte), deutete mit der anderen Hand einen dicken Bauch an und manchmal sogar einen Wirbel auf ihrem Kopf.

Die wenigen, die sie nicht für übergeschnappt hielten, schüttelten das Kinn und hoben bedauernd die Arme.

Anschließend hörte sie sie untereinander flüstern, während sie sich entfernte:

»Avaluku ina thevai pattudhu?« (Was wollte sie?)

»Nan … seriya kandupidikalai aval Spiderman parkirala aladhu Elvis Presley parkirala endru …« (Also … Ich hab nicht wirklich kapiert, ob sie Spiderman gesucht hat oder Elvis Presley …)

»Aanal ninga ina pesuringal? Ina solringa, ungaluku ounum puriyaliya! Ungal Amma Alliance Francaise Pondicherry velai saidargal enru ninaithen!« (Was erzählst du denn da? Du sagst, du hast nichts gerafft! Ich dachte, deine Mutter hat bei der Alliance Française von Pondicherry gearbeitet!)

»Nan apojudhu … orou chinna kujandai …« (He, vergiss nicht, da war ich noch klein …)

Mehrmals hatte man ihr einen Jean-Baptiste angekündigt, der nicht ihrer war, und eines Morgens präsentierte man ihr tatsächlich einen mit verkürzten Fingern, nur waren es nicht seine.

Neuigkeiten verbreiteten sich wie von selbst auf Radio Kasserolle, und nach gut zehn Tagen kam es nicht selten vor, dass man sie mit den Worten empfing:

»Sie brauchen nichts zu sagen. Sie sind doch die Frau, die einen einarmigen Koch sucht, stimmt's? Tjaaaa, den gibt's hier nicht …«

Sie war fast zu einer Attraktion geworden. Der Pausensnack am Vormittag. Die Verrückte auf dem Fahrrad, die in ihrem Heft Wörter durchstrich und einem eine Zigarette abschwätzte oder anbot.

Unterm Strich machte es ihr Spaß. Sie mochte die jungen Leute, die es immer eilig hatten und nicht sehr gesprächig, aber fleißig waren. Immerzu fleißig. Vor allem die Jüngsten faszinierten sie. War ihnen bewusst, welcher Graben sich genau in diesem Moment ihres Lebens zwischen ihnen und ihren Kameraden in Zivil auftat?

*

Sie stellte ihren Wecker auf fünf Uhr, duschte, drehte den Wasserstrahl nur ganz leicht auf, um die Mädchen nicht zu wecken, packte ihre Pläne in die Umhängetasche und eroberte Paris in der Morgendämmerung, an den längsten Tagen des Jahres.

Das zartrosafarbene, schlaftrunkene Paris der Lieferanten, der Marktständler und Handwerksbäcker.

Sie entdeckte Ausblicke, Boulevards und Avenuen neu, die sie bisher zwar auch schon um diese Uhrzeit befahren hatte, aber high, auf Autopilot und in Schlangenlinien, oder die sie humpelnd entlanggetrottet war, auf ihr Fahrrad gestützt oder an den Lenker geklammert, der ihr als Balancierstange diente.

Sie bewunderte die ausgedehnten Nebelschwaden, die frivole Wehmut, die noch schlaffe, aber schon kokette Trägheit dieser Stadt, die ihre armen Augen, klein vor Müdigkeit, Alkohol und der Kaninchenpest der anonymen Melancholiker, schon lange nicht mehr wahrgenommen hatten und die von großer Schönheit war, egal, was die Leute sagten.

Wie malerisch das alles war. Sie kam sich vor wie eine Touristin, eine Spaziergängerin auf einem Ausflug in ihr eigenes Leben. Sie durchpflügte die Luft, spielte mit den Busfahrern, schlängelte sich im Slalom zwischen den schwerfälligen Pariser Leihfahrrädern hindurch, heftete sich an die Fersen eines gewissen Baron Haussmann, ließ das schlichtere Viertel (oder was davon noch übrig war) um die Place de Clichy hinter sich, fuhr an Gebäuden vorbei, die zunehmend herrschaftlicher wurden, grüßte die hübsche Rotunde im Parc Monceau, fragte sich jeden Morgen, wer wohl in diesen wahnsinnigen Stadtvillen wohnte und ob diese Halbgötter sich ihres Glücks bewusst waren, frühstückte in verschiedenen Kneipen, sah, wie mit abnehmender Ziffer des Arrondissements die Preise stiegen, beobachtete die anderen Leute, blätterte im *Parisien*, kehrte den Bildschirmen den Rücken zu, lauschte den Gesprächen am Tresen, lernte viel über Fußball- und Pferdewetten, mal waren sie erfolglos, mal klingelte es im Beutel, mischte sich ein, wenn ihr danach war, und trat in die Pedale, um die Verspätung wieder aufzuholen.

Hatte Gänsehaut, wenn es bergab ging, und Hitzewallungen bergauf.

Glaubte an ihr Ziel.

Unerschütterlich.

Sie hatte sich ein Schicksal gebastelt, spielte mit ihrer Einsamkeit, dachte sich einen ganzen Film aus, hielt sich für die Protagonistin aus *Mathilde – Eine große Liebe*, suchte nach einem jungen Mann, der nicht gut aussah, der sie bekochen wollte, das hatte er ihr eines Nachts ins Ohr geflüstert, und auch wenn sie ihn nicht fand und wenn das alles nur eine weitere Dummheit im Land der Ja-zum-Leben-Sager sein sollte, war es nicht schlimm, wäre es nicht schlimm, er hatte ihr schon ein herrliches Geschenk gemacht: sich aufrecht, entschlossen, morgenmunter und lebendig zu fühlen, und das war … das war schon ganz schön viel.

Solange sie diese frischen Morgen genoss, gehörte ihr die Welt.

3.

Gehörte?

Von wegen!

Seit fast drei Wochen war sie jetzt auf der Pirsch, stand in aller Herrgottsfrühe auf, arbeitete weiterhin für ihren Schwager, ging mit den Hühnern schlafen, pickte nur noch in ihrem Essen und schlief enttäuscht ein. Es war … zermürbend.

Mathilde seufzte.

Was hatte sie sich bloß eingebildet?

Und welch ungenießbaren Fraß setzte Cupido ihr hier vor?

He, du Versager da oben?

Was soll dieses widerliche Zeug?

All die Lokale, auf die sie gesetzt hatte und die sie inspiriert hatten, all die Ratschläge, Empfehlungen, der Klang der Buschtrommeln von einem Dienstboteneingang zum anderen, all die Ermunterungen, »Viel Glück« oder »Du sagst, in den Klingen waren Zeichen eingeritzt? Das ist was Japanisches, ich an deiner Stelle würde bei den Japanern anfangen«, ja, all die guten Tipps und falschen Hoffnungen, all die kläglichen Beschreibungen und großen Fragen (»Pardon, Monsieur … ich suche einen Koch, aber … ähm … ich weiß leider nicht, wie er heißt, er ist ein bisschen … äh … beleibt … sagt Ihnen das was?«), all die aufgerissenen Augen, mitleidig geschüttelten Kochmützen, herabhängenden Arme, die freundlichen Abfuhren oder die bösen Rausschmisse, dieses ganze auf den Kopf gestellte Leben, das Aufwachen zur Unzeit und die permanenten Enttäuschungen, all das war vergeblich.

Mathilde grübelte.

Verdammt, wo hielt er sich bloß versteckt? Arbeitete er wirklich in diesem Viertel? Vielleicht war er nur Hobbykoch? Oder er kochte in einer Schule? Oder in der Kantine einer Firma? Oder er war ein gefährlicher, mit Messern bewaffneter Kranker? Oder ein liebenswürdiger Träumer, dessen Träume unterwegs auf der Strecke geblieben waren?

Und warum hatte er eigentlich nicht noch mal angerufen? War er enttäuscht? Verärgert? Nachtragend? Vergesslich?

Konnte er nicht lesen?

War sie nicht nach seinem Geschmack, oder glaubte er, dass sie noch mit ihrem Reimeschmied zusammenlebte?

Mathilde zweifelte.

Existierte er überhaupt? Hatte er jemals existiert?

Vielleicht hatte sie sich alles nur zusammengereimt. Vielleicht steckte der Brief schon seit Jahren nicht mehr in seinem Umschlag. Vielleicht hatte der eine oder die andere ihn vorher schon gelesen. Vielleicht ...

Vielleicht war sie schon wieder von Worten verführt worden ...

Übrigens, apropos Worte. In dieser Straße war es gewesen, sie hatte es vergessen, aber jetzt fiel es ihr wieder ein, hier war ihr künftiger Schriftsteller eines Abends erblasst.

Vor Ergriffenheit erblasst, weil er in der Ferne einen alten Mann erkannt hatte, der in der Drehtür des gegenüberliegenden Hotels verschwand. Er war erbleicht, hatte sie am Arm zurückgehalten und lange geschwiegen, bevor er mehrmals in allen Tonlagen der Ekstase stammelte: »Bernard Frank? War das Bernard Frank? Oh Mann ... Bernard Frank ... Stell dir das mal vor! Das war Bernard Frank!«

Nein, sie stellte es sich nicht vor, ihr war kalt, und sie wollte schleunigst in die Metro, aber zu erleben, dass er plötzlich ebenso steif war wie sie, hatte sie berührt:

»Sollen wir ihm folgen? Willst du ihn ansprechen?«

»Das könnte ich nicht. Und außerdem ist das ein Luxushotel. Ich könnte dir dort nicht einmal eine Olive spendieren ...«

Er hatte sie auf dem ganzen Rückweg mit seinem Monolog genervt: dieser Esprit, diese Bildung, die phantastischen Bücher dieses Mannes, sein Stil, sein Gleichmut, seine Eleganz und so weiter und so fort.

Glücksgefühle, Kauderwelsch, Geblubber, Logorrhö des schreibenden Schwärmers, Akt II, Szene 3.

Sie hörte seinem Geplapper nur mit halbem Ohr zu und

zählte die Stationen, die sie noch vor sich hatten, als er ihr irgendwann verriet, dieser Schatten mit dem weißen Schal sei Françoise Sagans bester Freund gewesen, zusammen waren sie jung, reich und schön gewesen, hatten gelesen, geschrieben, getanzt, im Casino gespielt und gefeiert, und da, daran erinnerte sie sich noch, hatte sie begonnen zu träumen.

Sie hatte in einem Tunnel unter der Erde an einem eiskalten Novemberabend ihre Nase an die Scheibe gepresst, um nicht länger in ihr dunkles Spiegelbild starren zu müssen, und hatte darüber nachgedacht, was es wohl hieß, mit der Sagan einen draufzumachen …

Ja, das, das würde ihr gefallen, und sie bedauerte es, damals nicht den Mut besessen zu haben, ihm in seinen Luxuskokon zu folgen. Ihm … Dem Freund der Gatsbys …

Hand in Hand hingen sie an diesem Abend in einer Röhre der Linie 9 schweigend ihren Zweifeln, ihren Träumen und ihren Sehnsüchten nach.

Am nächsten Tag war Bernard Frank gestorben.

Bonjour Chagrin.

Mathilde bremste.

Die Luxushotels … Sie hatte die Luxushotels vergessen …

Was war sie nur für ein Schaf.

Sie stieg ab, beobachtete das Ballett der Hotelboys, die sich aufgeregt zwischen edlen Limousinen mit Nummernschildern aus Steueroasen bewegten, stützte sich mit den Ellbogen auf ihren Lenker und verneigte sich noch einmal vor der Gerissenheit und Allmacht des Lebens.

Denn hier war er.

Natürlich war er hier.

Hinter dieser großen Fassade aus Quadersteinen, in diesem abweisenden Hotel, Rue du Faubourg de Saint Honoré, benannt nach dem Wundertäter und Namensgeber einer feinen Torte.

Hier war er, und Worte, das musste sie zugeben, waren bei ihnen immer entscheidend gewesen. Worte hatten sie zueinandergebracht, hatten sie getrennt, und Worte waren es nun auch, die sie wieder vereinigen sollten.

So gesehen, stimmte es: Literatur entzweite, und sie hatte nicht immer recht.

Erleichtert gestand sie sich ihren Irrtum ein, und ihr werter Jugendliebezerstörer wusch sich endlich von aller Schuld frei: Es spielte keine Rolle, dass er liebevoller zu ihnen gewesen war als zu ihr, er hatte Wort gehalten.

*

Fast 19 Uhr. Ein schlechter Moment für ein Wiedersehen in der Küche.

Pah … Sie würde wiederkommen.

Gestützt auf ihren alten Jeannot, entfernte sie sich beruhigt und bewunderte in allen Schaufenstern der Gegend ihr Lächeln, bis zur Ecke Rue Royale.

Natürlich war so etwas unbezahlbar, nicht immer geschmackvoll und oft schwer zu ertragen, aber egal … sie fand es schön.

4.

Zu schön sogar.

Viel zu schön, um wahr zu sein.

Habt ihr daran geglaubt? Ernsthaft? Was habt ihr denn erwartet? Dass sie am nächsten Morgen hüpfend aufkreuzte, dass sie ihn rufen ließ und er schubidubidu, schubidubidu in einem flimmernden Heiligenschein auftauchte und dann in Zeitlupe auf sie zulief, während die Tauben davonflogen und eine Kamera alles aufnahm?

Ihr seid mir eine sentimentale Clique, so etwas gibt es in Filmen. Oder in den Büchern, die ihr Ex verachtete. Wir sind hier aber im wahren Leben, und unsere träumende Heldin hat sich umsonst bemüht: Der Zutritt ist verboten, die Türen sind geschlossen, die Kameras dienen der Überwachung.

Okay, allmählich reichte es ihr. Sie fand die ganze Geschichte überhaupt nicht mehr witzig, Mathilde Salmon hatte die Nase voll davon, einem Kerl hinterherzurennen. Ende der Durchsage.

Aufgezwungene Rollen gingen selten lange gut.

Also setzte sie sich auf die Motorhaube eines Autos, wechselte ihre Schuhe, holte ihr Schminkköfferchen heraus, band sich die Haare zusammen, puderte sich die Wangen, verlängerte die Wimpern, zog die Lippen nach, parfümierte den Nacken, rollte ihre Jacke zu einer Kugel zusammen und schnallte sie auf den Gepäckträger, bevor sie powackelnd die Straße hinaufging.

Schön, sexy, in Eile und stinkreich, wie sie war, ignorierte sie die Türsteher, die Hotelpagen, die Rezeptionisten, die Kofferträger, die Zimmermädchen und die Gäste.

Weg da.

Weg da, ihr kleinen Fische, ihr seid mir im Weg.

Sie schritt über einen Teppich, dessen Dicke ihrer Dreistigkeit in nichts nachstand, lief Korridore entlang, ignorierte alle Fragen und Bemerkungen auf Russisch und Englisch, mit denen sie unterwegs konfrontiert wurde, drapierte eine unsichtbare Boa über ihren Schultern, hielt nach einem Speisesaal Ausschau, wich einem Staubsauger aus, lächelte zum Dank, steuerte auf die Küche zu, öffnete die Tür und griff sich den Erstbesten: »Ich muss sofort Jean-Baptiste sprechen. Bitte holen Sie ihn her.«

5.

»Wen? Vincent?«

»Nein« (herablassender Ton), »Jean-Baptiste. Das habe ich doch gerade gesagt. Der mit den japanischen Messern.«

»Ach so, Jibé« (gehässiger Ton), »der arbeitet nicht mehr hier.«

Auf einen Schlag verlor Mathilde ihre Schönheit.

Sie war nicht mehr reich, sexy und stolz, sie war gar nichts mehr.

Sie schloss die Augen und wartete darauf, mit einem Tritt in den Hintern hinauskomplimentiert zu werden. Schon kam ein großer Kerl auf sie zu, der alles andere als umgänglich wirkte, und rieb sich die Hände:

»Mademoiselle? Haben Sie sich verlaufen?«

Sie bejahte, und er zeigte ihr den Ausgang.

Da man ihr aber schon von weitem ansah, dass es ihr wirklich dreckig ging, dass sie hässlich war und bemitleidenswert, fügte er hinzu:

»Kennen Sie ihn? Seien Sie auf der Hut. Ich habe auch geglaubt, ihn zu kennen, aber dann … dann hat er mich übers Ohr gehauen. Dabei war er ein guter zweiter Mann. Das habe ich ihm übrigens auch gesagt, ich habe es ihm gesagt … Aber ich weiß nicht, was in ihn gefahren ist. Mit ihm ist nicht gut Kirschen essen … wirklich nicht … Wochenlang kam er nicht mehr zur Arbeit, hat mich ein ums andere Mal hängenlassen, und dann war er weg.«

»Wissen Sie, wo ich ihn finden kann?«

»Keine Ahnung. Und wenn ich ehrlich bin, will ich es auch gar nicht wissen. Er hat uns ganz schön übel mitgespielt … mitten in der Saison, einfach so. Ach ja, da fällt mir ein … Irgendwann kam er morgens hier an und war wie verwandelt. Hat sich für nichts mehr interessiert. Hat eine Melone wie eine Wellhornschnecke behandelt, der Dickschädel. Erst war er daheimgeblieben, weil er sich verbrannt hatte, dann mussten wir ihn noch mal zur Notaufnahme schicken, und als er zurückkam, war er nicht mehr er selbst. Er konnte sich nicht mehr konzentrieren. ›Ich habe keine Lust mehr‹, war alles, was er gesagt hat. Er hat seinen Spind geleert und sich auszahlen lassen. Und auch für Sie ist der Ausgang dort drüben. Und sollten Sie ihn irgendwann finden, sagen Sie ihm, er soll mir meinen Grimod zurückgeben. Er weiß, was gemeint ist.«

Mathilde kam wieder an den Türstehern am Eingang vorbei und merkte, dass sie fehl am Platze war. Dass sie etwas schneller gehen musste. Dass der Zutritt allen Spendensammlern, Kundenwerbern, Hausierern und anderen Eindringlingen, die nicht zur Welt der Saturierten gehörten, verboten war.

Raus.

Sie war schon fast bei ihrem noblen Aston Martin mit dem defekten Dynamo angekommen, als der junge Kerl, der ihr zuerst Auskunft gegeben hatte, sie am Arm berührte:

»Sie sind's, oder?«

»Pardon?«

»Das Mädchen vom Triumphbogen, das bist du?«

Dem Schmerz, den ihr Lächeln hervorrief, entnahm sie, dass sie sich die Lippe blutig gebissen hatte.

»Das hab ich mir gedacht. Er ist wieder aufs Land gezogen. Arbeitet bei seinem Onkel … in Périgueux.«

Meine Fresse. Périgueux. Warum nicht gleich Australien?

»Hat er eine Telefonnummer?«

»Mir nicht bekannt. Hast du was zum Schreiben? Ich schreib dir auf, wie das Restaurant heißt. Das ist dort anders als hier. Das findest du ganz leicht.«

Gewissenhaft notierte sie seine Angaben, hob den Kopf und bedankte sich:

»Warum siehst du mich so an?«, fragte sie verwundert.

»Einfach so.«

Er trollte sich und drehte sich nach ein paar Schritten um:

»He!«

»Ja?«

»Was hattest du eigentlich in deiner Tasche?«
»Einen Atlas.«
»Ach?«

Er wirkte enttäuscht.

6.

Mathilde plante zunächst, zu Hause vorbeizufahren, um ihren Laptop einzupacken und ihre Zahnbür... ach, Quatsch. Sie hatten schon genug Zeit verloren.

An der ersten Ampel zögerte sie: Mist, Périgueux, zu welchem Bahnhof musste sie jetzt? Montparnasse oder Austerlitz?

Okay, mein kleiner Kaiser, da du von Anfang an mit von der Partie warst, folge ich dir bis zur Krönung. In taktischer Hinsicht, heißt es, war das dein schönster Sieg, und ich stecke in taktischer Hinsicht gerade ziemlich in der Klemme. Also, auf nach Austerlitz ...

He, du lässt mich doch jetzt nicht im Stich, was?

Sie schloss ihr Fahrrad an einem Brückengeländer an und ging zu den Fahrkartenschaltern.

»Das Ticket?«, fragte eine gutmütige Clémence in blasslila Jacke, »einfach oder hin und zurück?«

Hoppla. Einfach. Es war alles schon kompliziert genug.

Von jetzt an bitte nur noch einfach.

Und wenn möglich in Fahrtrichtung – ausnahmsweise.

letzter Akt

1.

Es wurde ein langer Tag mit viel Warterei. Zuerst hier im Bahnhof, dann in Limoges und schließlich in den Straßen der Altstadt von Périgueux.

Obwohl Mathilde noch nie da gewesen war, rief der Ort jede Menge Erinnerungen in ihr wach. D'Artagnan war allgegenwärtig, stürmte in eine Schänke und brüllte: »Hola, du Lümmel! Hola, du Teufelswirt! Deinen besten Wein!« Ansonsten gab es in den Läden viele Flaschen Nussöl, Confits, Gefüllte Gänsehälse und dieselben Klamottenschilder wie überall sonst auf der Welt.

Die französische Lilie hatte eins auf den Deckel gekriegt. Zugegeben, in China wurden die Klamotten viel billiger hergestellt.

Pah ... Das war unsere Welt. Die musste man einfach lieben.

Und die alten Steine, die von Mantel-und-Degen-Romanen kündeten, die eigneten sich nicht fürs Franchising.

Mathilde flanierte durch die Straßen. Sie hatte beschlossen, das Ende von Jean-Baptistes Schicht abzuwarten. Sich im Halbdunkel zu erkennen zu geben. Nicht dass das romantischer wäre, sie hatte einfach Schiss.

Ja, mochte sie sich auch als Kennerin regionaler Spezialitäten aufspielen, in Wahrheit war unsere junge Freundin so klein mit Hut. Der Zorn des Küchenchefs, den er im Stich gelassen hatte, hatte sie verunsichert. Vielleicht war das fragliche Geschöpf wirklich nicht ganz koscher. Vielleicht würde sie sehenden Auges ins Messer laufen … oder schlimmer noch, zu einem Blödmann. Oder zu einem, der sich keinen Deut um die betuchte Bourgeoisie der Champs-Élysées scherte mit ihren falschen Versprechungen und verräterischen Worten.

Oder weitaus schlimmer noch: zu einem, der in ein paar Stunden mit Blick auf die Uhr zu ihr sagen würde:

»Tut mir leid … Die Küche hat bereits geschlossen.«

Ja, vielleicht würde sie in diesem bescheuerten Spiel, das sie sich ausgedacht hatte, um sich die Zeit zu vertreiben, noch ein weiteres Leben verlieren.

Mist …

Hola, Wirt! Eine Cola, schön gekühlt, um die Eingeweide unserer Süßen im Zaum zu halten!

Am Markplatz stellte sie sich auf die Zehenspitzen und fotografierte einen hübschen in Stein gehauenen Pilger auf dem Weg nach Compostella.

Klick. Urlaubssouvenir.

Notfalls, wenn das hier nicht gut ausgehen sollte, würde sie es als Hintergrundbild verwenden.

Ein Post-it am Pilgerstab, das sie daran erinnern sollte, wie riskant es war, seinen Nächsten zu lieben und auch noch daran zu glauben.

2.

Eine Viertelstunde bis Mitternacht. Zwei Stunden wartete sie jetzt schon auf einem Mäuerchen gegenüber vom Gasthof seines Onkels.

Das Lokal war ansprechend, Balken, Kupfergeschirr, Lachen und Gläserklirren. D'Artagnan und seiner Clique hätte es dort gefallen.

Die letzten Gäste machten sich ans Bezahlen, und die Cola blieb ihre Wirkung schuldig. Mathilde streichelte ihren Bauch und flehte ihn an, sich noch ein paar Augenblicke zu benehmen.

Ihre Handflächen auch.

Ihre Handflächen klebten.

*

Mittlerweile waren alle Gäste gegangen, doch im Gastraum herrschte noch emsiges Treiben. Eine Frau holte die Tafel herein, ein junger Kerl mit Motorradhelm unterm Arm verabschiedete sich, bevor er sich eine Zigarette anzündete und davonfuhr, ein anderer deckte die Tische ein, die gerade frei geworden waren, während sich ein dicker Herr mit Schnurrbart und Kochschürze (der Onkel?) hinter dem Tresen zu schaffen machte.

Dann war Schluss.

Mathilde wurde ganz heiß.

Da sie innerlich kochte, konnten ein paar gereizte Flüche schließlich zwischen ihren Zähnen hindurchschlüpfen, obwohl sie diese fest zusammenpresste.

Ein Summen in der Nacht:

»Scheiße, Mann, was machen die bloß die ganze Zeit?! Auf

jetzt, verpisst euch, ihr Arschlöcher. Zieht Leine. Und du? Wann kommst du endlich raus? Hast du mich noch nicht genug geärgert? Auf jetzt, beweg deinen fetten Arsch aus dieser verdammten Kaschemme ...«

Etwa zehn Minuten später kamen die Frau und der Junge wieder nach draußen und verabschiedeten sich direkt vor ihrer Nase, bevor sie in entgegengesetzte Richtungen verschwanden, dann gingen alle Lichter aus.

»He!«, brüllte sie, sprang auf die Füße und rannte über die Straße, »he, ich will doch nicht hier draußen übernachten!«

Sie rannte gegen Tische, stieß einen Stuhl um, fluchte vor sich hin und steuerte wie eine Eintagsfliege auf die einzige Lichtquelle zu, die ihr noch den Weg weisen konnte: das kleine Fenster in der Küchentür.

Langsam machte sie sie auf und hielt ihren Atem, ihren Stolz, ihre Angst und ihre Gedärme im Zaum.

Ein Mann in weißer Jacke starrte konzentriert auf seine Hände.

Er stand da und werkelte an etwas herum, das vor ihm auf der Edelstahlplatte lag.

»Du kannst schon los, ich schließ ab. Aber lass mir deine Schlüssel da, ich hab meine wieder vergessen!«, knurrte er, ohne den Blick von seinem Werk zu nehmen.

Sie fuhr zusammen.

Erst an der Stimme erkannte sie ihn, so sehr war er geschrumpft.

»Übrigens? Hast du Pierrot Bescheid gesagt für das Kalbsbries?«

Doch da sie Pierrot leider nicht Bescheid gesagt hatte, hob er schließlich den Kopf.

3.

Sein Gesicht zeigte weder Überraschung noch Freude noch Verwunderung.

Absolut nichts.

Er sah sie an.

Er sah sie einfach an. Wie lange? Schwer zu sagen.

Sekunden sind in solchen Fällen keine Sekunden mehr, sie werden langsamer und zählen dreifach. Eine Ewigkeit.

Und sie, sie hielt die Klappe. Zum einen war sie fix und fertig, zum anderen reichte es ihr jetzt. Sie hatte ihren Teil beigetragen.

Sie würde keinen Finger mehr krumm machen. Jetzt war er an der Reihe. Jetzt sollte er ihre gemeinsame Geschichte in die Hand nehmen. Etwas Dummes sagen und alles aufs Spiel setzen oder … keine Ahnung … etwas, das ihr erlaubte, sich zu setzen und endlich durchzuatmen.

Das spürte er. Seinem Gesicht konnte man ansehen, dass er mit den Worten rang. Mit den Worten, der Müdigkeit und der Erinnerung. Dass er suchte. Dass er kurz davor war, etwas …, sich dann aber auf die Zunge biss. Dass er Angst hatte und genauso verwirrt war wie sie.

Er senkte erneut den Kopf und kehrte zu seiner Beschäftigung zurück, was seine Aufmerksamkeit erfordert hatte. Um Zeit zu gewinnen und weil er intelligenter war, wenn seine Hände etwas zu tun hatten.

Vor ihm stand ein langer rechteckiger blauer Block: Er schliff seine Messer.

Sie sah ihm dabei zu.

Sie spielten Mikado mit ihren Nerven, und das leise, regelmäßige Streichgeräusch wirkte beruhigend auf sie beide. Vermutlich dachte er, diese Minuten hätte er schon mal gewonnen, bevor möglicherweise alles in Trümmer fiel.

Er prüfte die Klinge, kontrollierte ihre Schärfe, indem er sie wie einen Geigenbogen über seinen linken Daumennagel zog, drehte sie dann wieder um und setzte seine Schleifarbeit fort.

Auf dem Stein hatte sich eine dunkle Masse gebildet. Darin zeichnete er Kreise, Achten und Spiralen, dazu stützte er sich mit seinem ganzen Gewicht auf die drei Finger, die den Edelstahl führten.

Fasziniert betrachtete sie seine kurzen Fingernägel, die unter der Kraftanstrengung weiß wurden, seine verhärteten und mit Schnittwunden übersäten Fingerkuppen und, versteckt unter dem schwarzen Ärmel, den berühmten geköpften Ringfinger.

Am liebsten würde sie diesen nutzlosen, zarten und blassen Finger berühren.

Ohne sie auch nur eines Blickes zu würdigen, zog er ein Schälchen mit Wasser zu sich heran und streichelte den Stein, um ihn zu befeuchten.

Das Schaben der Klinge, die kleinen wütenden Schläge ihrer zu lang eingesperrten Herzen, das Brummen der Kühlräume in der Ferne wiegten sie noch einen Moment hin und her, dann waren Schritte im Nachbarzimmer zu hören, das KLACK! des Lichtschalters, eine Tür, die geschlossen wurde, ein paar Fensterläden, die zuklappten, und ein Schloss, nein, zwei, in denen der Schlüssel gedreht wurde.

Sie standen im Dunkeln, und erst in diesem Moment sah sie ihn lächeln: Die Grübchen erkannte sie in seiner Stimme.

»Oh … schade, wie ich dir vorhin schon sagte, habe ich meine Schlüssel vergessen.«

Er kostete den Moment aus, und sie schwieg nach wie vor. Hinter sich tastend, fand sie einen Schemel, zog ihn zu sich heran und setzte sich ihm gegenüber.

Nach dem ganzen Lärm herrschte jetzt wieder Stille.

»Es ist mir ein Vergnügen«, murmelte er.

Da sie darauf herumkaute, war die Wunde auf ihrer Unterlippe wieder aufgeplatzt. War *sie* jetzt dran mit Reden? Erbarmen, nein, nicht jetzt. Sie war zu müde. Sie war zu ihm gekommen, weil er sie nicht beklaut hatte, er sollte jetzt fortfahren.

Um noch ein paar Sekunden Aufschub zu gewinnen, spielte sie mit ihrer lädierten Lippe.

Sie biss sich auf die Stelle, die am meisten wehtat, und nuckelte an ihrem Blut.

»Du hast abgenommen«, sagte er.

»Du auch.«

»Ja. Ich auch. Mehr als du. Ich hatte auch mehr zuzusetzen, oder …«

Sie lächelte im Dunkeln.

Er bewegte sich vor und zurück, als wollte er den Stein abhobeln, aushöhlen, auskehlen.

Nach einer Minute oder zwei oder drei oder tausend sagte er immer noch flüsternd:

»Ich dachte, du … ich … nein … nichts.«

Zisch. Eine Fliege hatte gerade einen Stromschlag bekommen, angelockt vom bläulichen Schein der elektrischen Falle neben der Durchreiche.

»Hast du Hunger?«, fragte er schließlich und sah sie zum ersten Mal in seinem Leben richtig an.

»Ja.«

»Ich auch.«

Weil sie lächelte, hatte sie Schmerzen, und weil sie Schmerzen hatte, leckte sie sich den Mund.

Sie befeuchtete ihre Lippe mit Spucke, um sie zu desinfizieren, während er sorgfältig sein großes Messer abwischte.

»Mach es dir bequem.«

Meine Kraftpunkte

heute Morgen

Heute Morgen, kurz vor zehn, vibrierte mein Handy an meiner Brust. Ich spürte das Brummen, kümmerte mich aber nicht weiter darum, ich kauerte nämlich vor einer Wand und untersuchte einen Riss und seine Entwicklung.

Mit dem Knie auf meinem Schutzhelm versuchte ich zu verstehen, wieso dieses Gebäude niemals bewohnbar sein würde.

Ich war von der Versicherungsgesellschaft des Architekturbüros, das den Bau geplant hatte, als Sachverständiger bestellt worden und wartete darauf, dass mein Assistent mit dem Ablesen der Messlehren fertig wurde, die wir vor vier Monaten neben dem Riss angebracht hatten.

Ich möchte jetzt nicht weiter ins Detail gehen, das wird sonst zu technisch, aber die Situation war ernst. Unsere Agentur saß seit mehr als zwei Jahren an diesem Fall, und es ging um eine Menge Geld. Eine sehr große Menge Geld, den Ruf dreier Architekten, zweier Vermessungsingenieure, eines Bauträgers, einer Baufirma für Erdarbeiten, eines Bauunternehmers, eines Bauleiters, eines beratenden Ingenieurs und eines Abgeordneten. Es ging darum, die *voraussichtliche Schadensentwicklung* zu benennen, wie es in unserem Fachjargon so verschämt heißt, und je nachdem, welchem der folgenden drei Begriffe mein künftiges Gutachten den Vorzug geben würde: »Verschiebung«, »Versatz« oder »Neigung« (mit allen logischen Konsequenzen), hätte das Auswirkungen, zwar nicht auf den Betrag – diese Feinheiten fielen nicht in mein Ressort –, aber doch auf die Namen des Ausstellers sowie des Adressaten der künftigen Rechnung.

Mit anderen Worten, ich saß an diesem Tag nicht allein am Krankenbett eines Gebäudes, das, kaum aus der Erde gewachsen, schon dem Tod geweiht war, und deshalb konnte mein Handy gut und gern vor sich hin vibrieren.

Es fing übrigens schon wieder damit an. Und zitterte zwei Minuten später erneut. Genervt schob ich meine Hand unter die Jacke und schaltete es, ohne hinzusehen, aus. Kaum hatte ich es mundtot gemacht, übernahm das Handy von François, meinem Assistenten. Es klingelte lange, sechs, sieben Mal vielleicht, und nahm noch zwei Anläufe, aber François stand in einer Gondel zehn Meter über dem Boden, und der Sturkopf, der versuchte, ihn zu erreichen, gab schließlich auf.

Ich dachte nach. Seufzte. Strich über den verfluchten Riss, den dritten schon in diesem Stück Wand, seit wir mit unseren Untersuchungen begonnen hatten, und berührte ihn sanft mit dem Finger wie eine menschliche Wunde. Mit dem gleichen Ohnmachtsgefühl und der gleichen christlich angehauchten Beschwörungsformel: *Wand, schließe dich.*

Ich hasste mein aktuelles Leben. Diese Aufgabe hier lastete schwer auf mir, auf uns, auf meinem Geschäftspartner und mir, sie war zu schwierig, zu knifflig und vor allem zu riskant. Wie auch immer mein Bericht ausfallen würde und auch wenn die Folgen dieser Geschichte letztendlich von den Winkelzügen der Rechtsanwälte abhingen, bei denen sich die beunruhigendsten Risse, Konstruktionen und Fundamente stets in gütlichem Einvernehmen beziffern ließen, war mir klar, dass wir uns allein durch die Tatsache, dass ich mich äußerte, dass wir uns äußerten, die Feindschaft eines großen Teils unserer Branche zuziehen würden.

Sollten die Architekten von Schuld reingewaschen werden, würden wir die Kunden des verantwortlichen Bauträgers und Bauunternehmers verlieren, und würde die Verantwortung den Architekten angelastet, würden wir erst in Monaten, vielleicht sogar Jahren unser Geld bekommen und noch etwas Wertvolleres verlieren als eine komfortable Kapitaldecke, nämlich unser Vertrauen.

Unser Vertrauen in sie, unser Vertrauen in uns und indirekt auch unser Vertrauen in unseren Berufsstand, denn sollte sich herausstellen, dass die Schuld bei ihnen lag, wäre das der Beweis dafür, dass sie uns von Anfang an belogen hatten.

Wir hatten lange gezögert, den Auftrag anzunehmen, und dass wir uns dafür entschieden haben, zeigt die Hochachtung, die wir diesen Leuten entgegenbringen. Diesen Leuten und ihrer Arbeit. Wir haben uns an die Arbeit gemacht mit allen Risiken, die das für uns bedeutete (wir mussten in teures Arbeitsgerät investieren), weil wir stets an ihre Redlichkeit geglaubt haben.

Sollte sich herausstellen, dass wir uns getäuscht haben, wäre das für meinen Geschäftspartner und mich ein schwerer Schlag mit beträchtlichen Folgen.

Ausgerechnet an diesem Morgen beschlichen mich nun zum allerersten Mal Zweifel. Die Gründe dafür brauche ich hier nicht weiter auszuführen, ich sagte es schon, das wird schnell zu technisch, aber ich war ungewöhnlich nervös. Es gab zwei oder drei Details, die mich verwirrten, und ein kleiner heimtückischer Gedanke begann seine Unterminierungsarbeiten. Wie der Hausbock oder Termiten, die wir von Berufs wegen auf dem Kieker hatten, ein kleiner *alles zersetzender* Gedanke.

Zum ersten Mal, seit ich mich um diese Baustelle kümmerte, in den vielen hundert Stunden, die ich mit diesem Fall schon zugebracht hatte, merkte ich, wie etwas in mir zu arbeiten begann: Hatten uns die Architekten wirklich die ganze Wahrheit erzählt?

(Diese Einleitung ist ziemlich lang geraten, scheint mir aber angesichts der weiteren Ereignisse, die hier dargelegt werden sollen, unabdingbar. Entscheidend ist das Fundament, das habe ich in meinem Job gelernt.)

An dieser Stelle war ich mit meinen unguten Gefühlen, meinen Grübeleien also angelangt, als just einer der besagten Architekten auf mich zukam und mir sein Handy hinhielt.

»Ihre Frau«, sagte er in alarmiertem Ton.

noch bevor

Noch bevor ich ihre Stimme hörte, wusste ich, dass sie es war, die die ganze Zeit versucht hatte, mich zu erreichen, und noch bevor ich hörte, was sie mir sagen wollte, hatte ich mir schon das Schlimmste ausgemalt.

Es lässt sich nicht in Worten ausdrücken, in welchem atemberaubenden Tempo die kleinen Rädchen im Gehirn in Alarmbereitschaft geraten, losrasen, sich drehen und klappern. Noch bevor ich die beiden kurzen Silben Hal-lo herausbrachte, hatten jede Menge imaginärer Bilder, eins morbider als das andere, Zeit gefunden, vor meinem inneren Auge vorbeizudefilieren, und als ich das Handy entgegennahm, war ich davon überzeugt, dass einem geliebten Menschen etwas sehr Schlimmes zugestoßen sein musste.

Grässliche Bruchteile von Sekunden. Grässliche seismische Erschütterungen. Riss, Sprung, Scharte, Ritze, Spalte, Bruch, alles, was Sie wollen, das Herz kriegt in diesem Moment für immer einen Knacks.

die Schule

»Die Schule«, haucht sie, »Valentins Schule. Sie haben angerufen. Es gibt ein Problem. Du musst unbedingt hingehen.«

»Was für ein Problem?«

»Keine Ahnung. Das wollten sie mir am Telefon nicht sagen. Sie wollen, dass wir vorbeikommen.«

»Ist dem Kleinen was passiert?«

»Nein, er hat was angestellt.«

»Was Schlimmes?«

Und noch während ich die Frage stellte, spürte ich, wie mein Herz wieder schlug. Dem Kleinen war nichts passiert, der Rest war mir vollkommen egal. Der Rest zählte nicht mehr, und ich begann schon wieder, meine Wand zu inspizieren.

(Und erst heute Nacht beim Schreiben dieser Worte: »und ich begann schon wieder, meine Wand zu inspizieren«, merke ich, wie weit mich dieser Auftrag schon in den Wahnsinn getrieben hat.)

»Ganz bestimmt, sonst würden sie uns ja nicht so plötzlich einbestellen. Pierre«, flehte sie, »du musst unbedingt hingehen ...«

»Jetzt? Aber ich kann nicht! Ich bin auf der Baustelle

Boulevard Pasteur, das weißt du doch. Ich kann jetzt nicht weg, wir warten auf die Ergeb…«

»Hör zu«, fiel sie mir ins Wort, »seit zwei Jahren machst du uns allen das Leben zur Hölle mit deiner gottverdammten Baustelle. Ich weiß, dass der Job schwierig ist, und ich habe dir bisher nie Vorwürfe gemacht, aber jetzt brauche ich dich. Ich habe das Wartezimmer voller Leute, ich kann meine Sprechstunde jetzt nicht absagen, und außerdem bist du viel dichter an der Schule. Du gehst da jetzt hin.«

Nun gut. Ich will das Problem jetzt nicht in aller Ausführlichkeit darlegen, denn auch hier wird's schnell zu technisch, aber ich kenne meine Frau gut genug, um zu wissen, wie die richtige Antwort lautet, wenn sie diesen Ton anschlägt:

»Okay. Okay, ich geh da jetzt hin.«

»Du sagst mir Bescheid, was los ist, ja?«

Sie schien wirklich besorgt.

Sie schien so besorgt, dass ich auch wieder unruhig wurde, sie steckte mich an, und ich brüllte in die Landschaft, dass es mit meinem jüngsten Sohn ein Problem gebe und ich so bald wie möglich wieder zurück sei. Ich spürte, wie mir aus meiner Umgebung ein bitterböser Windhauch an Unverständnis entgegenschlug, aber keiner traute sich, ein Wort zu sagen. Ein Kind war selbst in diesem Haifischbecken noch ein ganz kleines bisschen wichtiger als ein Sack Zement.

François hob in seiner Gondel zur Beruhigung die Hand. Es war ein Zeichen, das in etwa sagen sollte: Mach dir keine Sorgen, ich habe alles im Blick. In dieser Situation ein phantastisches Zeichen. Ganz wunderbar.

die Rektorin

Die Rektorin hatte höchstselbst am Tor der Grundschule Victor Hugo Stellung bezogen. Auf diese Schule waren alle unsere drei Jungen gegangen. Sie begrüßte mich nicht, lächelte nicht, gab mir nicht die Hand. Sie sagte nur: »Kommen Sie mit.«

Ich kannte sie. Bei Schulfeiern, Elternabenden oder Klassenausflügen haben wir stets ein paar Worte gewechselt, ich hatte ihr vor ein paar Jahren sogar umsonst meine Arbeitskraft zur Verfügung gestellt, damals, als die Schulkantine vergrößert wurde (die »Mensa«, wie sie seither hieß). Alles war gut verlaufen, und ich hatte den Eindruck, wir hätten ein gutes Verhältnis.

Nun liefen wir an dem neuen Gebäude entlang, ich fragte sie, ob damit alles in Ordnung sei, aber sie antwortete mir nicht. Oder hatte mich nicht gehört. Ihr Gesichtsausdruck war unfreundlich, ihr Schritt zügig und ihre Hand zur Faust geballt.

Ihr feindseliges Auftreten warf mich um fast vierzig Jahre zurück. Plötzlich fühlte ich mich in die Haut eines kleinen Jungen zurückversetzt, der etwas ausgefressen hatte und hinter der Rektorin herlief, ohne zu mucken, und der sich fragte, wie wohl seine Strafe aussähe und ob man seine Eltern informieren würde. Ein sehr unangenehmes Gefühl, das können Sie mir glauben.

Sehr unangenehm und sehr seltsam.

Sehr unangenehm im Hinblick auf mich, denn es war mehr als ein Gefühl, es war eine Erinnerung – ich war ein äußerst lebhaftes Kind gewesen, einer dieser Jungen, die man am Ohr durch den Schulhof zog, als wollte man sie zum Schafott führen –, und sehr seltsam im Hinblick auf meinen Sohn Valentin, er war nämlich das umgänglichste, wohlerzogenste und liebste Kind.

Was hatte er bloß angestellt?

Zum zweiten Mal an diesem Vormittag stand ich vor einem Rätsel, das meine Fähigkeiten überstieg. Was war im Kopf meines sechsjährigen Sohns schiefgelaufen, dass seine kleine Welt, jedenfalls die seiner Schule, solche Maßnahmen ergriff, Risse zeigte, die von »Verschiebung«, »Versatz« oder »Neigung« kündeten?

Bei seinen Brüdern hätte ich mich nicht gewundert, aber bei ihm? Er hatte seine Lehrerin immer vergöttert, hielt seine Hefte in Ordnung, gab anderen seine Spielsachen, und wenn er in den Ferien bei meinen Schwiegereltern war, rannte er von morgens bis abends um das Schwimmbecken herum, um Insekten herauszufischen, die zu ertrinken drohten, anstatt selbst darin zu baden. *Er* sollte bestraft werden?!?

Mein Weihnachtsgeschenk, wie ich ihn gerne nenne, und das war er auch, im wahrsten Sinne des Wortes. Seine beiden Brüder waren schon groß, Thomas war acht und Gabriel sechs, als Juliette, seine Mama, mich eines Abends fragte, was ich mir zu Weihnachten wünschte, und ich antwortete: ein Kind. Weihnachten haben wir zwar knapp verfehlt, aber da er Mitte Februar auf die Welt kam, wurde es ein Valentin.

Ein Valentin und ein Wunder von einem Kind.

Wie konnte mein Weihnachtsgeschenk mit seinen kaum sechs Jahren die Rektorin der Schule in einen solchen Zustand versetzen? Das war nicht zu fassen.

das Büro

Das Büro der Rektorin befand sich im Hauptgebäude im ersten Stock. Sie ging vor mir hinein und bedeutete mir, ihr zu folgen, ohne mich auch nur eines Blickes zu würdigen.

Ich trat ein.

»Schließen Sie die Tür«, sagte sie zu mir.

Hätte ich einen Spannungsmesser dabeigehabt, dann hätte mir das Gerät noch vor dem Anzeigen der Messdaten einen elektrischen Schlag versetzt. Das hier war kein Elterngespräch, es war ein elektromagnetisches Feld.

Im Raum befanden sich ein düster dreinblickender Mann, der meinen leisen Gruß mit einem kaum merklichen Nicken erwiderte, an seiner Seite eine Frau, die so verkniffen aussah, dass sie nicht genügend Luft bekam, um auf meinen Gruß zu antworten, zwischen ihnen ein kleiner Junge, vermutlich ihr Sohn, in einem Rollstuhl, der den Blick nicht hob, so sehr war er damit beschäftigt, von seiner Hose einen imaginären Schmutzfleck zu entfernen, und ihnen gegenüber, allein, am Fenster, mein kleiner Valentin.

Er stand im Gegenlicht und hatte den Kopf gesenkt. Ich konnte sein Gesicht nicht sehen.

Valentin

»Valentin wird Ihnen erklären, warum ich Sie heute Morgen zusammen mit Maximes Eltern einbestellt habe«, verkündete die Rektorin und wandte sich an meinen Sohn.

Keine Antwort.

»Valentin«, wiederholte sie, »jetzt hab wenigstens den Mut, deinem Vater zu erzählen, was du getan hast.«

Maximes Papa sah meinen Sohn streng an, Maximes Mama schüttelte empört den Kopf und kaute auf einem Taschentuch, Maxime sah aus dem Fenster, und Valentin schaute auf seine Füße.

»Valentin«, sagte ich sanft, »erzähl mir, was du getan hast.«

Keine Antwort.

»Valentin, sieh mich an.«

Mein Sohn gehorchte, und vor mir stand ein Kind, das ich noch nie gesehen hatte. Es war auch kein Kind, es war eine Wand. Sein Gesicht war eine Wand, und diese Wand war weitaus solider als die Wände, die mich vor einer halben Stunde noch beschäftigt hatten. Eine Wand, die von zwei hellen unbeweglichen Augen durchbrochen war. Eine Stützmauer.

Natürlich zeigte ich nach außen keinerlei Regung, aber ich lächelte in mich hinein. Er war so goldig, der kleine Dickschädel, wie ein junger Soldat vor dem Kriegsgericht. Nein, er war nicht goldig, er war wunderschön.

So schön, so still und so blass, dass man ihn für eine Kinderbüste aus weißem Marmor hätte halten können.

»Valentin«, wiederholte die Rektorin, »bitte zwing mich nicht dazu, es deinem Vater sagen zu müssen.«

Maximes Mama entfuhr ein leiser Schluchzer, und dieser Schluchzer nervte mich. Was war hier eigentlich los? Ihr Sohn war am Leben, soweit ich sehen konnte, und für seinen Zustand war mein Sohn schließlich nicht verantwortlich! Ich wollte mich gerade einmischen, wollte meinem Ärger Luft machen, als mein Junge sich dazu entschloss, ein Geständnis abzulegen, und dafür kann ich ihm nicht genug danken, denn er hinderte mich daran, mich vor dieser wütenden und zugleich traurigen Versammlung lächerlich zu machen.

»Ich hab den Reifen von Maximes Rollstuhl zerstochen …«, flüsterte er.

»Genau!«, gab die Rektorin sichtlich zufrieden zurück, »du hast mit deiner Zirkelspitze den Reifen am Rollstuhl deines Klassenkameraden zerstochen! Genau das hast du getan! Bist du stolz auf dich?«

Keine Antwort.

Keine Antwort von einem sechsjährigen Jungen, der bisher für sein umgängliches Naturell bekannt gewesen war, hieß »ja«, und wenn er schon die volle Verantwortung für sein Verhalten übernahm, dann war das mindeste, was wir tun konnten, eine kleine Untersuchung einzuleiten.

Vorsicht, ich will damit nicht sagen, dass ich bereit war, die Vergehen meines Sprösslings zu dulden oder zu verzeihen, aber es ist nun mal mein Job, Untersuchungen durchzuführen, um die Verantwortlichkeiten aller an einer Streitsache Beteiligten zu klären, und ich legte großen Wert auf eine solche vorherige Begutachtung, ehe ich die Gründe für einen Schadensfall ermittelte.

Ich deckte nicht meinen Sohn, ich wendete das Gesetz an. Ich wendete das Gesetz an und ging damit besonders sorgfältig um, weil ich seit heute Morgen eine extrem penible Beziehung zur Wahrheit unterhielt.

Seit Monaten war ich von Leuten gestresst, bedrängt und in die Enge getrieben worden, die mit der Wahrheit Katz und Maus spielten, und ich brauchte für mich nun wirklich allergrößte Klarheit.

»Bist du stolz auf dich?«, fragte sie noch einmal.

Keine Antwort.

Die Rektorin wandte sich Maximes Eltern zu und hob die Hände, um ihrer Verärgerung Ausdruck zu verleihen.

Erleichtert über Valentins Geständnis und zugleich beruhigt durch die verlässliche Unterstützung seitens der

Staatsmacht, stand Maximes Papa auf, und seine Mama packte ihr Taschentuch weg.

Die Spannung sank um mehrere tausend Volt, und man konnte spüren, dass es jetzt an der Zeit war, sich ernsteren Dingen zuzuwenden. Als da wären: die Sanktionen. Welche Strafe wäre hart genug für so eine feige Tat? Denn wir sind uns einig, die Damen und Herren Geschworenen, es gibt nichts Schlimmeres auf der Welt, als sich an einem wehrlosen behinderten Kind zu vergreifen, nicht wahr?

Ja, ich spürte, dass sich die Stimmung entspannte, und mir gefiel die Art dieser Entspannung nicht. Sie gefiel mir nicht, weil sie die Risse für meinen Geschmack etwas zu rasch stopfte. Ich kannte meinen Sohn, ich kannte seine Grundfesten, und ich wusste, aus welchem Holz er geschnitzt war, und es gab überhaupt keinen Grund, weshalb er ohne Not so etwas hätte machen sollen. Überhaupt keinen.

»Warum hast du das gemacht?«, fragte ich ihn und schenkte ihm ein unsichtbares Lächeln, das sich in den Brauen meiner vermeintlich böse funkelnden Augen versteckte.

Keine Antwort.

Ich war fassungslos. Ich wusste, dass mein Filius meine vermeintlich verärgerte Grimasse durchschaut hatte, warum legte er diese böse Maske dann nicht ab? Warum vertraute er mir nicht?

»Willst du es nicht sagen?«

Er schüttelte den Kopf.

»Warum willst du es nicht sagen?«

Keine Antwort.

»Er will es nicht sagen, weil er sich schämt!«, behauptete Maximes Mama.

»Schämst du dich?«, wiederholte ich sanft und hielt seinen Blick fest.

Keine Antwort.

»Hm, hören Sie ...«, seufzte die Rektorin, »ich will Sie nicht länger aufhalten, und wir wollen wegen dieser unerfreulichen Angelegenheit nicht noch mehr Zeit verlieren. Die Fakten sind klar: Valentin hat einen Reifen von Maximes Rollstuhl zerstochen, und das ist unentschuldbar. Wenn Valentin nicht reden möchte, dann hat er Pech gehabt, er wird bestraft werden und bekommt so die Zeit, über sein Verhalten nachzudenken.«

Zufriedenes Seufzen im Gerichtssaal.

Ich ließ meinen Sohn nicht aus den Augen. Ich wollte verstehen.

»Geh zurück in deine Klasse«, befahl sie ihm.

Während er zur Tür ging, sprach ich ihn an:

»Valentin, *willst* du es nicht sagen oder *kannst* du es nicht sagen?«

Er erstarrte. Keine Antwort.

»Kannst du es nicht sagen?«

Keine Antwort.

»Kannst du es nicht sagen, weil es ein Geheimnis ist?«

Und weil er jetzt zum ersten Mal mit dem Kopf nickte, gestattete die wippende Bewegung seines Nackens zwei riesengroßen Tränen, die sich in seinen Wimpern verfangen hatten, sich endlich zu lösen und langsam über seine Wangen zu laufen.

Oh ... Ich schmolz dahin. Wie gern hätte ich mich in diesem Moment vor ihn hingekniet, um ihn in die Arme zu schließen. Ihn fest zu drücken und ihm ins Ohr zu flüstern: »Ist ja gut, mein Kleiner, ist ja gut. Du hast ein Geheimnis und willst es nicht ausplaudern, nicht einmal unter Androhung von Strafe. Ich bin stolz auf dich, weißt du. Ich habe keine Ahnung, warum du das getan hast, aber ich weiß, dass du deine Gründe hattest, und das genügt mir. Ich kenne dich, ich vertraue dir.«

Natürlich rührte ich mich nicht. Nicht weil ich die Rektorin fürchtete oder aus Rücksicht auf das Schamgefühl meines Sohnes, sondern aus Respekt vor Maximes Eltern. Aus Respekt vor einem Schmerz, der mit dieser blöden Reifengeschichte nichts zu tun hatte. Aus Respekt vor diesen Leuten, die sich ebenfalls liebend gern vor ihrem kleinen Jungen hingekniet hätten, um ihn an ihr Herz zu drücken.

Ich rührte mich nicht, aber meine Déformation professionnelle brach sich Bahn. Genau in diesem Moment wurde mir klar, dass es an der Zeit war, ihretwegen, meinetwegen, Valentins und Maximes wegen und wegen der ganzen Institution Schule, die hier von der Rektorin vertreten wurde, mein ich weiß nicht wievieltes Gutachten in Angriff zu nehmen.

Ja, es war meine Aufgabe, *»die erforderlichen Maßnahmen festzusetzen, um den Bau zu sichern und eine Zunahme der Schäden zu verhindern«*, also legte ich meinem Sohn die Hand auf die Schulter, damit er das Zimmer nicht verlassen konnte, und indem ich ihn an meine Beine drückte, drehte ich uns beide so um, dass wir Maximes Eltern gegenüberstanden.

Ich sah sie an und sagte:

»Hören Sie zu, ich will meinen Sohn nicht verteidigen, was er getan hat, kann ich nicht gutheißen. Daher wird er mir helfen, den Schaden zu reparieren, denn ich habe Flickzeug in meinem Kofferraum und werde die Gelegenheit nutzen, um ihm, vielmehr beiden Jungen«, sagte ich und lächelte Maxime zu, »zu zeigen, wie man einen Schlauch repariert. Das schadet nicht und könnte ihnen im Leben nützlich sein. Machen wir uns also ans Werk. Die Sache mit dem Rollstuhl ist nicht so wichtig. Wichtig ist vielmehr, und daran glaube ich, auch wenn ich weiß, dass das, was ich sagen werde, Sie schockieren könnte, ich glaube tatsächlich, dass Valentin Ihrem Sohn heute Morgen einen Gefallen getan hat. Er hat ihm einen Gefallen getan, weil er keinen Unterschied zwischen ihm und sich gemacht hat. Und wissen Sie warum? Weil er vermutlich auch keinen sieht. Maxime ist für Valentin weder schwach noch verletzlich, er ist ein Junge wie alle anderen auch, der folglich dieselben harten Gesetze des Pausenhofs ertragen muss wie die anderen. Valentin hat ihn nicht diskriminiert, nicht einmal im Sinne einer positiven Diskriminierung, wie wir Erwachsenen sagen würden, die wir für alles komplizierte Wörter finden, nein, er hat ihn behandelt wie seinesgleichen. Aus Gründen, die wir nicht kennen und die wir nicht zu wissen brauchen, denn die Geheimnisse unserer Kinder sind heilig, musste Valentin Ihrem Sohn wehtun. Hätte er es gekonnt, hätte er ihm den Arm verdreht oder ein Bein gestellt oder gegen das Schienbein getreten oder was auch immer getan, aber weil er das nicht konnte, hat er sich an den Rollstuhl gehalten. Das ist sein gutes Recht. Das ist sein gutes Recht, und ich würde sogar behaupten, es ist gesund. Unsere Kinder betrachten sich als ebenbürtig, und es ist ein Fehler«, und jetzt wandte ich mich an die Rektorin, »so einem lächerlichen Vorfall so viel Bedeutung beizumessen. Hätte Valentin sich mit einem anderen Jungen auf dem Schulhof in die Wolle gekriegt«, fragte ich sie, »hätten Sie uns dann auch mit Blaulicht einbestellt? Nein. Natürlich nicht. Die Aufsichtsperson hätte die beiden getrennt, und fertig. Und das hier ist das Gleiche, ein Junge hat einem anderen ein Bein gestellt, nicht mehr und nicht weniger.« Dann drehte ich mich wieder zu Maximes Eltern um: »Ich wiederhole es noch einmal, ich will meinen Sohn nicht entschuldigen, ich entschuldige ihn nicht, und ich wünsche auch, dass er bestraft wird, aber ich bleibe dabei, als er den

Reifen zerstochen hat, hat er Ihren Sohn nicht gedemütigt, sondern ihm im Gegenteil seine Ehre erwiesen.«

Da ich es eilig hatte, auf meine Baustelle zurückzukehren, und sie mir allesamt auf die Nerven gingen, diese Erwachsenen, die keine Ahnung von Kindern hatten, weil sie alles über ihre eigene Kindheit vergessen hatten, wartete ich nicht, bis sie meine Tirade kommentierten, sondern setzte meine Stützungsmaßnahmen fort.

»Sagen Sie mir doch«, wandte ich mich an die Rektorin, »wo wir eine Schüssel Wasser herbekommen, und du, Valentin, schiebst jetzt vorsichtig diesen Rollstuhl und kommst mit mir zum Parkplatz.«

Während der eine oder andere allmählich aus seiner Starre erwachte, immer noch ein wenig benommen von meiner Diagnose des Schadensfalls, fasste ich dem kleinen Maxime unter die Arme, um ihn zu seinem Flickkurs zu tragen.

Er war nicht schwer, ich hob ihn hoch, schnell und mit Schwung, und in diesem Moment war ich derjenige, ja, ich, der von den vier anwesenden Erwachsenen im Raum den größten Schlag abbekam.

Ich wurde von einem Schwindel ergriffen, wie ich ihn noch nie in meinem Leben erlebt hatte. Beinahe wäre ich gestrauchelt.

Nein, Entschuldigung, wir sollten bei der Wahrheit bleiben, »Schwindel« ist nicht das richtige Wort. Als ich diesen kleinen Jungen von sechs Jahren hochhob, wurde ich nicht von einem Schwindel ergriffen, ich habe ein Gefühl der Trauer empfunden, das so stark war, dass es mich aus dem Gleichgewicht gebracht hat.

Wie kam es zu diesem »Versatz«, wo ich vor noch nicht einmal einer Minute unbeirrt an meinen Überzeugungen festgehalten und alle ins Gebet genommen hatte, dabei sogar noch an der Souveränität der Amtsgewalt gekratzt hatte?

Weil.

Weil ich Vater von drei Jungen bin. Weil ich in den letzten fünfzehn Jahren schon mehrere hundert Mal ein Kind hochgehoben habe, um es in den Arm zu schließen. Viele hundert, ja tausend Mal.

Weil, und alle Erwachsenen, die das Gleiche getan haben, werden mich verstehen, es hat etwas ... ich weiß nicht ... keine Ahnung, aber Wahrheit verpflichtet, ich muss das richtige Wort finden ... etwas ... Zärtliches, Beruhigendes, Tröstliches, Sicherheit Gebendes, ja, genau das ist es, etwas Sicherheit Gebendes – und Gott weiß, dass ich mich mit Strategien der Absicherung und Stärkung tragender Wände auskenne und mit Sicherungsmaßnahmen für die Seele wie für den Körper –, wenn man ein Kind auf den Arm nimmt, und das liegt am »Koalareflex«.

Kaum hat man sie hochgehoben, ziehen die Kinder wie die Jungen aller Säugetiere, vermute ich, die Beine an, um sie um unsere Taille zu schlingen. Sie denken nicht darüber nach, sie denken nie darüber nach, es ist ein Reflex. Kaum strecken wir ihnen die Arme entgegen, gestattet ihnen ihre Lebensklugheit sofort, sich rasch und sicher an uns festzukrallen, wodurch sie uns weniger schwer vorkommen.

Wunderbare Natur.

Wunderbare Natur, und doch so ungerecht, launisch und grausam, die den einen zugesteht, was sie den anderen verwehrt: Dieser kleine Maxime mit seinen schlaffen Beinen, die an mir herabhingen, während ich ihn anlächelte, auf ihm schien die ganze Trauer der Menschheitsgeschichte zu lasten.

Darauf war ich nicht gefasst gewesen, und ich wankte vor Schreck.

Auf einmal war ich nicht mehr der große Experte vom Dienst, der alles weiß und mit vollen Händen Empfehlungen verteilt. Ich holte Maximes Beine zu mir heran, indem ich sie unterfasste, verabschiedete mich von der Rektorin und bot seinen Eltern bescheiden an, mit mir zum Parkplatz zu gehen.

Wenn wir schon flicken wollten, dann alle gemeinsam, das wäre lustiger.

lustiger

Lustiger wurde es. Maximes Papa hieß Antoine und seine Mama Claire. Sie waren nicht verärgert, sie waren müde.

Da ich keine Lust hatte, auf die warmen Arme ihres Sohns zu verzichten – eine unbewusste Sehnsucht, nehme ich an – und für meine Gereiztheit und meine Predigt von vorhin zu büßen, desgleichen dafür, dass meine drei Kinder gesund waren, hat Claire ein Gefäß mit Wasser geholt, und Antoine hat den Reifen abmontiert. Er hat den Jungen auch gezeigt, wie man in einem Schlauch ein Loch findet, indem man nach den Luftbläschen Ausschau hält, und wie wichtig es ist, das Gummi gut aufzurauhen und zu säubern, bevor man den Kleber aufträgt. Währenddessen diente ich als Kran, als Greifarm, als Gabelstapler und als Hebebühne für einen kleinen, äußerst neugierigen Jungen.

Eine Rolle, die mir gefiel. Ich hatte mich auf einer Baustelle schon lange nicht mehr so nützlich gefühlt!

Leider hatte ich nicht die Zeit, mich anschließend von Antoine und Claire auf einen Kaffee einladen zu lassen, denn meine Messdaten warteten auf mich. Aber wir trennten uns versöhnt und wiederhergestellt, während Maxime und Valentin erneut ihren leidigen Pflichten nachkamen.

Maxime drehte selbst die Reifen seines Rollstuhls, und Valentin lief neben ihm her.

Ich wollte schon zu ihm sagen: »Könntest du ihn vielleicht schieben!«, aber ich schwieg.

Ein bisschen Logik, Herr Gutachter, ein bisschen Logik.

183 Millimeter

183 Millimeter auf der G1, 79 auf der G2, 51 auf der 3Dim und 12 auf der Achse, verkündete mir François, kaum dass ich aufgelegt hatte, ich hatte mein Handy mitsamt Juliettes Ängsten noch nicht einmal zurück in die Jacke gesteckt.

Als ich nicht reagierte, setzte er nach:

»Wundert dich das?«

Die Heckklappe seines Dienstwagens stand offen, und er saß auf einem leeren Kanister und klimperte auf seinem Laptop herum, der vor ihm im Kofferraum stand.

»Wundert dich das nicht?«, fragte er, während ich von Neuem die Nordfassaden der Ulmenresidenz am Boulevard Pasteur betrachtete, dieses wunderbare Immobilienprojekt mit 59 Wohnungen, »schlüsselfertig« geliefert, wie auf einem vier mal drei Meter großen Schild direkt vor mir zu lesen stand – im Juli letzten Jahres.

»Das ... ich weiß nicht«, seufzte ich, »wie lange brauchst du noch?«

»Ich bin fast fertig.«

»Komm, du machst nachher weiter. Ich hab Hunger. Lass uns was essen gehen.«

In Wahrheit hätte ich nie versucht, Valentins Geheimnis in Erfahrung zu bringen, und vermutlich hätte ich es auch nie erfahren, wenn Léo, Thomas' bester Freund, nicht eine kleine sechsjährige Schwester hätte.

Diese kleine Schwester hieß Amélie, und diese Amélie war ein Plappermäulchen. Am selben Nachmittag hatte sie ihrem Bruder von Valentins »Vergehen« erzählt – einem Vergehen, das in der Schule die Runde gemacht hatte, das der Hauptgesprächsstoff aller an diesem Tag anwesenden Schüler und Erwachsenen war und das in diesem Pausenhof für die nächsten Jahrhunderte ein großes Rätsel bleiben würde, keine Frage –, Amélie war ein Plappermäulchen, und am selben Abend, als wir beim Essen saßen, bekamen Juliette und ich Folgendes zu hören:

Gabriel: He, Vava?

Valentin: Was ist?

Gabriel: Stimmt es, dass du heute einem Typen in deiner Klasse den Reifen am Rollstuhl zerstochen hast?

Valentin: Ja.

Großes Gelächter seitens der Älteren.

Thomas: Habt ihr *1000 Kilometer* gespielt und du hast vergessen, dass es ein Kartenspiel ist?

Noch größeres Gelächter.

Gabriel: Womit hast du zugestochen? Mit einer Reißzwecke?

Valentin: Nein.

Thomas: Mit einem Nagel?

Valentin: Nein, mit meinem Zirkel.

Noch viel größeres Gelächter.

Thomas: Warum? Was hat er dir getan?

(Und ich konnte sehen, wie klug Kinder sind: Rollstühle

haben per se nichts, wovor man Respekt haben müsste, und in einem Pausenhof kriegt man nie grundlos eins auf die Mütze.)

Keine Antwort.

Gabriel: Willst du es nicht sagen?

Keine Antwort.

Thomas: Hat er dich beleidigt?

Keine Antwort.

Gabriel: Hat er dir dein Mäppchen geklaut, der Dummkopf?

Valentin (geschockt): Der ist überhaupt nicht dumm. Der ist sogar der Beste in der Klasse. Außerdem kann er schon lesen und kann schon schreiben.

Gabriel: Ach so? Ja, dann sag doch mal, was er dir getan hat.

Keine Antwort, und unserem kleinen Valentin kamen schon wieder die Tränen.

Die Großen liebten ihren kleinen Bruder, auch für sie war er ein Geschenk, und ihn so zu sehen, mit verzerrtem Mund und feuchten Augen, tat ihnen weh.

Gabriel: Vava, sag uns sofort, was er dir getan hat, sonst fragen wir ihn morgen selbst.

Valentin (dessen versteinerte Haltung angesichts einer solchen Drohung sofort Risse bekam, vom Kopf bis zu den Füßen, und der nun vollends zusammenbrach): Das kann ich euch nicht sagen, schluchzte er, sonst schimpft Mama mit mir.

Juliette (amüsiert und ergriffen, aber vor allem ergriffen): Nein, komm schon. Sag es ruhig. Ich verspreche dir, dass ich nicht mit dir schimpfen werde.

Gabriel (triumphierend): Ah, ich weiß! Ich weiß! Es hat mit den Pokémon-Karten zu tun!

Valentin (Rotz und Wasser heulend): Ja … jaaaa.

Die Pokémon-Karten waren bei uns zu Hause ein heikles Thema, weil Valentin (geimpft, eingeweiht, geprägt, bekehrt, indoktriniert und angestachelt von seinen Brüdern) ganz verrückt danach war und ihretwegen schon mehrmals bestraft worden war. Seine Mutter hatte ihm folglich ausdrücklich untersagt, sie mit in die Schule zu nehmen, wo sie im Übrigen ebenfalls ausdrücklich untersagt waren. (Und plötzlich begriff ich, warum er vor der Rektorin so hartnäckig geschwiegen hatte und sich lieber für Feigheit bestrafen ließ als für Ungehorsam.)

Angesichts einer solchen Flut an Tränen, eines derart großen Kummers und eines derartigen moralischen Rückgrats, erlaubte ich mir endlich, was ich mir am Morgen noch versagt hatte: Ich stand vom Tisch auf und ging zu meinem Sohn, um ihn in den Arm zu schließen.

Er lag nun in meinen Armen mit seinem Geruch nach Kreide, Honig, Unschuld, Müdigkeit, mildem Shampoo und kindlicher Verzweiflung, er lag in meinen Armen mit seiner feuchten Schnauze und seinen Koala-Pfötchen, die mich umschlossen, und von der Schulter seines Papas schluchzte er in Richtung seiner Brüder:

»Er … er hat mich … er hat mich angelogen. Er hat mir eine … eine … superseltene Karte abgenommen für eine … eine wertlose Karte … weil er mir … nämlich erzählt hat, dass es ei…eine le… eine legendäre ist.«

»Welche hat er dir abgenommen?«, fragte Gabriel ungerührt.

»Meine Skaraborn EX mit 180 KP.«

»Bist du wahnsinnig?!«, rief Thomas aus, »die darfst du doch nicht tauschen, niemals!«

»Welche hat er dir dafür gegeben?«, fuhr Gabriel fort.

»Knuddeluff.«

Stille.

Die beiden Großen waren stehend k.o. gegangen. Nach ein paar Sekunden der Schockstarre wiederholte Thomas ungläubig:

»Knuddeluff? Das doofe kleine Knuddeluff mit 90 KP?!?«

»Ja... jaaa«, Valentin schluchzte noch lauter.

»Aber ... aber«, japste Gabriel entrüstet, »man braucht es sich doch bloß anzusehen, das kleine Knuddeluff, um zu wissen, dass das nichts taugt! Das ist doch ganz rosa! Wie ein alberner Teddybär für Mädchen!«

»Ja, aber ... aber er hat mir gesagt, dass ... dass das ein ... ein legendäres Pokémon ist.«

Thomas und Gabriel standen unter Schock. Ein Skaraborn EX gegen ein Knuddeluff zu tauschen, das war schon schlimm genug, aber so einen Coup auch noch damit zu begründen, dass man behauptet, Knuddeluff wäre ein legendäres Pokémon, das, also, das war wirklich der Gipfel an Niedertracht und Schäbigkeit, den ein Pausenhof je erlebt hatte. Ich betrachtete ihre entgleisten Gesichtszüge, sie sahen aus wie gerupft, und ich lachte laut auf. Sie erinnerten an zwei kleine Mafiosi, die von einem sechseinhalbjährigen Joe Pesci übers Ohr gehauen worden waren.

Nach einminütiger Grabesstille, in der man nur das Besteck hören konnte, das gegen Teller schlug, ließ Thomas schließlich die Totenglocke läuten:

»Du warst noch viel zu lieb, Valentin. Viel zu lieb. Du hättest ihm beide Reifen zerstechen sollen, diesem Seeräuber!«

nachdem

Nachdem ich ihn vorhin in seinem Bett gut zugedeckt hatte, fragte ich ihn:

»Sag mal, was heißt eigentlich KP?«

»Kraftpunkt.«

»Ach so … verstehe.«

»Je mehr KP dein Pokémon hat«, schob er hinterher, zog unter seiner Matratze eine Karte heraus und zeigte mir die Zahl rechts oben, »umso stärker ist es. Verstehst du?«

Ich wusste, dass jetzt nicht der passende Moment dafür war, aber ich konnte nicht widerstehen und fragte:

»Hast du die Karte mit dem Knuddeluff noch?«

Sein Blick verfinsterte sich sofort.

»Ja«, stöhnte er, »aber die ist völlig wertlos.«

»Würdest du sie mit mir tauschen?«, fragte ich und schaltete seine Nachttischlampe aus.

»Auf keinen Fall, die tausche ich nicht«, antwortete er gähnend, »die schenk ich dir. Die ist total wertlos. Aber wofür willst du die haben?«

»Als Erinnerung.«

»Als Erinnerung an was?«

⋆

Valentin war eingeschlafen, bevor er eine Antwort von mir erhalten hatte, und das war auch besser so, ich kannte sie nämlich selbst nicht.

Was hätte ich ihm antworten sollen?

Als Erinnerung an dich. Als Erinnerung an mich. Als Erinnerung an deine Brüder und an eure Mama. Als Erinnerung an diesen Tag.

Sobald ich die Antworten kenne, schreibe ich Berichte.

Ich verbringe mein Leben damit, Berichte zu schreiben, damit verdiene ich mir meine Brötchen.

Es ist jetzt schon fast drei Uhr morgens, das ganze Haus schläft, ich sitze immer noch in meinem Büro und beende gerade meinen ersten Bericht, den ich geschrieben habe, ohne die Antwort zu kennen.

Ich wollte einfach festhalten, was ich heute erlebt habe.

Meine Familie, meinen Job, meine Sorgen, meine Zweifel, was mich noch wundert und was nicht mehr, meine Lebensfreude, meine Privilegien, mein Glück.

Meine Fundamente.

Meine Kraftpunkte.

Yann

erstens, der Schlamassel

Diese Woche bin ich dran mit Abschließen. Ich bestätige die letzten Bestellungen, fahre die Kisten runter und sehe nach, ob alle Schubfächer und Schaukästen fest verschlossen sind.

Ich muss zugeben, dass mich das am meisten nervt, ich komme mir vor wie ein kleiner Juwelier vom Lande, der jeden Abend, ohne sich zu beschweren, seine Goldketten und Panzerarmbänder reinholt, aber Éric, einem Kollegen vom fünften Stock, wurde letzten Monat Ware im Wert von 3000 Euro gestohlen, und ich weiß, dass diese Geschichte noch Folgen haben wird.

O nein, man hat ihm nicht ins Gesicht gesagt, dass er ein Dieb sei, man hat es ihm auf andere Weise zu verstehen gegeben.

»Weißt du, manchmal denke ich, das wäre das Beste, was mir passieren könnte. Dass ich ihnen mein Namensschild zurückgeben müsste und meine Freundin nicht mehr von Kreditkäufen träumen könnte. Nie mehr mit der RER fahren zu müssen ... Nie mehr den Tag mit dieser Erniedrigung zu beginnen ... Kaum aufgewacht, schon zusammengepfercht, gedrängt, gequetscht ... Das ganze Pack aus den Vororten, verängstigt und resigniert wie du selbst, das denselben Mist liest wie du in denselben Gratiszeitungen wie du und exakt zur selben Zeit wie du ... Echt wahr, das deprimiert mich am meisten ...«, hatte er mir auf einer gemeinsamen Fortbildung zu unserer Verkaufssoftware seufzend anvertraut, »tja … schade, dass ich meine Freundin trotzdem noch liebe …«

Wir hatten uns angelächelt, dann war eine neue Dozentin hereingekommen, und wir hatten keinen Piep mehr gesagt.

(Wenn man bei ihr unangenehm auffällt, steckt sie es unserem Chef, und wir verlieren unseren Bonus für *Business, Care & Involvement.*)

(Darum wird gekuscht.)

Und darum schließe ich überall ab.

Anschließend gehen im Showroom die Lichter aus, ich nehme den Lastenaufzug und laufe durch kilometerlange Flure, die nur von der Notfallbeleuchtung erhellt werden.

Ich beeile mich wegen des Alarms.

Suche in der Umkleide meinen Spind, gebe einen Code ein – noch einen, den gefühlt zehnten an diesem Tag – und tausche meine Weste (»Yann, was kann ich für Sie tun?«) gegen eine alte zerschlissene Cabanjacke, die ziemlich klar zum Ausdruck bringt, dass der gute alte Yann für niemanden mehr etwas tun kann. Ich renne weiter wegen des nächsten Alarms, und schon bin ich draußen in einer Sackgasse hinter dem Boulevard Haussmann zwischen zwei Reihen mit Mülltonnen und einem Hundeführer, der Wachdienst hat und seine Runde dreht.

Wenn der Dicke mit dem Dobermann dran ist, rauchen wir eine zusammen und reden über das Wetter, über Tuning und Paris Saint-Germain (vielmehr: er redet, ich stelle Fragen), und wenn der andere dran ist, der Rottweiler, warte ich, bis ich am Ende der Gasse angekommen bin, um mich zu entspannen.

Es ist nicht sein Arbeitsgerät, das mir Angst einjagt, es ist sein Blick.

Man fragt sich ja immer, *wer* das Revolverblatt *Détective* liest. Er zum Beispiel …

Eine Schlagzeile wie »Lili, drei Jahre alt, verprügelt, vergewaltigt, gefoltert und bei lebendigem Leib verbrannt« spricht ihn an, wie er sagt. Die spricht ihn total an.

Diese Woche ist der Nette an der Reihe, und ich habe meine Schachtel als Erster gezogen. Er macht sich Sorgen, weil seine Hündin – nicht der Dobermann hier, sondern eine Hündin, die nur Parkplätze bewacht – ein Junges zur Welt gebracht hat, dessen einer Hoden eingeklemmt ist.

Ich hätte beinahe gesagt, das ist ja klasse, konnte mich zum Glück aber noch zurückhalten.

Es war nämlich überhaupt nicht witzig. Es war sogar ein ziemlicher Schlamassel. Ohne Hoden im Sack keine Abstammungsurkunde, und ohne Abstammungsurkunde keine Kohle.

»Der wandert doch bestimmt noch runter, oder?«

Er schien mir nicht sehr überzeugt.

»Tja … Vielleicht. Vielleicht ja, vielleicht nein. *Inschallah* … Der Himmel wird es richten …«

Armer Allah, dachte ich, als ich weiterging, ich hoffe, er hat einen Typen in der Gebets-Annahmestelle, der eine erste Vorauswahl trifft, bevor die Sachen auf seinem Tisch landen …

Der Äskulapstab der amerikanischen Apotheke informiert mich darüber, dass es bereits 22:10 Uhr ist und die Außentemperatur –5 Grad beträgt.

Kein Mensch wartet auf mich, Mélanie hängt noch in einem ihrer Seminare fest, und für einen Kinobesuch ist es zu spät.

Ich laufe zur nächsten Metrostation, überlege es mir dann aber anders. Ich kann mich jetzt nicht schon wieder in so einen Kasten setzen, das bringt mich um.

Ich muss laufen. Ich muss zu Fuß nach Hause gehen, muss quer durch Paris laufen und dabei von Zeit zu Zeit in die Hände klatschen oder meine Mütze hochnehmen, um dem inneren Schweinehund entgegenzuwirken.

Ja, ich muss leiden, frieren, hungern und die Gelegenheit nutzen, dass ich endlich allein bin, um schließlich todmüde ins Bett zu fallen.

Seit Monaten schlafe ich schlecht. Ich mag meine Schule nicht, mag meinen Stundenplan nicht, mag meine Lehrer nicht, den Geruch in der Umkleide, die Kantine und die Idioten um mich herum. Mit sechsundzwanzig leide ich an der gleichen Schlaflosigkeit wie mit zwölf, nur dass es mit sechsundzwanzig tausend Mal schlimmer ist, weil ich mich selbst in diesen Schlamassel hineingeritten habe. Ich selbst. Ich kann nicht auf meine Eltern schimpfen, und ich habe nicht mal mehr Ferien …

Was habe ich bloß gemacht?

Ic?

Was hast du bloß gemacht?

Ist doch wahr! Was hast du bloß gemacht, du Blödmann?!

Auf dem ganzen Weg fluche ich laut vor mich hin, denn

der heiße Atem, der meine Wut transportiert, wärmt mir die Nasenspitze.

Die Clochards haben sich irgendwo in Sicherheit gebracht, wer trinkt, um durchzuhalten, ist morgen tot, und die Seine ist ziemlich schwarz, ziemlich langsam und ziemlich heimtückisch. Dort, wo sie sich zwischen den Pfeilern des Pont-Neuf hindurchzwängt, erzeugt sie einen Luftzug, den man nicht hört. Sie ist auf der Jagd. Sie hat es auf die Erschöpften abgesehen, die geräderten Arbeiter, die Grübeleien talentloser kleiner Leute und die Fragen in der Nacht. Sie entdeckt die Verunsicherten und die rutschigen Brückengeländer. »Kommt«, brüllt sie, »kommt ... Ich bin's bloß ... Nur zu ... Wir kennen uns doch schon so lange ...«

Ich stelle mir vor, wie kalt der Kontakt mit ihr ausfällt, wie sich die Kleider aufblähen, bevor sie dich nach unten ziehen, der Schock, der Schrei, der dir entfährt, die Lähmung ... Alle stellen sich das vor, stimmt's?

Doch. Natürlich. Alle Menschen, die in ihrem Alltag einen Fluss bei der Hand haben, kennen dieses Schwindelgefühl.

Das ist beruhigend.

Exkurs:

SMS von Mélanie: »Bin todmüde gehe ins Bett Scheißwetter Küsschen.« Mit einem Kusszeichen am Ende. (Ein gelbes Etwas mit dicken Lippen, die blinken.) (Emoticon nennt man die.)

Emoticon. Das Wort ist genauso idiotisch wie das, was es bezeichnet. Ich hasse diese Spielereien für Faule. Anstatt ein Gefühl zum Ausdruck zu bringen, klatscht man es hin. Drückt auf eine Taste, und jedes Lächeln dieser Welt ist gleich. Ob Freude, Zweifel, Kummer, Wut, jedes hat die gleiche Fratze. Alle Gefühlsregungen werden auf fünf abscheuliche Kreise reduziert.

Mann, was für ein Fortschritt.

»Gut' Nacht«, antworte ich ihr. »Fühl dich umarmt.«

Das ist auch nicht wirklich besser, oder?

Nein. Nicht wirklich. Aber es ist immerhin eine Umarmung in drei Worten. Und außerdem ist der Apostroph ganz hübsch.

Es gibt nicht mehr sehr viele Jungs, die sich heutzutage noch die Mühe machen, Apostrophe zu simsen. Sind es dieselben, die sich den Tod durch Ertrinken vorstellen?

Ich fürchte, ja.

Mein Gott, was bin ich heute Abend gut drauf.

Sorry.

Das macht mir schon eine ganze Weile zu schaffen. Dieses Ohnmachtsgefühl, diese lyrisch-kitschigen Anwandlungen, das Bedürfnis, gegen andere zu kämpfen, gegen alle, um nicht abzusaufen. Mélanie behauptet, das Wetter sei schuld (der lange Winter, das fehlende Licht, eine jahreszeitlich bedingte Depression) und beruflicher Stillstand (von den Versprechungen, die man mir gemacht hat, weit und breit nichts in Sicht, fehlender Ehrgeiz, Desillusionierung). Gut. Warum nicht?

Sie hat Glück, sie gehört zu der Sorte Mensch, die für alles Gründe und Lösungen findet: ob Milbenallergie, Wahlrecht für Immigranten, die Schließung der Drogerie in der Rue Daguerre, die Warzen ihres Vaters oder meine schwermütige Stimmung. Irgendwie beneide ich sie. Gern wäre ich so gestrickt.

Es würde mir gefallen, wenn in meinem Kopf alles so einfach wäre, so simpel, so … *materialisierbar*.

Niemals Zweifel haben. Immer Verdächtige, Übeltäter, Schuldige finden. Die Dinge angehen, kurzen Prozess machen, fordern, urteilen, draufhauen, opfern und die Gewissheit haben, dass sich meine mimosenhaften existentialistischen Hirngespinste im Frühjahr langsam verziehen werden, um bei 200 Euro mehr auf meinem Gehaltszettel vollends zu verschwinden …

Nur leider glaube ich nicht eine Sekunde daran.

Im Juni werde ich siebenundzwanzig, und ich kann nicht ausfindig machen, ob das noch jung ist oder ob ich schon alt bin. Ich schaffe es nicht, mich auf dem Zeitstrahl einzuordnen. Das Ganze ist äußerst vage. Von weitem könnte man denken, ein Jugendlicher, und aus der Nähe, ein alter Knochen. Ein alter Knochen, als Schüler verkleidet: die gleiche aufgesetzte Lockerheit, die gleichen Converse-Schuhe, die gleiche Jeans, die gleiche Frisur und die gleichen Romane von Chuck Palahniuk im gleichen zerschlissenen Rucksack.

Ein Schizophrener. Ein Außenseiter. Ein junger Mann des beginnenden 21. Jahrhunderts, geboren in einem reichen Land und von liebevollen Eltern erzogen, ein kleiner Junge, der alles bekam: Küsse, Zärtlichkeiten, Kindergeburtstage, Spielkonsolen, regelmäßigen Zugang zu Mediatheken, Geld von der Zahnfee unter dem Kopfkissen, alle Bände von Harry Potter, Pokémon-Karten, Yu-Gi-Oh-Karten, Magic-Karten, Hamster, Ersatzhamster, unbegrenzte Flatrates, Englandreisen, modische Sweater und alles Übrige auch, aber nicht nur.

Nicht nur …

Ein kleiner Junge, geboren am Ende des 20. Jahrhunderts, dem man, als er groß genug war, um seine Bonbonpapierchen in den Mülleimer zu werfen, immer wieder eingeredet hat, dass die Natur seinetwegen leidet, dass die Wälder im Palmöl seiner Schokocroissants verschwinden, dass das Packeis schmilzt, wenn seine Mama den Motor anlässt, dass alle die wilden Tiere sterben werden und dass er, wenn er nicht jedes Mal beim Zähneputzen den Wasserhahn zudreht, auch ein bisschen Schuld daran hat.

Dann ein neugieriger und umgänglicher Schüler, dem seine Geschichtsbücher allen Mut genommen haben, weil er als Weißer, Habsüchtiger, Kolonisator, Feigling, Denunziant und Mittäter zur Welt gekommen ist, während die Erdkundebücher nicht aufhören wollten, ihm – Jahr für Jahr – die alarmierenden Zahlen der weltweiten Überbevölkerung, der Industrialisierung, der Ausdehnung der Wüsten, der Knappheit von Luft, Wasser, fossilen Brennstoffen und Ackerböden vorzubeten. Ganz zu schweigen von den Französischbüchern, die es stets schafften, einem am Ende das Lesen zu verleiden, weil sie einen zwangen, alles zu verhunzen – *Arbeiten Sie im vorliegenden Baudelaire-Gedicht das Begriffsfeld der Sinnlichkeit heraus und ordnen Sie es* –, Rums, Endstation, bitte alle aussteigen –, Sprachlehrbücher, die einem von Jahr zu Jahr vorführten, how much you were una maiuscula merde, und schließlich die Philosophiebücher, die sich als Verdichtung alles bisher Gesagten erwiesen, dabei allerdings noch unerbittlicher waren: »He, du kleines Bleichgesicht, mit deinem schlaffen Schwanz und deinem fiesen Akzent, arbeite hier das Begriffsfeld der Zerstörung durch deine Zivilisation heraus und ordne es. Du hast vier Stunden Zeit.«

(Hop hop hop, deine Rohfassung … ab in den Papiermüll damit.)

Und wenn dieses beängstigende Marschgepäck schließlich bestmöglich übernommen, verdaut, gelernt und in unzähligen Klassenarbeiten wiedergekäut worden war und in die Erfolgsstatistiken des Abiturs eingeflossen ist, dann brumm ich dir zu allem Überfluss noch ein paar Studienjahre auf, damit dir die Zukunft ja nicht zu früh offensteht.

Und du Schaf machst brav alles, was man von dir verlangt: alle Vorbereitungskurse, Examensarbeiten, Diplome, Praktika. Unbezahlte Praktika, nicht vergütete Praktika, Praktika ohne finanzielle Gegenleistung, Praktika ohne Honorierung und Praktika aus Idealismus. CVs. CVs mit ansprechendem Foto. CVs auf Papier, online, im Reliefdruck, auf Video und haste nicht gesehen. Motivationsschreiben. Motivationsmails. Motivationsvideos. Dieses ganze alberne Wortgeklimper, bei dem du nicht mehr weißt, was du dir noch alles ausdenken sollst, weil du so was von überhaupt nicht mehr daran glaubst, weil es dich dermaßen ankotzt, dass du dir den Status als einer von vielen Beitragszahlern so hart und so früh erkämpfen musst.

Aber du machst weiter. Du machst tapfer weiter: das Arbeitsamt, die nationale Arbeitsagentur, Jobbörsen, Headhunter, Zeitungsinserate, Job alerts, Rekrutierungsplattformen, Zugangscodes zu deinem persönlichen Profil, Abos für RSS-Feeds, falsche Hoffnungen, aussichtslose Bewerbungsgespräche, Facebookmakers, die nicht mal im Traum daran denken, dich zu liken, der Schwager deines Patenonkels, der mal mit seinen Freunden im Lions Club sprechen will, die Anrufe bei früheren Kumpels, weißt du, ich kann dich immer noch nicht so richtig verknusen, aber hatte dein Vater nicht eine Fabrik? Zeitarbeitsfirmen, todsichere Connections, weniger sichere Connections, unsichere Connections, Anzeigenseiten, die immer mehr zu Bezahlseiten werden, und HR-Assistentinnen, die zunehmend unfreundlicher reagieren, die … Ja, du hast überall mitgespielt, du hast in deinem ganzen Leben kein Papierchen auf den Boden geworfen, du hast deine Füße nie auf die Sitzbank gegenüber gelegt, nicht einmal, wenn's sehr spät war, nicht einmal, wenn du sehr müde warst, nicht einmal, wenn du allein im Abteil warst, und du hast dein Diplom erhalten, ohne jemandem zur Last zu fallen, nur hast du … wie soll ich sagen: Pech gehabt. Es gibt keine Arbeit für dich.

Leider nein, es gibt einfach nichts. Hat dir das niemand gesagt, bist du sicher? Das wundert mich … Du solltest mal mit deiner Nachbarin zur Linken plaudern …

He, Junge! Wach auf! Wir haben eine Krise!

Na und? Hör lieber Nachrichten, anstatt eine Ausbildung zu machen, dann verlierst du weniger Zeit!

Was denn? Du verstehst das nicht? Moment mal, bleib sitzen, Junge, wir erklären dir kurz die Situation:

Du bist jung, du bist Europäer und du bist freundlich?

Tja, dann wirst du die geballte Ladung in die Fresse kriegen, mein Lieber!

Du hörst es auf allen Kanälen, dass sich die Schulden deines Landes auf hunderttausend Milliarden und Abermilliarden Dollar belaufen, dass dein Geld bald nichts mehr wert ist, dass du gleich aufgeben kannst, wenn du kein Chinesisch sprichst, dass Katar hier gerade alles aufkauft, dass Europa abgewirtschaftet hat, dass der Westen am Boden ist und der Planet am Abgrund.

Das war's.

Panem et circenses. Oje. So weit sind wir schon.

Glaub mir, Kleiner, du kannst eigentlich nur noch Fußball schauen, während du auf den Weltuntergang wartest.

Auf. Ab ins Körbchen mit dir, hat es geheißen. *Fly Emirates* und halt die Klappe.

Und außerdem, hör auf, so einen Wirbel zu machen. Hör bitte auf zu klicken, zu telefonieren und dich überall zu bewerben. Das ist schlecht für die Ozonschicht.

*

Ich spüre meine Füße nicht mehr. Am Boulevard Saint-Michel, gleich hinter den Gewächshäusern im Jardin du Luxembourg, stehen Polizisten mit Blitzpistolen, um abgelenkten müden Autofahrern aufzulauern.

Während ich an ihnen vorbeigehe, den Kopf gesenkt, die Nase in meinem Schal versteckt, höre ich, wie sie eine junge Frau in blauer Daunenjacke nach den Papieren fragen. Ich weiß nicht, ob es an der Kälte liegt oder an ihren Punkten, aber sie ist völlig verkrampft. Ganz nervös sucht sie in der Handtasche nach den Papieren und lässt einen Schlüsselbund fallen. Auf der Rückbank schläft ein Baby im Autositz. So schnell kann sie nicht gefahren sein, ihr Wagen ist ein alter Mini. Das frühere Modell. Das von Sir Alec Issigonis. Herrlich.

Ich höre, wie sie sagt:

»Einen Augenblick, nein … Ich hab die Heizung laufen …«

»Bitte«, antwortet der Polizist, einer der unteren Dienstgrade, »machen Sie sofort den Motor aus. Es dauert nicht lange.«

Ich gehe weiter, zutiefst irritiert.

Was ist das für ein Land?

Ein demokratisches Gefängnis, dessen Ordnungskräfte nichts Besseres zu tun haben, als den bravsten Bürgern permanent Fallen zu stellen? Was soll das?

Sind die Kassen so leer?

Was sind das für Typen, die so einen Job machen? Die dafür bezahlt werden, dass sie eine Frau an einem Dienstag im Februar gegen Mitternacht schikanieren, weil angeblich was mit ihren Scheinwerfern nicht stimmt oder ihr Nummernschild nicht mehr fest sitzt? He? Was soll das? Und wenn sie darauf bestehen, dass sie bei –6 Grad den Motor ausmacht, während im Wagen ein kleines Kind schläft, was geht dann in ihren Köpfen vor?

Und was ist eigentlich mit dir? Was bist du denn für einer? Du beleidigter Schnösel, schwingst pausenlos große Reden und bist nicht einmal in der Lage, dich für eine hübsche Mama einzusetzen. Eine junge Frau, die noch dazu in ihrem Mini 1000 unterwegs ist. He, antworte gefälligst: Was bist du für eine Pflaume?

Bei dir ist anscheinend auch ein Hoden nicht nach unten gewandert?

Oder er ist eingefroren.

Exkurs:

Bevor er den Mini entwickelte, hatte Issigonis schon den Morris Minor herausgebracht.

Nicht schlecht …

Als William Morris, der Big Boss, den Minor zum ersten Mal sah, war er entsetzt. *Holy God*, he said, *a poached egg.* Ein pochiertes Ei.

Der Minor wurde ein beachtlicher Erfolg.

Aber Issi fürchtete, er würde es niemals schaffen, als Mechanikgenie sein fucking Ingenieursdiplom zu bekommen, er würde in Mathe dreimal durchfallen. Was ihn gerettet hat, war das Fach Design. In Graphikdesign war er ein Ass.

Regeln, Annahmen, die Gesetze der Physik und Mathematik langweilten ihn, schlimmer noch, in seinen Augen waren sie *the enemy of every truly creative man.* Ebenso pfiff er auf handelspolitische Erwägungen, Prognosen, Businesspläne, Marktstudien und all die Vorfahren des modernen Marketings. Er war ein schwieriger Charakter.

Wenn man ein neues Auto entwickelte, dann war die erste Regel, niemals die Konkurrenz kopieren, behauptete er. Er war unabhängig, frei und starrköpfig und hatte wenig Respekt vor allem, was in intensiven Brainstormingsessions aus den Entwicklungsbüros kam. Wir verdanken ihm den genialen Satz: *A camel is a horse designed by a committee.*

Ich weiß das alles, weil ich mit meiner Schule (einer höheren Bildungsanstalt, die mir lieb und meinen Eltern teuer war) (und die mir heute, wo ich zu Ihnen spreche, streng genommen überhaupt nichts nützt) das *Design Museum* in London besucht habe.

Wow, such a nice sôuhveunhir …

So … Ich bin fast da. Es ist dermaßen kalt, dass sich der Löwe an der Place Denfert-Rochereau auf seinem Sockel zusammenzukauern scheint. Ein großer missmutiger Kater.

Ich hatte mich für diese Laufbahn entschieden, weil auch ich gut zeichnen konnte und ich, ob es Sir Alec gefällt oder nicht, ebenfalls gut in Mathe war. Na ja … wir wollen nicht übertreiben … nicht so gut, dass es für eine der Eliteunis gereicht hätte, das dann doch nicht. Und ich war neugierig. Neugierig auf Kunst, Geschichte, Kunstgeschichte, Kunstgewerbe, Technologie, die Welt der Industrie, industrielle Techniken, Ergonomie, Morphologie, Dinge, Menschen, Möbel, Mode, Textilien, Typographie, graphische Gestaltung … auf alles im Grunde. Auf alles, immer und zu jeder

Zeit. Der einzige Haken ist, dass ich nicht begabt bin. Das ist wirklich wahr. Auch das habe ich gelernt. Nicht begabt und absolut nicht der Typ, der den Hochmut oder das Genie besitzt, *etwas Neues* zu erschaffen. Das immerhin hat die Uni mir gebracht: mich richtig einzuschätzen und die Entfernung zu ermessen, die mich zum Beispiel von einem Giò Ponti oder einem Jonathan Ive trennt. (Ich weiß, ich weiß … Es ist aus der Mode, etwas Gutes über den Apple-Designer zu sagen, aber aus der Mode zu sein, weil ich demütig und bescheiden meinen Respekt vor ihm zum Ausdruck bringe, ist für mich okay.)

Ich hätte stattdessen ein Diplom als Dokumentationsspezialist ablegen und mich in der Bibliothek für Kunst und Gewerbe oder an der Staatlichen Hochschule der Schönen Künste bewerben sollen, dann wäre ich glücklich geworden. Mein einziges Talent besteht darin, das der anderen zu erkennen.

Eine Schwäche, die mir im Übrigen bei einem meiner unzähligen Bewerbungsgespräche attestiert worden ist:

Junger Mann, im Grunde sind Sie ein Dilettant.

Scheiße.

Ist das schlimm?

Natürlich hätte ich mir einen weniger grausamen Studiengang aussuchen sollen (damit wir uns recht verstehen: In der Welt des Designs bist du entweder ein Visionär oder vollkommen nutzlos) (ich mag in der Schlacht sämtliche Illusionen verloren haben, aber nicht meine Ideale), weniger grausam, habe ich gesagt, und passend zu meinem Dilettantismus, nun ja, das wirklich Dumme ist, ich hatte Angst, wenn ich meiner natürlichen Neigung nachgeben würde, dass ich keinen Job fände.

Ha! Ha! Der gute Yann … Wie perfekt er sein Leben modelliert hat.

Von weitem könnte man meinen, ein Kamel.

Der Anfang der Rue Boulard. Mir wird warm. Umso besser, langsam wachsen mir Stalaktiten aus der Nase.

Wo war ich noch gleich? Ach ja … Mein Schicksal.

Nun, mittlerweile habe ich, um es kurz zu machen, das Diplom einer Designhochschule in der Tasche, und ich bin … ähm … wie soll ich sagen … Vorführer, ja, genau, Vorführer kleiner koreanischer Roboter, die man spielerisch zu Hause und im Haushalt einsetzt, in der verspielten häuslichen Mittelschicht.

Der kleine Staubsauger-Dackel, der ganz von selbst in seine Hundehütte zurückkehrt, sobald er allen Staub aufgeleckt hat, die leuchtenden Lautsprecherboxen, die ihr Licht der Musik anpassen, die aus ihnen kommt, der Duschkopf, der zugleich als intergalaktisches Digitalradio fungiert, und der intelligente Kühlschrank, der dich, sobald er deine Stimme erkennt, daran erinnert, was er in seiner Wampe hat: Zustand der Vorräte, Verfallsdaten, Kalorienzahl der Nahrungsmittel, Kombinierbarkeit der Produkte, Möglichkeiten der Resteverwertung und so weiter und so fort.

Ist das nicht toll?

Giò Ponti wäre begeistert.

Ich habe einen unbefristeten Vertrag ergattert (ja, einen der begehrten unbefristeten Verträge, den Einen Ring, den Black Lotus, den Gral, den Heiligen Gral) (*Hanenim Kamsahamnida*) (Vielen Dank, lieber Gott, auf Koreanisch) in einer glitzernden Hightechfirma, die dem alten verdatterten Europa ihre unglaublichen Wunder präsentiert.

Kurz und gut, ich bin Handelsvertreter bei Dartyyongg.

Eine Interimslösung, na klar.

Aber sicher, so ist es.

Ich habe den Schweinehund in mir nicht nur nicht gekillt, man könnte fast meinen, ich hätte ihn wiederbelebt.

Ich Idiot.

Nachdem ich den letzten Code für heute eingetippt habe, quetsche ich ein Stück Pappe in die Einfahrt, damit das Tor nicht zufällt, und wiederhole das Gleiche bei der Eingangstür.

Wenn nur, seufzte ich, wenn nur der einzige Clochard aus der Gegend, der um diese Zeit noch lebt, auf die reizende Idee käme, sich dank meiner kleinen List hier aufzuwärmen, würde dies mein Ego streicheln, das muss ich zugeben.

Ich spurte die beiden Etagen hoch, damit mir auf der Treppe kein Zeh abfällt, schäle eine Banane, die ich in einen Schluck Wodka tauche, leere den Boiler und falle endlich tot um.

drittens, die Orangenkekse

Heute mache ich früher Schluss als sonst, aber ich bin immer noch Strohwitwer. Mélanie kommt erst am Donnerstag zurück.

Ich habe vorhin mit ihr telefoniert: Das Hotel ist nicht so gut wie erhofft, der Spa-Bereich geschlossen und ihr Team total unfähig.

Okay …

(Sie ist Pharmareferentin, und das Labor, in dem sie arbeitet, organisiert regelmäßig Motivationsseminare, die der ganzen Belegschaft helfen sollen, das große Trauma der Generika zu überwinden.)

»Du machst doch noch den Einkauf, oder?«

Na klar. Na klar mach ich noch den Einkauf. Schon seit zwei Jahren mache ich den Einkauf, ich werde unser Paarleben nicht heute Abend revolutionieren …

»Und vergiss nicht die Treuekarte. Letztes Mal, ich habe nachgerechnet, haben wir deinetwegen mindestens sechzig Punkte verschenkt.«

Mélanie ist eine kompetente Konsumentin. Sechzig Punkte, das ist hart.

»Nein, nein. Ich vergesse sie nicht. Gut, machen wir Schluss, ich muss noch meinen kleinen Wuffwuff rauslassen.«

»Wie bitte?«

»Den Staubsauger.«

»Aha …«

Wenn sie in diesem Ton »Aha …« sagt, frage ich mich, was sie wirklich denkt. Ist sie genervt? Erzählt sie ihren Kollegen von mir? Sagt sie: Mein Freund verkauft Wuffwuffs in allen Farben?

Ich bezweifle es. Nachdem sie geglaubt hatte, sie wäre dem neuen Starck begegnet, muss sie sich nun mit dem Mausklicker von Saturn.com begnügen, das ist heftig. Außerdem glaubt sie wahrscheinlich, ich würde den lieben langen Tag mit meinen Gadgets spielen. Wenn sie wüsste … Es ist leichter, Medikamente gegen Blutgerinnung zu verkloppen als einen Kühlschrank, der losquasselt, sobald du in die Küche kommst … Gut. Lassen wir das. Ich höre früher auf, aber ich werde mir nicht den Franprix geben, ich habe nämlich festgestellt, dass ein Kino in der Rue des Écoles einen Zyklus mit Filmen von Sidney Lumet bringt, und *Die Flucht ins Ungewisse* läuft nur heute Abend um 21 Uhr.

Dem Himmel sei Dank.

Den Film habe ich im Alter von fünfzehn Jahren mit meinem Cousin gesehen (vermutlich im selben Kino), also etwa in dem Alter, in dem River Phoenix Danny Pope gespielt hat, und ich war so ergriffen, als ich aus dem Kino kam, dass ich um mich herum nichts mehr mitbekommen habe und mir ein Bus über den Fuß gefahren ist. Das ist wirklich wahr. Vier von zehn Zehen gebrochen.

Im Klartext heißt das, die Aussicht, diesen Film wieder zu sehen, lässt mein Herz höher schlagen, denn, und das ist ein Geheimnis, von dem Mélanie nichts weiß, auch ich sammle Treuepunkte, auf meine Weise.

Ich beschließe, kurz nach Hause zu fahren, um mich umzuziehen und einen Happen zu essen, bevor ich mir ein Leihfahrrad suche.

(Ein Fahrrad ist was Tolles, wenn man aus einem großen Film kommt: Das Vorderlicht wird zum Projektor, und die schönsten Szenen strahlen dir in der Nacht entgegen.)

Als ich auf meiner Etage ankomme, ein halb aufgefuttertes Baguette in der einen Hand und meine belanglose Post in der anderen, stehe ich Auge in Auge einem Möbelstück gegenüber. Einer Art blauem Resopalschrank. Da er etwas schräg steht, versperrt er mir den Weg, und weil ich mich davon nicht abhalten lassen will, lege ich mein Marschgepäck darauf ab, um ihn einen Meter zu verrücken. Währenddessen höre ich ein helles Stimmchen:

»Mama! Mama! Da ist ein Mann, der ist eingesperrt!«

Dann eine Stimme in mittlerer Tonlage:

»Hörst du, Isaac? Hast du gehört, was deine Tochter gerade gesagt hat? Dann unternimm was, worauf wartest du noch!«

Und schließlich die tiefe Stimme des Bärenpapas:

»Oh! Ihr Frauen! Ihr verfluchten Weiber! Ihr wollt mich tot sehen, stimmt's? Ihr wollt, dass ich unter dem Gewicht dieses grässlichen Teils zusammenbreche, um an mein Erbe zu kommen? Niemals! Hört ihr? Nur über meine Leiche! Niemals kriegt ihr Großpapas erotische Bibliothek!« (Dann etwas sanfter in meine Richtung:) »Entschuldigung, Herr Nachbar, Entschuldigung … Kommen Sie klar?«

Ich schaue auf und erblicke über dem gewölbten Handlauf im vierten Stock ein rotes Gesicht, eingerahmt von einem mächtigen Bart, und zwischen den Gitterstäben zwei Goldlöckchen, die mich ernst mustern.

»Kein Problem«, antworte ich.

Er verabschiedet sich, und ich gehe zur Tür und drehe so leise wie möglich meinen Schlüssel im Schloss, um das Ende der Szene nicht zu verpassen.

»Kommt rein, Mädels … Sonst erkältet ihr euch noch.«

Aber auf dem Ohr ist die Bärenmama taub:

»Und was ist mit Hans?«

»Hans ist ein Idiot. Wir hatten eine kleine Meinungsverschiedenheit im ersten Stock, daraufhin hat er mich mit deinem ganzen Krempel im zweiten Stock stehenlassen, wenn du es wissen willst! Hans-ist-ein-Idiot!« (Dabei betonte er jede Silbe und sprach ziemlich laut, damit ihn das ganze Haus hören konnte.) »Auf, Mädels, aus dem Weg, sonst sperre ich euch in dieses Gruselteil hier, das eure Mutter einem Banditen für zweihundert Euro abgekauft hat. Vintage, Vintage, ich pfeif auf Vintage … Und beeilt euch, ihr Schwatzliesen! Euer Herr und Meister hat Hunger!«

»Nun ja, mein Lieber, eins will ich dir sagen: Solange meine hübsche Anrichte im Treppenhaus steht, bekommst du gar nichts zu essen.«

»Ja, wunderbar, gnädige Frau! Wunderbar! Wenn das so ist, verspeise ich Ihre Töchterchen!«

Der Kerl brüllt wie ein Menschenfresser, und jede Menge hoher Schreie gellen durch das Treppenhaus.

Entzückt drehe ich mich um: die Funken einer Wunderkerze …

Ihre Tür fällt ins Schloss und, weiß der Kuckuck, warum, plötzlich habe ich überhaupt keine Lust mehr, nach Hause zu kommen.

Ich werde mir einen Döner holen.

*

Nachdenklich gehe ich die Treppe wieder hinunter.

Der Frau von oben bin ich zwei- oder dreimal morgens begegnet, wenn sie ihre kleinen Töchter zur Schule bringt. Ihre Haare sind immer zerzaust, sie ist immer spät dran und immer höflich. Mélanie tobt, weil die Nachbarin ihren Buggy achtlos im Eingang abstellt. Einen Buggy voller Spielsachen, Eimerchen, Sand und Krümel. Wenn unten an der Treppe Wasser- oder Milchpakete stehen, nehme ich sie im Vorbeigehen mit und stelle sie in meiner Etage auf die Treppe nach oben, auf diese Weise haben sie etwas mehr als die Hälfte der Strecke ganz von allein zurückgelegt.

Mélanie verdreht die Augen: Nicht nur Vorführer, auch noch Lieferant, das ist krass.

Einmal, als sich die Mama aus dem vierten Stock in aller Eile und total überschwenglich für diese kleinen freundlichen Gesten bei mir bedankt hat, gestand ich ihr, dass ich mir gelegentlich zum Dank für meine Mühe ein oder zwei Orangenkekse aus ihrem Buggy stibitzt habe. Ich habe sie noch lange lachen hören, und am nächsten Morgen lag ein ganzes Paket auf meinem Fußabtreter.

Mélanie habe ich davon nichts erzählt.

Sein Gesicht sehe ich zum ersten Mal, aber ich glaube, spätabends schon seine Schritte gehört zu haben.

Ich weiß, dass er die Auktionszeitschrift *La Gazette Drouot* abonniert hat, weil sie immer aus dem Briefkasten ragt, und auch, dass er einen Mercedes Kombi fährt, denn mehrere Hefte dieser Zeitschrift liegen auf dem Armaturenbrett.

Einmal morgens habe ich gesehen, wie er ein Knöllchen unter dem Scheibenwischer herauszog, damit eine Hundekacke aufhob und das Ganze in den Rinnstein warf.

Das ist alles, was ich über sie weiß. Allerdings wohnen wir noch nicht sehr lange hier.

Großpapas erotische Bibliothek … Ich lächelte vergnügt.

Die Szene war köstlich. Sie klopften Sprüche wie in einem Boulevardtheater. Oder eher wie in einer Operette. Ja, wie in einer Operette. Er dröhnte mehr, als dass er brüllte – Weiber! Vintage! Vintage! (gesprochen Winntage) Wunderbar, gnädige Frau! – und seine Passagen aus dem Libretto hallten noch in meinen Ohren nach.

Ich lächelte und stützte mich auf das Geländer.

Ich lächelte im Dunkeln, weil die Treppenhausbeleuchtung es so wollte und es mir im Dunkeln gutging, während ich dieses Geschenk des Himmels noch einmal vor meinem inneren Auge Revue passieren ließ: ein bisschen Pariser Leben im Stil von Jacques Offenbach.

Kaum hatte ich die Nase ins Freie gestreckt, holte mich eine Windböe auf den Boden der Tatsachen zurück.

Gott, hatte ich eine lange Leitung. Ich machte auf dem Absatz kehrt und stürmte wieder nach oben.

viertens, das Schatzkästchen

»Das Trum steht Ihnen im Weg, stimmt's?«

Er trällerte nicht mehr vor sich hin. Er war fast so breit wie der Türrahmen, trug eine karierte Weste, ein gestreiftes Hemd, eine gepunktete Fliege, und dabei waren alle Farben des Regenbogens auf einem Stückchen Wolle, Baumwolle oder Seide verteilt. Ich weiß nicht, ob es an seiner geringen Größe lag, an der bunten Weste oder an seinem Bart, aber er erinnerte mich an die imposante urwüchsige Gestalt des Gareth in *Vier Hochzeiten und ein Todesfall*. Schon kamen seine kleinen Töchter wieder angesaust und betrachteten mich mit demselben ängstlichen Gesichtsausdruck wie vorhin. Aber das alles war nur Show. Man konnte spüren, dass die beiden Kleinen einen Sinn für Theatralik hatten und dass ihr scheinbarer Ernst zum Spiel gehörte: Sie wollten eine Fortsetzung.

»Nein, nein, überhaupt nicht! Ich dachte mir nur, ich könnte Ihnen helfen, es nach oben zu tra…«

Noch bevor ich den Satz zu Ende gesprochen hatte, drehte er sich um und trompetete:

»Alice! Na, endlich lerne ich Ihren Liebhaber kennen! Was für ein hübscher Knabe … Ich bin stolz auf Sie, meine Liebe!«

»Äh … hm … von welchem sprichst du?«, zwitscherte die Treulose.

Und Alice erschien.
Und Alice trat auf.

Ich weiß nicht, welche der beiden Formulierungen besser wiedergibt, was ich zum Ausdruck bringen will. Die Obernachbarin, die Mama mit dem Buggy, die Krümel- und Milchtütenverteilerin kam näher. Sie erkannte mich und lächelte mich an. Hätte sie sich, während sie mich so anlächelte und mir in die Augen sah, nicht auf die Schulter ihres Mannes gestützt (sie war viel größer als er) und wie beiläufig einen Arm um ihn gelegt, hätte ich mich sofort in sie verliebt. Hier, jetzt, auf der Stelle und für immer. Doch leider gab es dieses »beiläufige« Detail, das unsere Chancen auf das große Glück zunichtemachte. Genau das ließ sie nämlich schön und sexy aussehen. Diese Sanftmut, das Vertrauen, die Selbstverständlichkeit, mit der sie sich an ihn schmiegte, hier, auf der Türschwelle, mit einem Geschirrtuch in der Hand, einfach so. Aus Neugier ... Weil sie ihren kleinen Schauspieler liebte (das war zu spüren), der sie seinerseits liebte (das war zu sehen) und der sie oft lieben musste, wenn sie es sich erlauben konnte, mich mit so provozierender Arglosigkeit anzumachen.

Oho, heilige Mutter Gottes ... Das war heftig.

Natürlich war ich in der Situation zu verwirrt, um alles, was ich wahrnahm, analysieren zu können, und ich begnügte mich damit, ihr meinen Vorschlag noch einmal stammelnd zu unterbreiten.

»Oh, danke! Das ist ja nett!«, sagte sie erfreut und machte sich sofort daran, ihrem Mann die Jacke auszuziehen, als wäre es ein Satinumhang.

Sie verlieh der Szene etwas Feierliches, schob ihn aber gleichzeitig mit der Hand auf dem Po von sich weg.

Im Stil von Mary Poppins und Rocky Balboa.

Er schimpfte, löste seine Manschettenknöpfe, die er dem einen Mädchen anvertraute, dann die Fliege, die er dem zweiten reichte, krempelte anschließend die Ärmel hoch (das Hemd war aus feinster Baumwolle und lud in der Tat sehr zum Anfassen ein) und drehte sich zu mir um.

Er war kugelrund, wie ein Fässchen oder wie Mischa, der kleine Bär, und während er die Treppe herunterkam, ein kleines Mädchen an jeder Hand, knobelte ich im Geiste an einer physikalischen Aufgabe, mit dem Ziel herauszufinden, ob er das Möbelstück besser vorne oder hinten anfasste.

Vorne.

So schwer war es gar nicht, aber natürlich übertrieb er maßlos, und seine Groupies strahlten vor Glück.

Auf jeder Stufe stieß er einen herrlichen Fluch aus: Himmel, Arsch und Zwirn! Verflucht und zugenäht! Kruzitürken! Heiliger Strohsack! Hunderttausend Höllenhunde! Pest und Schwefel! Herrgott Sakrament! Donnerkeil! Da brat mir doch einer 'nen Storch! Heiliger Bimbam! Seid ihr denn des Wahnsinns! Diese vermaledeite Resopalpest! Und noch viel originellere …

Von Fluch zu Fluch reagierten die Mädchen vorwurfsvoller und hoben die Hände zum Himmel:

»PAPA!«

Ich bildete die Nachhut und genoss die Situation, während ich die ganze Last trug.

Was könnte nach einer solchen Kindheit für sie noch kommen?, fragte ich mich. Ein Leben voller Langeweile oder die ständige Lust auf Partys? Eine depressive Krankheit oder tollkühner Übermut?

Gott weiß, wie sehr ich meine Eltern liebte, diese bedächtigen, ruhigen und zurückhaltenden Menschen, aber wie wäre es gewesen, wenn sie mir außer ihrer Liebe auch dieses Geheimnis anvertraut hätten. Dass man das Glück im Treppenhaus fand und keine Angst zu haben brauchte. Keine Angst davor, Krach zu machen, glücklich zu sein, die Nachbarn zu belästigen oder sich die Eingeweide aus dem Leib zu fluchen.

Keine Angst vor dem Leben, vor der Zukunft, vor der Krise und vor all den Pandorabüchsen made in China, von denen irgendwelche alten Idioten, die noch mehr Schiss hatten als wir, den Deckel hoben, um uns einzuschüchtern und so den ganzen Schatz für sich zu behalten.

Ja, vielleicht werden sich diese kleinen Mädchen irgendwann von ihren Illusionen verabschieden müssen, vielleicht werden sie die besten Zeiten hinter sich haben und vielleicht fühlten sie sich schon jetzt von ihrem allmächtigen Minipapa erdrückt, aber in der Zwischenzeit … in der Zwischenzeit … was würden sie in der Zwischenzeit für schöne Erinnerungen einfahren.

Auf dem Treppenabsatz im dritten Sock machte eine neugierige Omi die Tür auf.

»Madame Bizot! Da sind Sie ja endlich! Endlich kommen Sie heraus, Madame Bizot!«, trompetete er. »Möbelhaus Lévitan, wir bringen Ihnen Ihre Anrichte *Azurblaue Marquise*, die Sie im April 1964 bei uns bestellt haben! Schauen Sie nur, wie schön sie ist … Verzeihen Sie, Madame Bizot, treten Sie zur Seite, treten Sie zur Seite, Madame Bizot … Wo sollen wir sie hinstellen?«

Und Madame Bizot war ganz erschrocken. Und ich lachte und lachte und schulterte das ganze Gewicht und stieß ein paarmal an die Wand, denn er stellte sich so ungeschickt an, dass er mich, ohne es zu merken, beinahe zerquetscht hätte.

»Lassen Sie los«, befahl ich ihm schließlich und hievte das Möbelstück auf meinen Rücken. »Ich trage es allein, das geht schneller.«

»Oh, oh … was für ein schlauer Hund. Sie wollen sich vor meiner Frau Gemahlin brüsten, stimmt's? Monsieur kokettiert? So ein Geck, so ein Schnösel, er sucht den Ruhm, nicht wahr?«

Er war noch nicht am Satzende angekommen, da stand ich schon vor ihrer Tür.

fünftens, die Mikrowelle

Ich befolgte die Anweisungen seiner schönen Frau, während er sich wieder anzog, inklusive Fliege.

»Hier lang … In die Küche … Ans Fenster … Oh, ist die herrlich! Wie ich mich freue! Sie sieht aus wie aus einem Bilderbuch, nicht wahr? *Martine backt Crêpes*. Fehlt nur noch Martines Hund!«

Und als ich mich wieder aufrichtete, stand er hinter mir und streckte mir mit würdevoller Miene seinen kurzen Arm hin:

»Isaac. Isaac Moïse … Wie der Reiseleiter in Ägypten.«

Ich fand das witzig, aber er lachte überhaupt nicht. Vielleicht war es seine Art, den Beginn einer möglichen neuen Ära einzuleiten: nach der Zote die Freundschaft.

»Yann«, antwortete ich und hielt seinem Blick stand, »Yann Carcarec.«

»Bretone?«

»Bretone.«

»Willkommen bei uns, Yann. Was darf ich Ihnen zu trinken anbieten als Dankeschön dafür, dass Sie Alice eine große Freude gemacht haben?«

»Nichts, danke. Ich will gleich noch ins Kino.«

Er hatte schon einen Korkenzieher in der Hand, und meine abschlägige Antwort ließ ihn erstarren. Mehr noch, sie verschlug ihm die Sprache.

Alice lächelte mir liebevoll zu. Sie würde mir diesen ersten Fauxpas verzeihen, ganz bestimmt. Die Mädels hingegen blickten mich wieder an wie gejagte Rehkitze: Aber … aber … was wird aus dem letzten Akt?

Die Uhr an der Mikrowelle zeigte 20:37 Uhr. Wenn ich zur Metro rennen würde, käme ich noch rechtzeitig. Ja, aber … Es war Winter … Und ich hatte Hunger … Und ich war müde … Und mir fehlte noch so viel mehr … Konnte ich es mir überhaupt erlauben, ihnen nicht Gesellschaft zu leisten?

Mein armes kleines Wuffwuff-Dresseur-Gehirn rotierte: Ich hatte mich in den letzten zehn Minuten mehr amüsiert als in den letzten zehn Monaten meines Lebens – und wenn ich »Monate« sage, dann nur deshalb, weil ich auch meinen Stolz habe –, all das, weshalb ich mir diesen Film so gern anschauen würde – Intelligenz, Humor, Menschlichkeit –, würde mir, das ahnte ich, ebenso geboten werden, wenn ich mir den Film nicht anschaute.

Ja, aber er läuft nur …

»Yann, guter Freund, Sie sollten nicht so viel nachdenken, das macht einen nur wahnsinnig.«

20:38. Ich lächelte.

Er stellte die Rotweinflasche, deren Etikett er gerade zweifelnd geprüft hatte, wieder ab, und wir gingen zusammen in den Keller.

Auf dem Rückweg legte ich einen kurzen Stopp bei mir ein, um das Hemd zu wechseln (Alice), mein Handy zu vergessen (Mélanie) und für die Kleinen zwei Exemplare des dämlichsten Artikels aus meinem Vorrat zu holen. (Einen Schlüsselanhänger, der nonstop und zunehmend lauter deinen Vornamen ruft, sobald du ihn verlegt hast, und den du, wenn du ihn endlich wieder in der Hand hältst – falls man dich in der Zwischenzeit nicht in eine Zwangsjacke gesteckt hat – wütend an die Wand knallst.) (Geplante Obsoleszenz nennt man das.)

Hoho … Dem wäre am Ende wohl auch ihr Papa nicht gewachsen.

sechstens, das Chaos

Sie werden sagen: »Das sind Details.« Na klar, na klar. Aber wissen Sie, man braucht keine Designschule besucht zu haben, um die Bedeutung von Details zu kennen. Das Entscheidende sticht nie hervor, der Blick findet es von selbst, und der Rest …

Der Rest ist weniger interessant.

Das klitzekleine Detail, das mich bewogen hatte, die Einladung meines Nachbarn, an diesem Abend mit ihm einen Wein zu trinken, anzunehmen, war nicht sein munteres Gezwitscher, passend zum bunten Gefieder, war nicht die

Kälte draußen oder sein warmer Händedruck, auch nicht, davon bin ich überzeugt, die Aussicht darauf, einen weiteren Döner allein auf der Straße essen zu müssen, und nicht mein innerer Schweinehund, nein, was mich bewogen hat, nachzugeben, war, als er sagte: »Was darf ich Ihnen zu trinken anbieten als Dankeschön dafür, dass Sie Alice eine große Freude gemacht haben?«, anstatt zu sagen: »meiner Frau«.

Dass ihm nach seinem großartigen altmodisch-machohaft-komödiantischen Sketch vor zwei Minuten im Treppenhaus ihr Vorname leichter über die Lippen kam als das besitzergreifende Fürwort, hatte mich beeindruckt.

Es ist ein Detail, das gebe ich zu.

Aber dafür bin ich nun mal empfänglich.

Ein weiteres:

Als ich zurückkam, waren ihre Kinder beim Essen. Wir standen in einer Küche voller Radau und Leben, und ich glaube, ich bin sogar auf ein paar Hörnchennudeln getreten.

»Geht doch schon mal ins Wohnzimmer, dort ist es ruhiger, ich komme gleich nach, wenn sie fertig gegessen haben«, schlug die Frau des Hauses vor.

»Hier«, sagte er und hielt ihr ein Glas Wein hin, den er gerade mit großem Tamtam aufgemacht, beschnuppert und gekostet hatte, »der kleine Rote von Pierrot, was hältst du von dem? Los, Mädels, beeilt euch, der gute Herr Yann hat mir nämlich gesagt, dass er ... (verschwörerische Miene, theatralisches Augenrollen und verheißungsvolles Geflüster) ein kleines Geschenk für euch dabeihat.«

Wenn Mäuse kichern, muss es sich in etwa so anhören.

Und wir stießen über den zwei kleinen Schwatzbasen an, die sich von einer solchen Ankündigung sofort zur Ruhe bringen ließen, auch wenn das Geschenk (großer Seufzer) »bestimmt ganz schön klein« sein musste, weil ich »keine Tüte« dabeihatte. (Es war das erste Mal, dass ich Kindern so nahe kam, und ich hatte nicht geahnt, dass sie zu solchen Schlussfolgerungen fähig wären.)

Alice, die vor der Spüle stand, lächelte mich an, während ihr Mann auf einem Hocker saß, sich an die Wand lehnte, Clementinen für seine Töchter schälte und mir zigtausend Fragen zu meinem Leben stellte.

Die eine Hälfte des guten Yann wollte ihnen imponieren (»Und haben Sie auch gepunktete? Dalmatiner-Wuffwuffs?«), während sich die andere Hälfte eher im Hintergrund fest vornahm: Ich auch … Ich auch, wenn ich mal mit einer Frau zusammen sein sollte, mache ich es wie er. Ich lasse meine Frau nicht mit den Kindern in der Küche allein. Ich mache es nicht wie die anderen Männer in meiner Bekanntschaft, die ins Wohnzimmer gehen, um unter sich zu sein und ihre Ruhe zu haben.

Das war das zweite Detail.

»Woran denken Sie, Yann? Sie wirken so nachdenklich …«

»Ach, nichts.«

Ich dachte an nichts, mir war nur gerade eingefallen, dass ich ja mit einer Frau zusammen war.

*

Der Wein machte mich ganz trunken. Ich hatte seit dem Morgen nichts mehr gegessen und fühlte mich gut. Leicht angeheitert, leicht fröhlich, leicht kopflos.

Ich sah zu, ich beobachtete, ich stellte Fragen und lernte. Der Neugierige, der Dokumentalist, dieser nichtsnutzige Dilettant, konnte nicht genug bekommen.

… die blassen Goldfische, die schlaffen Ranunkeln, das feine Glas, aus dem ich trank, die Stühle im Stil Napoléons III., der große Tisch, aus dem Speisesaal eines englischen Internats gerettet, die Tischplatte aus dunklem, nahezu schwarzem Holz, blankpoliert nach fast zwei Jahrhunderten mit rutschenden Tellern und Zinnbesteck-Getrommel – wovon eine ganze Reihe kleiner Mulden rings um die Platte zeugten –, die Mädels, die auf einem Stapel von Artcurial-Katalogen saßen, Kerzenständer wie Trauerweiden, die isabellfarbene Tränen weinten, die Hängelampe von Poul Henningsen, ihre schicke Patina und ihre gesprungenen Blätter (Schildpatt?), der Einkaufszettel, die ungerahmten Gemälde, vergessene kleine Meister, die völlig gescheiterte Brioche eines völlig gescheiterten Chardin und all die nach Erbschaften achtlos zurückgelassenen, vergessenen, verlorenen Landschaftsdarstellungen, von Issac gerettet und ans Licht gebracht.

Jüngere Bilder, Radierungen, wunderschöne Pastellzeichnungen, Kinderbilder, mit Magneten an die Kühlschranktür geheftet: ein bräunlicher Mond, rundliche Herzen und Prinzessinnen mit überdimensionalen Armen.

Fotos aus einem Automaten, die ministeriellen Ansprüchen nicht genügten. Fotos aus einem Automaten ohne Menschen oder vielleicht mit dem halben Ohr eines Teddybären irgendwo rechts unten. Elternbriefe von der Schule, Schwimmbadtermine und das erneute Auftreten von Kopfläusen. Teekannen, alte Trinkschalen, Teedosen. Gusseiserne Töpfe, Steinzeug, Korbweide und gedrechseltes

Holz. Lackierte Schälchen und ein kleiner Bambusbesen. Alice' Begeisterung für alle Arten von Keramik.

Was sie mir nicht alles über die verschiedenen Glasuren beibrachte (eine Art Lasur, mit der man die Stücke zum Zeitpunkt des Brennens überzieht) (glaube ich zumindest) (sie sprach sehr schnell), die in Japan viel einfacher zu sein schienen, weil alles, was von der Überlegenheit der Natur über von Menschenhand Erschaffenes zeugte (Asymmetrien oder Unregelmäßigkeiten, die auf den Geist der Erde, des Windes, der Sonne, des Wassers, des Holzes oder auch des Feuers zurückgingen), als Zeichen der Perfektion galt, während man die chinesischen Trinkschalen ihrerseits für bemerkenswert hielt, weil sie so gleichförmig und außergewöhnlich glatt waren.

Die Brennöfen von Ru, Jun, Longquan. Die Schale mit dem »hauchdünnen Rand«, die »zarte« Glasur hier und jene im »Hasenfellstil« dort. Die Prachtstücke der Song-Dynastie und vor allem das Glück, dass jemand über die chinesische Kultur sprach und nicht über chinesische Importe.

Die stehengebliebene Wanduhr, Vogelschädel, die zwischen einem Päckchen Knusper-Frühstück und Marmeladengläsern auf einem Regalbrett lagen, die Reproduktion eines Fotos von Jacques-Henri Lartigue, von der jungen Frau, die vor genau einhundert Jahren die Treppe hinunterfiel. Ausstellungsankündigungen, Einladungen zu Vernissagen und freundliche Zeilen smarter Galeristen. »Das Geld, das Isaac verdient, wenn er anderen seinen alten Plunder andreht, lasse ich lebenden Künstlern zukommen!« Ein Zopf mit rosa Knoblauchknollen, Chilischoten aus Espelette, dickbäuchige Quitten, ein vertrockneter Granatapfel, kandierter Ingwer in einem silbernen Weinprobierschälchen, die Pfeffersammlung, Stangenpfeffer, Kampot Rouge, Muntok Blanc, ein Bund frische Minze, ein Sträußchen Koriander, ein Büschel Thymian und jede Menge Holzlöffel.

Der Napf für die Katze, darin fischförmige Kroketten, und ihr Schwanz, der sich zwischen meinen Knöcheln hindurchschlängelte, der überquellende Mülleimer, saubere Geschirrtücher, schmutzige Geschirrtücher, Kochbücher, Rezepte von Olivier Roellinger und Mapie de Toulouse-Lautrec, das Rezept einer Diätspezialistin, das achtlos zwischen der *Bibel der Kaldaunen und Innereien* und dem *Lexikon der französischen Rebsorten* lag, die gedämpfte Musik, karibischer Reggae, der Korb voller Mandeln, die Isaac für uns knackte und uns reihum anbot, der angenehme Geschmack des frischen fruchtigen Weißweins, nachdem man zwei oder drei Mandeln geknabbert hatte, der Duft der Clementinen, die man als Teelichter verwenden konnte, wenn man, nachdem man die Schale korrekt gelöst hatte, ein Tröpfchen Olivenöl hineingoss, und sie hatten die Lampen ausgeschaltet, damit wir ihren tänzelnden Lichtschein bewundern konnten.

Das Körnige ihres hübschen, transparenten, orangefarbenen Lichts, das köstlich duftende Essen, das auf kleiner Flamme köchelte, der Geruch nach Kardamom, Gewürznelken, Honig und Sojasoße, der sich mit dem des Fleischsafts vermischte, und der Duft nach Kamille, wenn man sich über die Haarschöpfe der Mädchen beugte, um eine verlöschende Kerze erneut anzuzünden …

Die Alabastertropfen, die Alice als Ohrringe trug, ihre winzige antike Armbanduhr, ihre zu einem lockeren Knoten aufgesteckten Haare und ihr langer Hals. Die rührende Kette zierlicher Wirbel, die von ihrem Nacken hinablief, ihr Männerhemd mit dem Monogramm I. M. unter der rechten Brust, ihre Rinse-washed-Jeans, die Schnalle ihres breiten Ledergürtels (gehämmert, klobig, im Stil von Thorgal und Aaricia), ihre Art, das Glas an die Lippen zu setzen und uns durch den Wein hindurch anzulächeln, ihre Art zu lachen, wenn ihr Mann etwas Lustiges erzählte, und seine kindliche Freude, wenn er merkte, dass es ihm noch gelang, dass es immer noch funktionierte, dass sie noch genauso todsicher und laut losprustete wie damals, als sie sich kennenlernten – davon erzählte er mir gerade – in der Dessous-Abteilung im früheren Kaufhaus *La Samaritaine*. Er begleitete seine Mutter, die verzweifelt nach einer Panty in ihrer Größe suchte, während Alice ein gewagtes Mieder in der Hand hielt, dazu gedacht, einen anderen sprachlos zu machen, da hatte er sich, um sie zu verführen, an einer Szene der Originalfassung von Sophia Loren in *Heller in Pink Tights* versucht und war wie ein Springteufel aus der Schachtel in einer rosa Strumpfhose aus einer Umkleidekabine gestürzt.

Das Taktgefühl, mit dem sie – das gestand sie ihm erst jetzt – gewartet hatte, bis er und seine Mutter sich verzogen hatten, um weiter ungeniert in ihrer Reizwäsche zu stöbern, und wie ihr an der Kasse Zweifel gekommen waren: Sie wollte nicht länger ihre Ehe retten, sie wollte lieber mit diesem kleinen Dicken im hellen Leinenanzug lachen, der mit seiner Mutter das Jiddisch der Métro Saint-Paul sprach und mit ihr das Italienisch eines Aldo Maccione. Sie wünschte sich, dass er ihr, wie versprochen, auch noch *Und dennoch leben sie* und *Die Puppe des Gangsters* vorspielte. Sie hatte sich im Leben noch nie so entschieden und so verzweifelt etwas gewünscht. Sie hatte überall nach ihnen gesucht, war auf der Straße hinter ihnen hergerannt und hatte ihn am Quai de la Mégisserie völlig atemlos, hochrot und keuchend vor dem Schaufenster einer Vogelhandlung zum Abendessen eingeladen. »Mein Sohn, mein Sohn«, hatte die alte Dame beunruhigt gefragt, »haben wir vergessen, die

Ware zu bezahlen?« »Nein, Mama, nein. Beunruhige dich nicht. Die junge Frau ist nur gekommen, um bei dir um meine Hand anzuhalten.« »Ah! Hast du mir einen Schrecken eingejagt!«, und das Herz noch immer in heller Aufregung, hatte sie erneut zugesehen, wie die beiden Arm in Arm unter den Kommentaren dutzender Spottvögel entschwanden.

Alle meine Sinne wurden angesprochen, umschmeichelt, gefeiert. Nicht der Wein machte mich trunken, es waren die beiden. Die Eskalation, das Spiel zwischen ihnen, ihre Art, einander ständig ins Wort zu fallen und mir die Hand zu reichen, um mich zu sich an Bord zu ziehen und mich erneut zum Lachen zu bringen. Ich war begeistert. Ich fühlte mich wie ein Stück Fleisch, das man zum Auftauen in die Sonne gelegt hatte.

Ich konnte mich gar nicht daran erinnern, dass ich so schlagfertig war, so aufnahmefähig, so empfindsam und dass ich so viel Aufmerksamkeit verdient hatte. Ja, das hatte ich vergessen. Vielleicht hatte ich es aber auch nie gewusst …

Ich wurde älter, ich wurde jünger, ich schmolz vor Freude dahin.

Natürlich stellte ich mir irgendwann die Frage, ob das Ganze nicht gespielt war. Natürlich fragte ich mich, ob meine Anwesenheit sie anspornte und derart inspirierte oder ob sie immer so waren, aber ich kannte die Antwort: So verstärkend wir auch wirken mochten, der Alkohol und ich hatten kein großes Gewicht. Was ich hier zu sehen bekam, war ihr Leben, ihr Alltag, ihre Routine. Ich war ein willkommener Zeuge und wurde sehr herzlich aufgenommen, aber ich war nur ein zufälliger Gast, und morgen würde man sich in dieser Küche wieder genauso gut amüsieren.

Ich fiel aus allen Wolken.

Ich wusste nicht, dass man so leben konnte. Ich wusste es wirklich nicht. Ich kam mir vor wie ein armer Tropf, der bei Superreichen zu Besuch war, und ich muss zugeben, dass ich neben der Begeisterung auch einen kleinen Stich der Traurigkeit und Eifersucht verspürte. Einen Stich, ja … Etwas Schmerzhaftes. Niemals könnte ich, oder vielmehr, niemals würde ich es schaffen, so zu sein. Niemals. Es lag außerhalb meiner Reichweite.

Und während ich ihnen zuhörte und sie pausenlos anfeuerte, bewunderte ich, wie ihre Mädels unter diesem Schirm zusammenhielten, der für sie alle zu klein geworden war. Sie hatten längst kapiert, dass diese Erwachsenen sich niemals so sehr für sie interessieren würden wie für sich selbst, und wappneten sich in aller Ruhe, um nicht darunter zu leiden.

Sie schwätzten miteinander, lachten miteinander und lebten miteinander, kümmerten sich umeinander und waren schon vom Tisch aufgestanden, als Isaac – der mir gerade, »der Nächste, der heiratet, sind Sie« (prust), den letzten Schluck der ersten Flasche einschenkte (er hatte drei verschiedene ausgewählt, darunter zwei rote, die er, kaum dass er aus dem Keller gekommen war, aufgemacht und sogleich wieder mit dem Korken verschlossen hatte …) und vor sich hin kicherte, als er sich vielleicht zum hundertsten Mal das Ende vom Anfang ihrer Geschichte anhörte.

Er hatte ihre Einladung folglich angenommen und sie den ganzen Abend unterhalten, aber nicht nur, er hatte auch Gefühle und ihre Neugier geweckt und hatte sich schließlich von ihr nach Hause begleiten lassen (umgekehrt war es etwas heikel, ein angehender gehörnter Ehemann kauerte unter dem Türspion), bevor er sich abrupt verabschiedete, indem er sich auf die Zehenspitzen stellte, um sie zu küssen.

»Alice, meine kleine Alice …«, sagte er zu ihr und nahm ihre zwei langen Hände in seine zwei kurzen, »ich sage es lieber gleich: Die Sache wird nicht einfach werden. Ich bin fünfundvierzig, Junggeselle und wohne immer noch bei meiner Mutter. Aber vertrauen Sie mir, an dem Tag, an dem ich sie Ihnen vorstellen werde, werden wir mit unserem Baby kommen, sie wird viel zu sehr damit beschäftigt sein, Ähnlichkeiten mit mir zu suchen, um Ihnen vorzuwerfen, dass Sie keine Jüdin sind.« Sie war ein wenig in die Knie gegangen, um ihm die andere Wange hinzuhalten, und alles war genauso verlaufen, wie sie es geplant hatten, nur, dass sie sehr viele Jahre später, das heißt heute Abend, immer noch nicht darüber hinweg war! Mit spöttischer Lippe und gefalteten Händen spielte sie mir noch einmal diese verrückte Szene vor und imitierte den plötzlichen Ernst seiner Stimme: »Alice … meine kleine Alice … Die Sache wird nicht ganz einfach werden.« Und lachte. Lachte und stieß mit uns auf die Erinnerung an diese verrückte Zeit an.

Madeleine und Misia, ich erfuhr ihre Vornamen im Zusammenhang mit der »Gebrauchsanweisung« meines Geschenks, waren auf mich draufgeklettert und lauschten mir schweigend.

»Also, ihr drückt auf diesen Knopf … Den kleinen Knopf hier … Und wenn das grüne Lämpchen angeht, sprecht ihr euren Vornamen. Oder was immer ihr wollt … Ihr stellt euch vor, was euer Schlüsselanhänger rufen soll, wenn ihr ihn verlegt habt. Zum Beispiel: ›Misia! Finde mich!‹ oder ›Madeleine! Hier bin ich!‹, und anschließend drückt ihr noch einmal auf denselben Knopf, und wenn ihr den Schlüsselanhänger dann irgendwann verliert, klatscht ihr in die

Hände, und er sagt genau das, was ihr aufgenommen habt. Praktisch, nicht?«

»Und dann?«

»Und dann … ähm … und dann, keine Ahnung. Ihr müsst es einfach ausprobieren! Jede spricht drauf, was sie will, dann gibt sie den Schlüsselanhänger ihrer Schwester, die ihn möglichst gut versteckt, und die Erste, die ihren wiederfindet, hat gewonnen!«

(Ich kann wirklich gut mit Kindern, oder? Ich war schwer beeindruckt.)

»Hat was gewonnen?«

»Die Peitsche«, dröhnte ihr Vater, »die Peitsche und zwei blutende Pobacken.«

Und die beiden Mäuse retteten sich, wobei sie umso lauter fiepten.

Ich weiß nicht mehr, wie wir darauf gekommen waren, aber plötzlich redeten wir über brasilianische Möbel der fünfziger und sechziger Jahre, Caldas, Tenreiro, Sergio Rodrigues etc., während Isaac (der einfach alles wusste, der jeden kannte, dem nie eine Plattitüde über die Lippen kam und der, und das war das Erfrischendste, kein Wort über Geld, Spekulationen, Verkaufsrekorde oder jene Prahlereien verlor, die bei Gesprächen über Kunst und insbesondere über Design gang und gäbe waren) mir die Gläser und Teller reichte, die ich etwas ungeschickt in ihren Geschirrspüler räumte, da ertönten plötzlich, metallisch und nasal, Salven von »Pups-Kacka-Scheiße« und »Scheiße-Kacka-Arsch« aus dem hinteren Teil des Flurs, die immer lauter anschwollen.

Scato, allegro, crescendo, vivacissimo!

Die Schlüsselanhänger schienen ziemlich gut versteckt zu sein und die lieben Kleinen viel zu aufgekratzt, um sie zu suchen.

Sie klatschten in die Hände, warteten auf die Antwort und kugelten sich vor Lachen, während sie der Ausdauer und Unbeirrbarkeit ihrer ordinären asiatischen Papageien Beifall spendeten, die sich im Gegenzug noch lauter bemerkbar machten.

Alice prustete los, weil ihre Töchterchen genauso albern waren wie sie, Isaac schüttelte vor Verzweiflung den Kopf, und er war auch verzweifelt, das Einzelkind und der geopferte Sohn, der in diesem Mädchenharem festsaß, und ich traute meinen Ohren nicht: Wie konnten derart reine Wesen von derart geringer Körpergröße und mit derart kristallklarer Stimme so viele Lachsalven in Reserve haben, noch dazu so laute?

*

Die Frage, ob ich zum Abendessen bleiben würde, stellte sich nicht. Will heißen, sie wurde gar nicht erst gestellt. Auf einer weißen Tischdecke, die Alice glattstrich, indem sie sich zu mir herüberbeugte (aaah … das Geräusch, wenn ihre Hand das Leintuch berührte … und der Spalt in ihrem Hemd … und der … der seidig glänzende Stoff ihres BHs … und … ähm … oh, mein Herz … wie es zerbröselte), auf der Tischdecke, wie ich schon sagte, verteilte Isaac drei Gedecke und redete dabei munter weiter über das Brasília eines Oscar Niemeyer, wie er es 1976 kennengelernt hatte.

Er erinnerte sich an die Kathedrale, ihre Größe, ihre Akustik und an die Abwesenheit Gottes, der sich darin eingeschüchtert und verloren fühlte, er suchte das Brot, schnitt es in Scheiben, beschrieb mir den Obersten Gerichtshof und die Minister, fragte nebenher, ob er Suppenteller aufdecken solle, fand es bedauerlich, dass ich noch nie auf der Place du Colonel-Fabien gewesen war, bot mir an, mich eines Tages dorthin zu begleiten, und suchte für mich eine saubere Serviette heraus.

Wenn ich schon nicht der Liebhaber seiner Frau war, könnte ich vielleicht sein Sohn sein …

»Sie sind müde«, unterbrach er sich plötzlich, »ich gehe Ihnen auf den Geist mit meinen vielen Geschichten, nicht wahr?«

»Überhaupt nicht! Überhaupt nicht! Ganz im Gegenteil!«

Wenn ich mir die Augen rieb, dann nicht, weil ich müde war, sondern um sie heimlich zu trocknen.

Ohne Erfolg.

Je mehr ich rieb, umso feuchter wurden sie.

Ich Idiot.

Ich scherzte. Behauptete, es sei der Wein. Er sei salzig. Schuld seien erwiesenermaßen die Granitausdünstungen, die an der Seele nagten, die Kalvarienberge, die Votivbilder, die Springfluten … Die berühmte Saudade der Côtes d'Armor …

Natürlich ließ sich niemand von mir hinters Licht führen. Ich war nur mittlerweile vollständig aufgetaut, und aufgrund meiner wiederkehrenden Elastizität sonderte ich etwas Wasser ab, das war alles.

Gehen Sie weiter … nicht stehen bleiben. Es kann schließlich jedem passieren, dass ihm seine Seele dazwischengrätscht, oder? Diese kleine Blase … dieses kleine Miststück, das plötzlich unvermutet aufsteigt, um dich daran zu erinnern, dass dein Leben nicht ganz auf der Höhe ist und du dich in deinen absurden und für dich viel zu großen Träumen verheddert hast. Wer das nicht kennt, hat aufgegeben. Vielmehr, noch besser und weitaus bequemer: Er hat nie das Bedürfnis empfunden, sich an … ja, an was denn … zu messen, ja, überhaupt sich zu messen, sich ins Auge zu sehen. Verdammt, wie ich diese Leute beneidete. Und je weiter ich kam, desto mehr hatte ich das Gefühl, dass sie, die anderen, fast alle so waren und dass mit mir etwas nicht stimmte. Dass ich mich überschätzte.

Dabei ist das gar nicht meine Art, überhaupt nicht. Ich klage nicht gern. Als Kind war ich ganz anders. Der Punkt ist, dass ich überhaupt nicht weiß, wo ich in meinem Leben stehe. Und ich sage nicht »*im* Leben«, sondern »in *meinem* Leben«. Mein Alter, meine vergeudete Jugend, mein Diplom, das keinen Menschen vom Hocker reißt, mein beschissener Job, Mélanies sechzig Treuepunkte, ihre falschen, vor sich hin blinkenden Küsschen, meine Eltern … Meine Eltern, bei denen ich nicht mehr anzurufen wagte, meine Eltern, die bei mir nicht mehr anzurufen wagten, meine Eltern, die immer für mich da gewesen waren und die mir heute nichts anderes mehr bieten konnten als ihre diskrete Zurückhaltung.

Schrecklich ist das.

Exkurs:

Eines Tages, als ich meine Oma aus Saint-Quay zum Grab ihres Sohnes (des älteren Bruders meiner Mutter, des letzten Hochseefischers der Familie) begleitet habe, erklärte sie mir, dass man das Glück am Geräusch erkennen könne, das es macht, wenn es verschwindet. Ich dürfte damals zehn oder elf gewesen sein, mir hatte gerade jemand meinen Schäkelöffner und mein Messer geklaut, und ich begriff sofort, was sie meinte.

Nun ja, für die Liebe gilt das Gegenteil. Die Liebe erkennt man an dem Schlamassel, den sie anrichtet, wenn sie hereingeschneit kommt. Bei mir zum Beispiel hatte es gereicht, dass mir ein netter, lustiger und gebildeter Mann, ein Nachbar, den ich kaum kannte, ein Glas, einen Teller, eine Gabel und ein Messer vorsetzte, schon bekam ich vom Kopf bis zu den Füßen Risse.

Als hätte der Typ einen Keil in mein tiefstes Inneres gerammt und umkreiste mich in aller Seelenruhe mit einem mächtigen Vorschlaghammer.

Die Liebe.

Plötzlich konnte ich Alice verstehen. Ich konnte verstehen, warum sie Panik bekommen hatte an jenem ersten Tag in *La Samaritaine*, als sie aufgeschaut hatte und glaubte, ihn für immer verloren zu haben. Ich konnte verstehen, wieso sie wie eine Verrückte hinter ihm hergerannt war und ihn sich auf der Straße gegriffen hatte.

Die Heftigkeit, mit der sie seinen Arm gepackt hatte, war nicht dazu gedacht, dass er sich umdrehte, sondern, dass sie sich an ihm festhalten konnte. Und genau das trieb mir die Tränen in die Augen, diese Bewegung: fester Halt.

»Alice, mein Schatz … Der Junge hier ist kurz vorm Verhungern.«

»Die Mädchen haben morgen Schule, sie sollten vorher ins Bett«, sagte sie und verzog das Gesicht zu einer Grimasse.

In der Ferne wechselten sich Momente der Ruhe (während sie wieder etwas aufnahmen) und Momente des Irrsinns ab (verrückte Versteckspiele mit noch dämlicheren Slogans, die durch den Flur hallten).

»*Hätten Schule gehabt*«, korrigierte sie sich, »aber egal, zu Tisch jetzt. Ich habe eine Kürbiscremesuppe mit Maronen, mit der wir ihn wieder aufgepäppelt kriegen, unseren kleinen Bretonen.«

Isaac zeigte mir den Weg, und ich ging mir die Hände waschen.

Abgesehen vom Kinderzimmer am Ende des Flurs, rosa und voller Leben, war die restliche Wohnung, zumindest das, was ich davon sehen konnte, leer. Kein Teppich, keine Möbel, keine Lampen, keine Vorhänge, keine Gegenstände, nichts als nackte Wände. Der Eindruck war sehr seltsam. Als hätte sich das ganze Leben auf diesem Planeten in die Küche verzogen.

»Ziehen Sie demnächst um?«, fragte ich, während ich meine Serviette auseinanderfaltete.

Nein, nein, es ging ihnen nur darum, dass sich das Auge ausruhen konnte. Sie hatten eine alte Schäferei im Süden, wohin sie sich möglichst oft zurückzogen und die vollgestopft war mit allem möglichen sentimentalen Plunder, aber hier sollte den guten Isaac, sobald er aus der Küche kam, nichts an seinen Beruf erinnern.

»Ein Zimmer für die Mädchen, eine Küche für die Familie, ein Sofa für die Musik und ein Bett für die Liebe!«, tönte er.

Alice bestätigte, dass ihr das sehr recht war, dass sie es nachvollziehen konnte und dass sie es toll fand. Und dass sie ein wunderbares Bett hatte. Riesig. Ein Ozeandampfer.

(Ein Ozeandampfer ...) (Die Frau hatte wirklich die Gabe, alles erotisch aufzuladen, ohne dass es den Anschein hatte, als wüsste sie, was sie tat.)

*

Das Licht der Kerze, die cremige Cremesuppe, das weiche Brot, die Filetspitzen, der Wildreis, das selbstgemachte Chutney, der Wein, dieser Wein, der einem peu à peu alle Schwere nahm, der einem so viel Leben einflößte, indem er einen zugleich von sich selbst befreite, der … ein Szintigramm von der Seele machte, die lauten Ausbrüche der Kleinen, die immer seltener wurden und immer leiser (ihrer Mutter zufolge war das kein Zufall) (sie versuchten, sich möglichst wenig bemerkbar zu machen in der Hoffnung, wir würden sie vergessen) (war das möglich?) (sind so kleine Mädchen schon so gewieft?) (nicht doch …) (lassen Sie mir noch ein paar Illusionen …), der Fluss unserer Unterhaltung, unser Gelächter, unsere Provokationen, unsere Diskussionen, unsere Meinungsverschiedenheiten und unsere Versöhnungen, ich wusste schon, dass ich mich an nichts würde erinnern können (ich wäre, ich war bereits zu aufgedreht), aber ich würde auch nichts vergessen. Dieser Abend wäre für mich ein Ausgangspunkt, eine Zeitenwende. Es würde künftig ein Davor und ein Danach geben, und Alice und Isaac – das war zwar noch sehr wirr, aber doch schon da und meine einzige Gewissheit in den Schwaden von Alkohol und Behaglichkeit – waren zu meinem Maßstab geworden.

Und schon bekam ich Angst.

Mir dämmerte, dass der bevorstehende Kater sehr heftig ausfallen würde.

In diesem Durcheinander, während wir vom Hölzchen aufs Stöckchen kamen und von dort zum Dessert, unterhielten wir uns auch über ihren Beruf (Tanzlehrerin) (das war es also …) (wie schön musste ihr Körper sein), über Michael Jackson, Carolyn Carlson, Pina Bausch, Dominique Mercy, über die Theater an der Place du Châtelet, den Broadway, das Festival in Suresnes und Stanley Donen (ich bat sie, mir das Wasser zu reichen, das Brot, den Pfeffer, das Salz, die Butter und ich weiß nicht was noch, aus dem einzigen Grund, weil ich es genoss, ihre Armbewegungen zu sehen), über ihre Mutter, Pianistin in einer Schule für klassischen Tanz, die die meiste Zeit ihres Lebens damit zugebracht hatte, kleinen Tanzratten bei ihren Luftsprüngen zuzusehen, und die letztes Jahr an Krebs gestorben war, traurig darüber, dass sie diese »letzte Fuge« so »unbeholfen« gespielt hatte, über die Krankheit, das Institut Gustave Roussy, über die immense Bedeutung der Ärzte und Krankenschwestern, von denen nie jemand sprach, über die Momente im Leben, in denen der Kummer plötzlich zuschnappte, über das grüne Paradies der Kindheit, das so grün nicht war, über das Paradies als solches, über Gott, seine Geheimnisse und Widersprüche, über den Film, den ich mir am Abend hatte anschauen wollen, über die unvergessliche Szene, in der sich die Eltern dazu durchringen, ihren Sohn loszulassen, um ihn von der Last zu befreien, ihr Sohn sein zu müssen, über meine Eltern, über den Oldtimer, an dem mein Vater voller Hingabe und in wiederkehrenden Abständen seit mehr als vierzig Jahren schraubte und der, wie er versprochen hatte, zur Hochzeit meiner Schwester hätte fertig sein sollen, über meine Schwester, die mittlerweile geschieden war, und über meine Nichte, die jetzt die große Hoffnung ihres Großvaters und seines hochzeitlich geschmückten Fiat Balilla auf ihren schmächtigen tätowierten Schultern trug, über unser Viertel, die Kaufleute, die Bäckerin, die so unfreundlich zu uns war und auf deren dickem Hintern, wenn sie sich umdrehte, mehlverschmierte Handabdrücke prangten, über die Schule, über die Musik, die Kinder nie zu hören bekamen, in einem Alter, in dem sie sie am meisten brauchten und in dem sie sie noch so leicht und spielerisch lernten, über diese vertane Chance, über die Revolutionen, die man anzetteln sollte (Alice erzählte mir, dass sie und einer ihrer Freunde, ein Perkussionist, jede Woche abwechselnd in

Krippen und Vorschulen gingen, um den ganz Kleinen einmal in der Woche Instrumente in die Hand zu geben, eine Triangel, einen Güiro, Rasseln, und fügte hinzu, dass es nichts Beruhigenderes auf der Welt gebe als ein Baby, das nicht mehr mit der Wimper zuckte, sobald ihm ein Regenstab ins Ohr tropfte), über Isaacs Theorie, wonach das Leben, notabene, nur von ein bisschen Fliegendreck abhing – das hatte er schon in jungen Jahren kapiert, sagen wir in einer Zeit, als er langsam selbst zu denken anfing, als man ihn aufforderte, seinen Nachnamen zu buchstabieren, und sich um ihn herum, egal, wo er war, die Stimmung änderte, je nachdem, ob er das i mit einem Punkt oder mit zwei Punkten schrieb –, über den Zynismus, den Abscheu, die Kraft schließlich, die eine solche Entdeckung ihm verliehen hatte – ein Punkt oder zwei, aus Kindersicht war das unfassbar –, über russisches Ballett, Strawinsky, Djagilew, über die Katze, die sie von ihren Nachbarn im Süden hatten und die beim Miauen einen leichten Akzent erkennen ließ, über den Unterschied zwischen den Orangenkeksen in unserer Kindheit und heute – das Gleiche galt übrigens auch für die Feigenkekse –, hatten wir uns nun verändert oder das Rezept?, über Mansart, über den Fürsten von Ligne, das Tischlerhandwerk, das Kunstschmiedehandwerk, die Bücher der Éditions Vial, über das Bauhaus, den kleinen *Cirque Calder* und die Beschilderung der Berliner U-Bahn.

Unter anderem.

Der Rest ist untergegangen.

Irgendwann ließ Alice uns allein, um die Mädchen ins Bett zu bringen, und ich konnte mich nicht beherrschen und fragte meinen Gastgeber, ob es wahr sei. Ob ihre Geschichte von vorhin wahr sei. Wie sie sich kennengelernt hatten und so weiter.

»Wie bitte?«

»Nein, ich meine ...«, wiederholte ich stotternd, »haben ... haben Sie wirklich schon am ersten Abend von einem Baby gesprochen? Vor Ihrer Tür? Wo Sie sie doch fast gar nicht kannten?«

Was für ein schönes Lächeln er mir daraufhin schenkte. Seine Augen verschwanden, und seine Barthaare krümmten sich vor Lachen. Er streichelte sie, um sie zu bändigen, beugte sich vor und gestand mir leise:

»Aber, Yann ... Junger Freund ... Natürlich habe ich sie gekannt. Menschen, die man liebt, trifft man nicht, die erkennt man. Wussten Sie das nicht?«

»Ach so ...«

»Nun, dann sage ich es Ihnen jetzt.«

Sein Gesicht verdüsterte sich, und er starrte tief in sein Glas.

»Wissen Sie ... als ich Alice kennenlernte, war ich ... süchtig. Ich war schon fünfundvierzig, ich war ein alter Junggeselle, und ich wohnte noch bei meinen Eltern. Vielmehr ... bei meiner Mutter ... Wie soll ich sagen? Sind Sie ein Spieler?«

»Wie bitte?«

»Ich spreche nicht von Mensch-ärgere-dich-nicht oder Patiencen, ich spreche von Leiden, von Sucht. Vom Spiel um Geld mit großem G: Kasino, Poker, Pferdewetten ...«

»Nein.«

»Dann bezweifle ich sehr, dass Sie es verstehen werden ...«

Er stellte sein Glas auf den Tisch und sprach weiter, ohne meinen Blick noch einmal zu streifen:

»Ich war ... ein Jäger ... Oder vielmehr ein Hund ... Ja, genau, ein Hund. Ein Jagdhund. Immerzu unruhig, immerzu auf der Pirsch, immer am Winseln, am Scharren, am

Herumschnüffeln. Besessen von dem Drang, etwas aufzuscheuchen, zu hetzen, herbeizuschleppen. Sie können sich nicht vorstellen, wer ich damals war, Yann, oder vielmehr, was ich war. Nein, das können Sie nicht ... Ich konnte Tausende Kilometer am Stück herunterreißen, ohne zu schlafen, ich konnte Mahlzeiten auslassen und ganze Tage lang Urin einhalten. Ich konnte durch ganz Europa fahren, auf eine Eingebung, einen Stempel, eine Signatur oder ein vages Versprechen hin, vielleicht auch nur wegen eines besonderen Pinselstrichs oder einer besonderen Art der Wolkenzeichnung. Das Wissen darum, dass dort draußen, in Polen, in Vierzon, in Antwerpen oder wo auch immer, ein Lack abzukratzen oder eine Übermalung zu entfernen, ein Geheimnis zu lüften war. Tausende und Abertausende von Kilometern, um dann auf einen Blick festzustellen, dass ich einer Fehleinschätzung aufgesessen war und dass ich schnell, schnell wieder wegmusste!, weil ich schon zu viel Zeit verplempert hatte und riskierte, dass man mir ein anderes Geschäft wegschnappte, wenn ich auch nur eine Sekunde länger blieb!«

Stille.

»Ich fand kaum noch Schlaf, verlor jegliches Gefühl für Anstand und für die Menschen rings um mich. Es heißt, Jäger hätten Blutgeschmack im Mund, ich hingegen, wenn ich meine Backenzähne aneinanderrieb, kaute auf dem Staub der Auktionssäle, auf dem Geruch nach Wachs, Lack, Gobelins, altem Rosshaar. Dem Geruch nach Schweiß, Angst, diesen kleinen leisen Fürzen, die schweren Durchfall ankündigten, nach dem Mundgeruch dieser verrückten Alten, die sich über Stockflecken aufregten, aber ihre Zahnstummel verfaulen ließen ... ja, ich hatte den Geruch von Lkw-Diesel im Mund, von rasch gezählten und eingestrichenen Banknoten, von Trauerhäusern, zerstrittenen

Familien, Besuchen in entlegenen Altenheimen oder heruntergewirtschafteten Schlössern … verfallen, traurig und bald in alle Winde verstreut … diesen Geruch nach Tod, der über manchen Stadthäusern schwebte, über manchen Kunstliebhabern, die *ich* kannte, oder Sammlern, die *mich* kannten. Das Geschrei der Ausrufer, das dumpfe Geräusch des Hammers der Auktionatoren, die Zuschläge, die Todesanzeigen in der Tageszeitung, die Vertraulichkeiten, die mancher beim Abstreifen der Zigarrenasche fallen ließ, das Hinterzimmer im Auktionshaus Drouot, die Stunden bei Tisch mit alten Provinznotaren, die Lektüre der *Gazette* beim Fahren, um Zeit zu gewinnen, die Kraftproben mit den Spediteuren, die Expertenmafia, die Flüge, die Messen, die Biennalen … Ich weiß nicht, ob Sie als Kind Geschichten von Trappern, Wilderern oder Sioux-Jägern gelesen haben, Yann. All die irren Berichte über die Jagd, Treibjagden und Safaris … Haben Sie das gelesen?«

»Nein.«

»Alle … Alle sind sie süchtig. Wie ich.«

Er lächelte und sah mich wieder an.

Nachdem wir uns beide Wein nachgeschenkt hatten, an dem wir mehr nuckelten, als dass wir ihn tranken, sprach er weiter:

»Mein Urgroßvater war Händler, mein Großvater war Händler, mein Onkel, mein Vater ebenfalls und so auch sein Sprössling. Der Jagdinstinkt, Jagdgene. Wissen Sie, warum mein Onkel aus den Lagern wiedergekehrt ist? Weil er seiner Verlobten einen Aschenbecher aus böhmischem Kristall mitbringen wollte. Er konnte ihn kaum tragen, und er hat danach auch nicht mehr lange gelebt, aber er ist damit zurückgekommen! Nun, als ich Alice kennenlernte, war ich genauso. Ein Gespenst, ausgezehrt mit starren, brechenden Augen, das aber Stoff mitbrachte, verflucht noch mal! Das nicht mit leeren Händen zurückkam!«

Stille. Lange Stille.

»Und dann?«, wagte ich mich vor, um ihm etwas auf die Sprünge zu helfen.

»Und dann? Nichts. Dann: Alice.«

Spöttisches Lächeln.

»Bitte, lieber Nachbar, bitte. Gucken Sie nicht wie ein Messdiener und machen Sie den Mund zu. Ich habe Ihnen schon gesagt, dass ich ein scharfes Auge habe. Den absoluten Blick. Und ich habe vorhin gesehen, wie sie geschaut haben vor unserer Tür, als Alice hinter mir aufgetaucht ist, ich habe es gesehen! Mal ehrlich, was kann ich Ihnen noch über sie erzählen, was Ihren verliebten Augen entgangen wäre?«

Er hatte die Frage ganz freundlich gestellt, und ich malträtierte meine Lippen, um nicht von Neuem die Fassung zu verlieren.

Zum Glück, vielleicht aber auch aus Taktgefühl hatte er wieder angefangen, seine Show abzuziehen:

»Wissen Sie, für meine Mutter war es eine große Aufgabe, eine Panty zu finden, die ihr gefiel! Eine Panty, die alles verhüllte, von dieser Vorstellung war sie wie besessen, das weiß ich noch. Soll heißen, ich hatte Zeit, viel Zeit, die junge Frau – eine Tänzerin, das hatte ich mir gedacht – verstohlen zu betrachten, während sie sich immer verführerischere Dessous aussuchte und sie mit gerunzelter Stirn verglich, als handelte es sich um Patronen oder Schießpulver. Ihr Ernst machte mich neugierig, und ihr Hals … ihr Hals, ihre Kopfhaltung, ihr Gang … Natürlich spürte sie irgendwann meinen Blick. Sie hob den Kopf und sah mich an, dann meine Mutter, dann wieder mich und lächelte uns freundlich zu, während sie eilig ihre Reizwäsche zurücklegte aus Angst, uns zu schockieren. Und in dem Moment, Yann, genau in dem Moment bin ich gestorben und wiederauferstanden. Das klingt wie eine Redewendung, oder? Das klingt nach einem Roman, aber Ihnen kann ich es ja sagen, weil Sie es verstehen und ich Sie in mein Herz geschlossen habe, es ist die reine Wahrheit. Off/On. Bei mir war die Sicherung rausgeflogen, und ich hatte sie im Bruchteil einer Sekunde wieder reingedreht.«

Nach den Mandeln schälte er auch noch Clementinen für mich. Er inspizierte jeden Schnitz und entfernte umsichtig alle weißen Fasern, bevor er sie eine nach der anderen um meinen Teller drapierte.

»Daraufhin«, seufzte er, »daraufhin habe ich mir gesagt: Mein Lieber, so einen Treffer landest du nicht zweimal im Leben, und das Blut des alten Moses, meins und das der drei Generationen an Fischern vor mir, geriet in Wallung. Wenn mir ein solches Wunder durch die Lappen ginge, wenn ich es mir wegschnappen ließe, könnte ich gleich einpacken. Nur, wie sollte ich es anstellen? Wie? Sie drehte mir schon den Rücken zu, und meine Mutter, *oj, oj*, betete mir gerade den Kaddisch ihrer schlechten Tage vor, verfluchte ihren Sohn, ihren Arsch und den Allmächtigen. Ach, ich war in Not! Daher die rosa Strumpfhose ... Denn eins habe ich in meinem Beruf gelernt, und das gilt für alle Situationen, in denen einen der Zufall überrascht: Irgendwann kommt der Moment, wo man das Schicksal herausfordern muss. Herausfordern im Sinne von *provozieren*. Ja, es gibt immer einen Moment, in dem man sein Glück bei den Hörnern packen muss und versuchen muss, es zu erweichen, indem man alles auf eine Karte setzt. Alle Jetons, alles Geld, alle Reserven. Die eigene Bequemlichkeit, die Rente, den Respekt der Kollegen, die Würde, *alles*. In solchen Situationen gilt nicht *Hilf dir selbst, dann hilft dir Gott*, sondern

Vergnüge dich, und Gott dankt es dir vielleicht. Ich bin aus der Umkleide gestürmt, als gelte es den Poker meines Lebens, als läge mein Leben auf dem Tisch, und ich spielte eine lächerliche Pantomime von Sophia Loren, darauf bedacht, dem bestürzten Blick meiner Mutter auszuweichen, die sich an den Beinen einer Schaufensterpuppe festkrallte, um nicht rückwärts umzufallen. Meine Primaballerina lachte, und ich dachte, die Sache wäre geritzt, aber Fehlanzeige. Schon war sie in die Abteilung mit den Gürteln entschwunden …«

Er hielt inne und lächelte.

Von irgendwo am Ende des Flurs drangen einzelne Satzbrocken zu uns herüber, von Alice, die den Mädchen eine Geschichte vorlas.

»Was hatte ich mir erhofft, he? Sie war so jung und so schön und ich so alt und so hässlich … Und lächerlich in meinem Aufzug! Im Slip! Im Slip unter meiner blassvioletten Strumpfhose mit meinen kurzen, dunklen, behaarten Louis-XV.-Beinen! Was erhoffte ich mir? Sie zu verführen? Geschlagen, aber nicht verzweifelt zog ich mich wieder an. Zumindest hatte ich sie zum Lachen gebracht. Diese Fähigkeit zumindest kann man uns, den wahren Verbündeten des Zufalls, nicht absprechen: Wir gewinnen gern, aber wir können auch verlieren. Ein echter Spieler ist ein guter Verlierer.«

Er stand auf, füllte Wasser in einen Kessel und setzte ihn auf, bevor er fortfuhr:

»Mit der alten Schachtel an meinem Arm und der Erinnerung an meine hübsche Ballerina vor Augen lief ich durch die Straße und war … und war traurig. Es stimmt, ich war gestorben und wiederauferstanden, aber ehrlich gesagt fragte ich mich, warum, da mir mein neues Leben viel weniger lustig vorkam als das alte … Und zu allem Überfluss war meine Mutter ja auch noch da! Vor allem aber war ich sauer. Die Dessous, die sie sich ausgesucht hatte, würden ihr überhaupt nicht stehen. Ein Körper wie ihrer gehörte in Baumwolle oder Seide, auf keinen Fall jedoch in dieses schreckliche Nylon, also wirklich … Ich seufzte, ich floh vor den Klageliedern der alten Jacqueline und stellte mir dabei vor, in welche Hemdchen und anderen kostbaren Négligés ich sie hüllen würde, wenn ich sie lieben dürfte, und … Kurzum, ich ließ meine Gedanken bis ins Unendliche schweifen, als ich das Gleichgewicht verlor. Hoppla, wollte mir die sture Alte vielleicht den Arm auskugeln!«

Während er das siedende Wasser in eine alte Teekanne mit Lindenblütenblättern füllte, warf er mir sein zweitschönstes Lächeln für diesen Abend zu.

»Sie haben Glück«, flüsterte ich.

»Ja, das stimmt, andererseits … es ist nicht so leicht, sich in eine Mädchenstrumpfhose zu zwängen, wissen Sie.«

»Mit ›Sie‹ meinte ich nicht Sie allein, sondern Sie beide. Sie haben Glück.«

»Ja …«

Stille.

»Mm … Da du es bist«, fuhr er fort, »da du es bist und der Augenblick günstig ist, werde ich dir etwas anvertrauen, was ich noch nie einer Menschenseele erzählt habe. Meine Mutter lebt natürlich noch, natürlich. Seit ich auf der Welt bin, nervt sie mich damit, dass sie bald sterben wird, als Kind hat sie mich damit traumatisiert, mein ganzes Erwachsenenleben ist von ihren Erpressungen und ihrem vermeintlichen Ableben geprägt, doch heute weiß ich, dass sie mich überleben wird. Dass sie uns alle überleben wird … Und das ist auch gut so. Aber heute ist sie eine alte Frau. Ja, eine sehr alte Frau, die schlecht zu Fuß ist, nicht mehr gut hört und fast nichts mehr sieht. Und trotzdem, trotzdem …

Jeden Donnerstag, den der Allmächtige ihr noch gönnt, jeden Donnerstag, hörst du?, gehe ich mit ihr in ein kleines Bistro bei ihr in der Nähe, und jeden Donnerstag nach dem Espresso, das ist ein Ritual, begeben wir uns mit Trippelschritten in die Allée des Justes beim Pont Louis-Philippe. Wir kommen nur langsam voran, schleppen uns dahin, schleichen fast, sie klammert sich an meinen Arm, ich stütze sie, halte sie, trage sie beinahe, ihre Beine schmerzen, ihr Rheuma quält sie, die Nachbarn bringen sie noch um, ihre Haushaltshilfe gibt ihr den Rest, die neue Postbotin treibt sie in den Wahnsinn, der Fernseher vergiftet sie, die Welt verfolgt sie, und dieses Mal, dieses Mal, so viel ist sicher: ist es das Ende. Dieses Mal, sie spürt es, dieses Mal, mein guter Junge, werde ich wirklich sterben, weißt du. Und ich glaube ihr aufs Wort, ganz klar, seit jeher! Aber als wir am Ziel sind, hört sie auf zu klagen und schweigt. Sie schweigt, weil sie erwartet, dass ich ihr einmal noch die in den Stein eingravierten Namen dieser Menschen vorlese. Die Namen *und* die Vornamen. Natürlich füge ich mich jeden Donnerstag, und während ich ihr diese kleine säkulare Litanei ins Ohr brülle, spüre ich körperlich, spüre ich deutlich, wie das Gewicht an meinem Unterarm nachlässt. Ergriffen, mit mildem Blick und einem strahlenden Lächeln auf den Lippen richtet sich meine gute alte Jacquot ein wenig auf und schöpft wieder Kraft. Und in dem Moment sehe ich es, klar wie auf meinem Handy. In den vom grauen Star getrübten Pupillen sehe ich die kleinen Säulen ihres inneren Akkus, die immer zahlreicher und größer werden, je mehr Namen ich ihr vorlese. Nach einer Weile melden sich ihre schmerzenden Beine wieder, und wir gehen so langsam weg, wie wir gekommen sind. Genauso langsam, und doch beherzter! Da diese Menschen gelebt haben und getan haben, was sie getan haben, lieber Herrgott, es wird nicht einfach sein, aber gut … für sie … und vor allem für mich wolle sie sich bemühen, noch eine Woche länger zu leben … Tja, und Alice, verstehst du, Alice' Gesicht hat exakt dieselbe Wirkung auf mich.«

Stille.

Was kann man auf so etwas sagen?

Für Sie kann ich nicht sprechen. Für mich gilt: Ich hielt die Klappe.

»Aber weißt du … der wahre Schlüssel zum Glück, ich glaube, der heißt lachen. Zusammen lachen. Als Gabrielle, ihre Mutter, von uns gegangen ist, war es schrecklich, weil ich meiner geliebten Alice kein Lachen mehr entlocken konnte. Ich war noch nie im Leben so unglücklich, und dabei, das kann ich dir versichern, versteht meine Familie mit dem Unglück umzugehen! Ich bin mit Hering und Chagrinleder aufgewachsen, doch ich konnte machen, was ich wollte, sie lächelte zwar manchmal, aber sie lachte nicht mehr. Zum Glück«, fügte er hinzu und freute sich wie ein junges Mädchen, »zum Glück besaß ich eine letzte Geheimwaffe …«

»Was denn?«

»Das ist geheim, Yann, streng geheim …«, war die Antwort.

»Was erzählst du ihm denn da?«, fragte Alice, die wieder zu uns gestoßen war, beunruhigt. »Gib lieber deinen Töchtern einen Gutenachtkuss … Sie auch, Yann. Ihr Typ wird verlangt.«

Oh …

Was war ich stolz.

»Aber dass das klar ist«, fügte sie hinzu und hob den Zeigefinger, »keine Dummheiten mehr für heute Abend, ja?«

Als wir in ihr Zimmer kamen, schlief die Kleinere der beiden schon, und Madeleine wartete nur noch unseren Kuss ab, um ihrem Beispiel zu folgen.

»Weißt du, wozu ich gezwungen werde, um meine Töchter küssen zu dürfen?«, wetterte er, als er sich aufrichtete.

»Nein.«

»Ich muss mir den Bart mit Babyshampoo waschen und dann noch eine Spülung einreiben, die nach künstlicher Vanille riecht. Wenn das nicht der Gipfel der Zumutung ist ... Siehst du, wie ich leide?«

Ich lächelte.

»Es gelingt mir trotzdem nicht, Mitleid mit Ihnen zu empfinden, Isaac.«

»Und zu allem Überfluss empfindest du nicht einmal Mitleid mit mir.«

*

Als wir wieder in die Küche kamen, hielt Alice eine dampfende Tasse in der Hand.

Sie küsste ihren Mann auf die Stirn und bedankte sich dafür, dass er daran gedacht hatte, dann verkündete sie uns, dass es ihr unangenehm sei, uns jetzt einfach allein zu lassen, aber sie sei müde und würde sich gern hinlegen.

(Sie sagte nicht, schlafen gehen, sie sagte, sich hinlegen, und wieder durchfuhr es mich heiß.) (Und als wäre das noch nicht genug, zog sie eine lange Nadel aus ihrem Knoten, schüttelte den Kopf und, oh ... war plötzlich eine andere geworden. Eine menschliche Alice.) (Weicher und weniger beeindruckend.) (Fast nackt.) (Und während ich »ah«, »oh«, »äh« und ich weiß nicht was noch alles stammelte, spürte ich, wie sich der spöttische Blick ihres Liebhabers durch meine Schulterblätter bohrte.)

Ich glaube, sie wartete darauf, dass ich sie auf die Wangen küsste, da ich aber viel zu erschöpft war, um mich vorzubeugen, streckte sie mir schließlich die Hand hin.

(Die ich drückte und die ganz warm war.)

(Hm … das lag vermutlich am Kräutertee.)

Obwohl ich überhaupt keine Lust hatte zu gehen, dirigierte mich der letzte Rest Anstand, den der Alkohol mir gelassen hatte, halbherzig zu meiner Jacke und in Richtung Verbannung.

»He … Yann«, quiekte Isaac, »du lässt mich doch jetzt mit dem Abwasch nicht allein?«

Himmel, wie ich diesen kleinen bunten Bären liebte.

Ich liebte ihn.

»Komm schon. Setz dich wieder hin. Du hast ja noch nicht mal deine Clementine aufgegessen! Die reinste Verschwendung ist das!«

*

Alice hatte im Gehen alle Lichter gelöscht, so dass wir jetzt nur noch im Schein der Kerzen saßen und in dem unbestimmten Licht der Stadt, die sich plötzlich wieder in Erinnerung rief.

So blieben wir lange sitzen, ohne etwas zu sagen. Wir leerten so langsam wie möglich unsere Gläser und dachten über das nach, was wir soeben erlebt hatten. Wir waren beide leicht betrunken und schlapp, dort im Dunkeln. Er hatte wieder auf dem Hocker Platz genommen und lehnte an der Wand, und ich hatte meinen Stuhl um 45 Grad gedreht, um es ihm gleichzutun. Wir hörten in der Ferne die

Geräusche der Abendtoilette einer schönen Frau und hingen unseren Gedanken nach.

Vermutlich dachten wir dasselbe: dass wir einen schönen Abend miteinander verbracht hatten und dass wir Glück hatten. Das dachte ich zumindest. Und auch, dass sie sich fürs Zähneputzen nicht allzu viel Zeit nahm.

»Wie alt bist du?«, fragte er mich plötzlich.

»Sechsundzwanzig.«

»Ich hatte dich noch nie gesehen. Ich kannte die alte Dame, die vorher in eurer Wohnung gewohnt hat, aber sie ist aufs Land gezogen, glaube ich …«

»Ja, das war die Großtante meiner … meiner Freundin. Im Oktober haben wir ihre Wohnung übernommen.«

Stille.

»Du bist sechsundzwanzig und du lebst in der Wohnung der Großtante einer jungen Frau, deren Namen du bisher mit keiner Silbe erwähnt hast.«

Er hatte die Worte mit tonloser Stimme und ohne erkennbares Satzzeichen von sich gegeben. Was in meinen Ohren schrecklich klang.

Ich sagte nichts darauf.

»Eine junge Frau ohne Vornamen, aber mit sehr klaren Vorstellungen bezüglich der Sauberkeit des Innenhofs und der Anordnung der Buggys unter der Treppe.«

Aha … Wir sprachen von derselben Person.

Er hatte die Worte ohne Ironie oder Aggressivität ausgesprochen. Er hatte sie ausgesprochen, mehr nicht. Ich suchte mein Glas, denn meine Kehle fühlte sich plötzlich ganz trocken an.

»Yann?«

»Ja.«

»Wie heißt deine Freundin?«

»Mélanie.«

»Mélanie … Willkommen, Mélanie«, flüsterte er, indem er sich an einen unsichtbaren Geist zwischen Herd und Spüle wandte. »Ach ja, wo Sie schon mal hier sind, wertes Fräulein, die Sie es sonst immer ziemlich eilig haben, will ich Ihnen sagen, die Sache mit den Mülleimern und dem falsch aufgewickelten Gartenschlauch ist nicht so schlimm. Und die Buggys und die Roller unter der Treppe, die auch nicht. Hören Sie, Mélanie? Anstatt jeden vierten Tag bei der Hausverwaltung anzurufen und den Leuten mit Ihrem sinnlosen Ärger die Zeit zu stehlen, sollten Sie sich lieber zu uns setzen und mit uns anstoßen.«

Er hob sein Glas im schummrigen Licht und fügte hinzu:

»Denn, wissen Sie … Wir müssen alle sterben, Mélanie, alle … Eines Tages müssen wir alle sterben.«

Ich schloss die Augen.

Wir hatten zu viel getrunken. Und außerdem musste ich mir das nicht antun. Ich hatte keine Lust, mir anzuhören, wie jemand schlecht über Mélanie redete, ich wusste das alles. Und ich hatte keine Lust, zu sehen, wie Isaac von seinem Sockel stürzte, ich mochte ihn.

Ich senkte den Kopf.

»Yann, warum lässt du mich über die Frau herziehen, die ihr Leben mit dir teilt, ohne sie zu verteidigen? Ich bin schließlich nur ein alter Idiot. Warum fährst du mir nicht in die Parade?«

Ich schwieg. Die Wendung, die unsere Unterhaltung genommen hatte, gefiel mir gar nicht. Ich hatte keine Lust, mein Privatleben mit all den schönen Dingen zu vermischen, über die wir gesprochen hatten, ich hatte keine Lust, über mich zu reden, ich hatte keine Lust auf die Wörter »Hausverwaltung« oder »Mülleimer« im Mund dieses Mannes, der bisher meine Träume beflügelt hatte. Um meinen Kopf aus der Schlinge zu ziehen, riskierte ich, ihn ebenfalls zu verletzen:

»Aus Höflichkeit.«

Stille.

Ich weiß nicht, woran er dachte, aber ich versuchte mit aller Kraft, wieder dorthin zurückzukehren, wo ich gewesen war, und schenkte uns den letzten Schluck aus der Flasche ein, den ich gerecht zwischen unseren Gläsern aufteilte. Er bedankte sich nicht. Ich bin mir nicht einmal sicher, dass er es merkte.

Ich war nicht mehr so glücklich. Ich hatte Lust auf eine Zigarette. Ich hatte Lust, das Fenster zu öffnen, damit uns die kalte Luft etwas Ablenkung verschaffte. Aber auch das traute ich mich nicht. Also trank ich.

Ich sah ihn nicht mehr an. Ich betrachtete die Kerzen. Ich spielte mit dem geschmolzenen Wachs wie früher als Kind. Ich ließ es an den Fingerspitzen hart werden und berührte meine Lippe, den Amorbogen … Es war noch genauso warm, wohlriechend und zart wie früher.

Er studierte seine Hände, die er übereinandergelegt hatte.

Es war wirklich an der Zeit zu gehen. Der Wein hatte meinen Nachbarn schwermütig gemacht, und ich bekam langsam genug. Hatte mir zu viele Emotionen aufgeladen. Ich ging meinen Aufbruch im Geiste durch: Kopf, Arme, Beine, Schlüssel, Jacke, Treppe, Bett, Koma, als es wie ein sanftes Fallbeil herniedersauste, rums:

»Man kann vor lauter Höflichkeit auch sein Leben verpassen.«

Er suchte meinen Blick, und wir beäugten uns kurz. Ich spielte das Unschuldslamm und er den Henker, aber natürlich war ich derjenige von uns beiden, der fieser aussah. Warum sagte er das?

»Warum sagen Sie das?«

»Wegen der Dodos.«

Okay. Er war sternhagelvoll.

»Wie bitte?«

»Der Dodos. Dieser großen Vögel mit dem gebogenen Schnabel, die auf der Insel Mauritius gelebt haben und von unseren Vorfahren ausgerottet worden sind.«

Aha. Jetzt kam der WWF an die Reihe.

Er sprach weiter:

»Es gab überhaupt keinen Grund, diese armen Vögel zu töten. Das Fleisch schmeckte nicht gut, ihr Gesang und ihr Gefieder waren nicht interessant, und sie waren so hässlich, dass kein Hof in Europa sie haben wollte. Und doch sind sie ausgestorben. Alle … Sie waren von Anbeginn an da, und innerhalb von nicht einmal sechzig Jahren haben … hat der Fortschritt sie von der Erdoberfläche verschwinden lassen. Und weißt du, warum, mein lieber Yann?«

Ich schüttelte den Kopf.

»Aus drei Gründen. Erstens, weil sie höflich waren. Sie waren nicht scheu und näherten sich dem Menschen ohne Furcht. Zweitens, weil sie nicht fliegen konnten, ihre Flügel waren lächerlich klein und vollkommen nutzlos. Drittens, weil sie ihre Nester nicht beschützten und ihre Eier und ihre Jungen den Räubern überließen. Das war's: Ene mene muh und raus bist du. Nicht einer ist mehr übrig.«

Tja … hm … was soll ich sagen? Eine Lektion über die

Ausrottung des *dodolus mauritiius* um zehn nach eins in der Nacht von meinem kleinen Taschenpropheten, ich muss zugeben, damit hatte ich nicht gerechnet.

Er rückte mit seinem Hocker näher an den Tisch heran und beugte sich zu mir vor.

»Yann?«

»Mhmm ...«

»Lass dich von ihnen nicht kaputtmachen.«

»Wie bitte?«

»Schütze dich. Schütze dein Nest.«

Welches Nest?, knirschte ich innerlich, etwa die 80 Quadratmeter der Großtante Berthaud zwei Stockwerke tiefer?

Ich hatte wohl etwas zu laut gekichert, denn er hatte mich gehört:

»Ich meine nicht die Wohnung der alten Jungfer.«

Stille.

»Was meinen Sie dann, Isaac?«

»Dich. Dein Nest bist du. Alles, was dich ausmacht. Das musst du schützen. Wenn *du* es nicht tust, wer tut es dann für dich?«

Und da ich seine Worte offenbar nicht verstand, wurde er etwas deutlicher, nach dem Motto, zweiter Versuch:

»Du siehst gut aus, Yann. Du siehst gut aus. Und ich meine nicht deine Jugend, deinen dichten Schopf oder deine großen klaren Augen, ich meine das Holz, aus dem du geschnitzt bist. Du weißt, es ist mein Job, schöne Dinge zu erkennen. Sie zu erkennen und ihren Wert zu ermessen. Heute klappere ich keine Auktionshäuser mehr ab, man ruft von überall nach mir, und mein Wort ist Gesetz. Nicht, weil ich besonders schlau wäre, sondern weil ich mich auskenne. Ich kenne von allem den Wert.«

»Echt? Und wie hoch liegt Ihrer Meinung nach mein Wert?«

Ich bereute den Ton, den ich angeschlagen hatte. Er klang nach kleinem Arschloch. Aber meine Bedenken waren überflüssig, er schien mich nicht gehört zu haben.

»Ich meine deinen Blick, deine Neugier, dein gütiges Wesen ... Deine Gabe, dich im Handumdrehen bei allen Familienmitgliedern hier im Haus beliebt zu machen, dass du meine Töchter auf deinem Schoß sitzen lässt und dich in meine Allerliebste verliebst, ohne sie mir abspenstig machen zu wollen. Ich meine die Aufmerksamkeit, die du Details, Dingen und Menschen entgegenbringst. Dem, was sie dir anvertrauen, und dem, was sie vor dir verbergen. Es ist das erste Mal, dass Alice seit dem Tod ihrer Mutter von ihr gesprochen hat, das erste Mal, dass sie sich an sie erinnert, wie sie lebendig und bei guter Gesundheit war. Dir haben wir es zu verdanken, Yann, dass Gabrielle heute wiedergekehrt ist und ein paar Töne Schubert für uns gespielt hat ... Ich habe doch nicht geträumt, oder? Du hast sie doch auch gehört?«

Seine Augen glänzten im Dunkeln.

»Hast du sie nicht gehört?«

Doch, doch, stimmte ich ihm eilig zu, damit er mich in Ruhe ließ. Jetzt ist gut, ich werde doch nicht wegen einer Frau zu flennen anfangen, die ich gar nicht gekannt habe ...

»Ich meine deine freundliche Art, mit der du von Menschen sprichst, die du liebst, wie du beschützt, was dir gehört, ich denke an unsere Einkäufe, die du jede Woche nach oben trägst, und die Pappe, die du in die Toreinfahrt klemmst, seit es so kalt ist, und die ich morgens rausnehme, damit du dir nicht den Zorn der anderen Wohnungsbesitzer zuziehst. Ich meine deine zerquetschten Zehen, die Tränen, die du wie ein erschöpfter und hungriger großer Junge vergießt, den verflixten Leidensweg, dein Lächeln, deine Diskretion, deinen Scharfblick und schließlich deine Höflichkeit, die ich dir vorgeworfen habe, aber sie trägt die Mauern dieser Kultur, dessen bin ich mir durchaus bewusst. Ich meine dein höfliches Auftreten, Yann. Ja, dein höfliches Auftreten. Lass nicht zu, dass sie das alles kaputtmachen, was bleibt sonst von deiner Generation? Wenn ihr, du und deinesgleichen, nicht eure Nester beschützt, dann ... was ... was für eine Welt hätten wir dann?« (Stille) »Verstehst du?«

»...«

»Weinst du? Aber ... Aber warum denn? Bringen dich meine Worte zum Heulen? Na, na, es ist doch nicht so schlimm, ein wertvoller Mensch zu sein, oder?«

»Leck mich am Arsch, Moses.«

Er fuhr zusammen und stieß vor Freude ein glucksendes Lachen aus, das den Goldfisch weckte.

»Du hast recht, mein Lieber, du hast recht! So«, er stieß mit seinem Glas an meins an, »auf die Liebe!«

Wir prosteten uns zu und tranken und sahen uns tief in die Augen.

»Er ist gut, Ihr Wein«, gestand ich ihm endlich, »er ist wirklich gut.«

Isaac nickte, warf einen Blick auf die Flasche und wurde ganz traurig.

»Also, ich werde dir etwas erzählen, was deine Tränen rechtfertigt. Die beiden hier auf dem Etikett, Pierre und Ariane Cavanès, sind die Menschen, die Alice und ich auf der ganzen Welt am meisten bewundern. Unser Garten im Hérault-Tal endet dort, wo ihr Weinberg beginnt. Das Weingut ist nicht sehr groß, dreißig Hektar höchstens, aber ihr Wein bekommt von Jahr zu Jahr bessere Bewertungen, und du wirst sehen, eines Tages wird er zu den ganz Großen gehören. Pierres Vater war Geologe, seine Mutter hatte etwas Geld, und in den achtziger Jahren, als es dort noch gar nichts gab und niemand daran glaubte, weder die Winzer aus der Gegend noch die Großen der Zunft, hat er es gewagt, ist seinem Instinkt gefolgt und hat in diesem unberührten Tal Reben der Sorte Cabernet Sauvignon angepflanzt, die irgendwie vom Lastwagen eines großen Weinguts im Médoc gefallen waren, wenn ich es recht verstanden habe … Dann haben sie einen Wein- und Gärkeller gebaut, haben sich bis zum Kragen verschuldet, haben sich von einem befreundeten Önologen im Ruhestand beraten lassen und … und erinnerst du dich, was Alice uns vorhin über die großen Keramikhersteller erzählt hat? Über ihre fast schon wahnwitzige Besessenheit, durch Trial and Error alle denkbaren Kombinationen zwischen Wasser und Feuer, Luft und Erde auszuprobieren, nun ja, ich glaube, beim Wein ist es im Großen und Ganzen genauso, nur dass es hier auf die Früchte ankommt …«

Und Isaac textete mich zu.

Mit Geschichten, Anekdoten, Fachausdrücken, verschiedenen Anbauverfahren, Gärung, Mazeration, Eichenfässern, er erzählte von Ariane, die im Alter von zwanzig Jahren aus ihrer Heimat, der Normandie, gekommen war, um einen Sommer lang die Weinlese mitzumachen, weil sie davon träumte, nach Bolivien auszuwandern, und die geblieben war, erzählte von ihrer Liebe, ihrer Erschöpfung, ihrer Opferbereitschaft, ihrer Anfälligkeit, vom Wetter, das innerhalb von Sekunden die Arbeit eines ganzen Jahres vernichten konnte, von unvergesslichen Weinproben, unvergesslichen Mahlzeiten, Weinführern, Bewertungen, Klassifizierungen, von der Anerkennung zur rechten Zeit, von ihren drei Kindern, die sehr spartanisch aufwuchsen, an der frischen Luft und in Bütten, von ihren Hoffnungen und schließlich ihrer Verzweiflung.

Ein ununterbrochener Redeschwall, aus dem ich folgende Worte behalten habe: großer Mut, arbeitsreiches Leben, außergewöhnlicher Erfolg und multiple Sklerose.

»Er will verkaufen«, schloss Isaac, »er will alles verkaufen, und auch wenn ich das sehr betrüblich finde, kann ich es verstehen. Wenn Alice irgendetwas zustoßen sollte, würde ich auch nicht weitermachen. Darum verstehen wir uns übrigens so gut, Pierre und ich. Wir schwingen große Reden, wir schwadronieren drauflos, haben eine große Klappe, spielen uns mächtig auf, aber wir unterwerfen uns voll und ganz einer Dame …«

Ja, es tut mir sehr leid für sie, die Dodos hatten noch einmal eins auf die Flügel gekriegt. Wir scherten uns überhaupt nicht mehr um sie. Eine Schicht Blei hatte sich auf unsere Schultern gelegt, die Kerzen flackerten, als hätten sie Schluckauf, und mein Gastgeber war in Gedanken woanders angekommen, irgendwo auf dem Land.

Allein, traurig, fremd, den Rücken gekrümmt.

Ich betrachtete mein Glas. Wie viele Schlucke noch? Drei? Vier?

Fast nichts.

Fast nichts mehr; das, was von einem der schönsten Abende meines aussichtslosen Daseins noch übrig war.

Ich brachte es nicht übers Herz, mein Glas auszutrinken.

Das war meine Opfergabe.

Meine Opfergabe an die Manen dieser unbekannten Ariane.

Auf dass sie mir dankbar waren und sie in Ruhe leben ließen.

Ich holte meine Jacke.

Ich habe keine Ahnung, wie viele Treppenstufen zwischen ihrer Wohnung und meiner lagen, aber schon auf der zweiten war ich wieder nüchtern.

Ein Zeuge, so es ihn gegeben hätte, würde Ihnen sagen, dass das nicht stimmt, dass ich lüge. Dass er mich gesehen hat, wie ich taumelte. Wie ich taumelte und mich am Geländer festhielt, bevor ich mich traute, ins Leere zu treten.

Er war so abgefüllt, würde er hinzufügen, dass er sich am Ende an die Wand gelehnt hat und bis zu seiner Tür gerutscht ist.

Verfluchter Petzer …

Wenn ich zögerte, dann lag es daran, dass ich in der Tat ins Leere trat, und ich lehnte mich auch nicht an die Wand, sondern küsste sie. Ich versuchte, sie anzubaggern, um nicht allein nach Hause zu kommen. Um sie abzuschleppen. Die Wand, an der ich mich ein paar Stunden und ein ganzes Leben zuvor mehrmals gestoßen hatte, als ich in Begleitung eines Barons und zweier Prinzessinnen eine kleine Schatzkiste an mein Herz drückte, diese Wand, die im ganzen Treppenhaus so viel Witz und Fröhlichkeit hatte widerhallen lassen, so viele herrliche Flüche, so viel Gelächter und kindliches Staunen, diese Wand, die jetzt so halsstarrig war und sich weigerte, mitzukommen und ein letztes Glas mit mir zu trinken, war mein letzter Halt. Ein Kamerad, der ebenso ratlos war wie ich, an dessen Schulter ich mich noch ein wenig ausruhen konnte, bevor ich mich mit dem wahren Leben, dem wahren Yann und der wahren Verweigerung auseinandersetzen müsste.

Und einmal angenommen, der Zeuge hätte recht, Frau Richterin, dann hat es wahrlich nicht lange gedauert … Kaum hatte ich einen Fuß in meine Wohnung gesetzt, na ja, in meine … in die meiner Freundin, in die ihrer verkalkten alten Tante … Kaum hatte ich die Tür dieser Wohnung aufgestoßen, war ich auf einen Schlag wieder nüchtern, auf einen Schlag.

Ich suchte nach dem Schalter, und das Licht war hässlich. Ich hängte meine Jacke an einen Haken, und der Haken war hässlich. Und der Spiegel auch. Der Spiegel war hässlich. Der Spiegel, das Poster hinter Glas, der Teppich, das Sofa, der Couchtisch, alles. Alles war hässlich.

Ich sah mich um und erkannte nichts wieder. Wer mag hier wohl wohnen?, wunderte ich mich, Playmobilfiguren?, die Verkäufer einer Musterwohnung? Kein unnützer Krempel, kein Chaos, nichts Verrücktes, nichts Liebevolles, nichts. Nur Zierrat. Schlimmer noch: Deko. Ich ging in die Küche und fühlte mich auch dort nicht am rechten Platz. Sie rief keine Erinnerungen wach. Erzählte keine Geschichte. Dabei habe ich gesucht. Ich ging in die Hocke, öffnete Türen, Schränke, Schubläden, aber nein: Nichts. Niemand.

Das Schlafzimmer vielleicht? Ich hob die Bettdecke hoch, nahm ein Kopfkissen in die Hände, dann das andere, drückte mein Gesicht hinein, inspizierte das Laken: *niente*. Nichts, was darauf hindeutete, dass jemals menschliche Wesen dort gelegen haben könnten. Nicht der geringste Geruch, kein Anzeichen von Schweiß, Speichel und erst recht nicht von Wichse. Das Badezimmer? Die Bürsten, Mélanies Nachthemd, unsere Frottiertücher: Alles war stumm. Wer waren diese Zombies, und was für ein Leben führten wir hier bloß?

Ich wusste nicht, wohin mit mir. Nachdem ich in der Welt da oben erfolgreich meine Schleusen geöffnet hatte, schaffte ich es nicht, mich erneut gehenzulassen, wobei es in mir, in meinen Nasenlöchern und in meiner Kehle wieder genauso kribbelte. Ich ballte die Fäuste. Ich biss die Zähne zusammen. Ich kniff die Arschbacken zusammen. Ich war lächerlich. Ein Kind. Ein gekränkter Bengel, aber viel zu stolz, um es zu zeigen.

So, und jetzt? Was sollte ich jetzt kaputt machen, um Aufmerksamkeit zu erregen?

In diesem Gemütszustand zwischen Toben und Ohnmacht befand ich mich, als es an der Tür läutete.

Scheiße, wie … spät war es eigentlich? Was war denn jetzt los?!

achtens, das gute Gewissen

»Alles in Ordnung?«

Isaac schien mich nicht wiederzuerkennen.

»Yann, alles in Ordnung? Geht's dir gut?«

Ich weiß nicht mehr, was ich ihm geantwortet habe. Dass ich müde sei, glaube ich.

Und das stimmte auch. Ich war müde.

Sehr müde.

Zu müde.

Ich hätte mich selbst zu Tode stürzen sollen. Schade, dass wir nur im zweiten Stock wohnten.

»Hier«, sagte er und packte mich am Handgelenk, »hier … ich habe das Etikett für dich abgelöst. Als Souvenir. Und falls du was davon bestellen willst, bevor … na ja … Dann ist jetzt der richtige Moment dafür.«

Isaac … Mein großer Gönner … Ich starrte ihn lange an, um mich zu beruhigen. Er wirkte erschöpft.

Selbst die Flügel seiner Fliege wirkten schlaff.

Es stimmt schon, er wirkte beruhigend auf mich, andererseits war aber auch er leicht neben der Spur. Warum brachte er mir das jetzt vorbei? Warum? Als könnte es nicht warten. Und warum sollte ich überhaupt Wein bestellen? Ich hatte keinen Keller, keine Knete, keine Alice, keine Mandeln, keinen gusseisernen Schmortopf, keine kleinen Töchter, keine Gewürze, keine Tischdecke, keine Gläser mit Stiel, nichts. Für einen Typen, der angeblich alles errät und den absoluten Blick hat, war das nicht besonders überzeugend.

Okay, ich muss zugeben, dass wir zu zweit zweieinhalb Flaschen geleert hatten. Das sorgt für Aussetzer.

Wir blieben vor der Tür stehen, ich konnte ihn nicht guten Gewissens hereinbitten, und genau in dieser Sekunde, als ich das dachte, als ich mir sagte, dass ich Isaac Moïse, meinen neuen Freund, einen Schatz von einem Freund, nicht guten Gewissens hereinbitten konnte, wurde ich endlich erwachsen:

»Dürfte ich bitte noch einmal mit zu Ihnen kommen und mir Misias kleinen Fisher-Price-Recorder ausleihen, der zwischen den Barbiepuppen in ihrem Zimmer steht?«

Ich hatte die Tatwaffe, aber keine Kugel. Im vorliegenden Fall also keine Kassette. Ein Relikt aus dem letzten Jahrhundert. Ein kleines schwarzes oder transparentes Plastikgehäuse mit einem Magnetband, auf dem man Töne speichern konnte. Eine andere Welt.

Ich wollte schließlich nicht Misias Kassette mit den Abzählreimen überspielen.

Ich hatte ganz bestimmt irgendwo noch ein oder zwei von den Dingern herumliegen, nur wo?

Exkurs:

Als ich Mélanie kennenlernte, wohnte ich mit zwei Kumpeln in einer WG bei Barbès. Die Gemeinschaftsräume waren meistens in schrecklichem Zustand, aber ich hatte mir mein Zimmer gemütlich eingerichtet, das weiß ich noch.

Da gab es viele Bücher, viel Musik, Aschenbecher, aufgerissene Pakete, die meine Mutter mir jede Woche von daheim schickte (Kaldaunenwurst, bretonischer Butterkuchen und Galettes, doch-doch, ich schwör's, auch wenn es unglaublich klingt, so ist meine Mama, eine echte Bretonin), jede Menge alberner T-Shirts, dreckige Unterhosen, einzelne Strümpfe, Rülpser, Fürze, steife Schwänze, schmierige Witze und sogar, o Wunder, weniger stark vertreten, aber trotzdem, ein paar Mädchen, die sich gelegentlich zu uns verirrten, plus alles das als Poster an der Wand, was mich über Wasser hielt: Botschaften, Bilder, Gesichter, Gesichter von Leuten, die mir gefielen oder die ich bewunderte, Architekturpläne, Prototypen, Modelle, Ideen, Entwürfe, Arbeitsprotokolle, Kinotickets, Konzertkarten, Sachen, die ich aus Büchern abgeschrieben hatte, Sätze, die mich zwangen, erhobenen Hauptes zu leben, Faksimiles von Zeichnungen eines Leonardo da Vinci, Arne Jacobsen, Le Corbusier oder Frank Lloyd Wright, der typischen Paten, solange man noch brav seine bretonische Milch trinkt, während man schon in der Hauptstadt wohnt und so tut, als hätte man Talent – was ich nicht leugnen will, niemals –, Fotos meiner Familie, meiner Boote, meiner Freunde, meiner lebenden und toten Hunde, Plakate von Filmen, Ausstellungen, Grafikern, Musikern, charismatischen Leadertypen, na ja, das ganze Programm …

Als wir dann beschlossen zusammenzuziehen, weil wir eine Miete sparen wollten (mein Gott, wie leicht mir das über die Lippen geht, echt unheimlich, ich sollte sagen, weil es schöner war zusammenzuleben), zogen wir in eine winzige Zweizimmerwohnung in der Nähe der Gare de l'Est, und hier musste ich mich selbstverständlich beschränken.

Ich karrte allerhand Zeug zu meinen Eltern und behielt nur das absolute Minimum dessen, was ich brauchte, um mein Studium zu beenden und nicht nackt herumzulaufen. Aber es war kein Problem, wir arbeiteten viel und gingen oft aus, wir liebten uns, und das Internet war in der Zwischenzeit zu einer riesigen Wand geworden, wo ich in aller Ruhe alles, was mich inspirierte, aufhängen, wieder abnehmen und in Ruhe betrachten konnte.

Als es dann darum ging, hier einzuziehen, um eine weitere Miete zu sparen (die Nebenkosten zahlen wir aber, wohlgemerkt!?) (oh mein Gott, was ist nur aus mir geworden?), hat Mélanie erneut meine Klamotten durchgesehen. Klar, ich war ja jetzt erwachsen und ging arbeiten, also brauchte ich meine unförmigen T-Shirts, meine alte Cabanjacke und meine Marinepullover aus dem Genossenschaftsladen, meine Clarks, meine kleine Taschentrompete, mein Zigarettenpapier von OCB, meine Seemannsmützen und meine Tolkienausgaben nicht mehr. Oder, Schatz?

Gut. Okay. Sie hatte recht. Wir lebten jetzt in einem guten Viertel, und es war durchaus angenehm, nachts keine Züge mehr zu hören und nicht mehr auf Schritt und Tritt um eine Zigarette angebettelt zu werden, also … wenn das der Preis war, so war er gerechtfertigt. Und außerdem, wenn ich nicht selbst davon überzeugt war, endlich erwachsen zu sein, wer sonst sollte es glauben? Und schwuppdiwupp, wieder fünf Kisten weniger. Ehrlich gesagt hat es mich bisher nicht gestört, ich bin schon immer gern mit leichtem Gepäck gereist, aber der Punkt ist, dass ich heute, hm … gar nichts mehr habe. Nicht einmal eine Kassette.

Tja … Pech für Misia, ich besorge ihr eine neue.

Da fällt es mir wieder ein. Als ich letztes Jahr mit meiner Blechkiste zum Schrottplatz gefahren bin, habe ich das Handschuhfach leer geräumt. Das Autoradio war vorsintflutlich, also hatte ich bestimmt ein paar Bänder aufgehoben.

Ich suche.

Und in den Tiefen der Schrankfächer, die mir zugewiesen worden waren, werde ich fündig. Ich finde genau eine. Ich weiß nicht mehr, um was für eine Kassette es sich handelt, und es steht nichts darauf.

Gut. Wir werden sehen.

*

Ich gehe unter die Dusche und denke nach. Ich ziehe eine Unterhose, Strümpfe und eine saubere Jeans an und denke nach. Ich suche ein brauchbares Hemd heraus und denke nach. Ich binde meine Schuhe zu und denke nach. Ich koche mir einen Kaffee und denke nach. Einen zweiten und denke immer noch nach. Einen dritten und grübele weiter.

Ich denke nach, denke nach, denke nach.

Und als ich vom vielen Nachdenken kein Gramm Alkohol mehr im Blut habe, kein Haar mehr trocken ist und ich so genervt bin, wie man es nur sein kann, beruhige ich mich.

Ich gehe in die Küche und zünde eine Kerze an wie oben bei Alice, mir ist nämlich aufgefallen, dass Kerzenlicht die Menschen schöner und intelligenter erscheinen lässt (zugegeben, meine ist nicht so stilvoll, es ist keine Kirchenkerze, sondern ein Dekoteil von Mélanie, das nach Kokosnuss riecht) (aber es wird schon gehen, es wird schon gehen) (nicht alles an einem Abend, liebes Leben), ich lösche das Licht, setze mich und stelle den kleinen Kassettenrekorder, der mit Stickers von Emily Erdbeer übersät ist, vor mir auf den Tisch.

Ich lege meine alte Kassette ein, und was höre ich: *Massive Attack*.

Der Himmel ist ein Schelm ... Passender geht's nicht. Wäre ich nicht so gestresst, könnte ich sogar darüber lachen. Ich spule zurück, schnappe mir das Mikro und ... drehe mich um, um nicht mein Spiegelbild im Fenster sehen zu müssen.

Ich gebe schon eine bemitleidenswerte Figur ab mit meinem adretten Sonntagshemd, meiner Kerze vom Shoppingkanal M6 und meinem Babymikro, das an einem gelben Spiralkabel hängt. Nein, es ist wirklich besser für mich, wenn ich das nicht sehen muss.

Ich räuspere mich und drücke auf den großen REC-Knopf (den blauen). Das Band läuft los, ich räuspere mich noch einmal und ich ... ich ... ähm ... oh, Scheiße, ich spule zurück.

He, Junge, jetzt aber ran.

Ich hole tief Luft, wie früher, wenn ich versucht habe, das Hafenbecken in seiner ganzen Länge zu durchtauchen, um vor den Mädchen im Ferienlager anzugeben, und drücke noch einmal auf den blauen Knopf.

Tauche ab:

»Mélanie … Mélanie, ich kann nicht bei dir bleiben. Ich … na ja, wenn du diese Nachricht hörst, bin ich schon weg, weil ich … weil ich nicht länger mit dir zusammenleben will.«

(Stille.)

»Ich weiß, ich hätte dir einen Brief schreiben sollen, aber weil ich Angst habe, Rechtschreibfehler zu machen, und weil ich dich kenne und weiß, dass du, sobald du irgendwo einen entdeckst, den Schreiber dafür verachtest, will ich dieses Risiko lieber nicht eingehen.

Siehst du, ich schicke dir diese Nachricht, um dir ein paar Erklärungen zu geben, und da fällt mir auf, dass diese eine schon ausreichen würde: Mélanie, ich trenne mich von dir, weil du Menschen verachtest, die Rechtschreibfehler machen.

Ich nehme an, dass dir das als Grund etwas oberflächlich vorkommt, aber für mich ist es ganz klar. Ich trenne mich von dir, weil du keine Nachsicht kennst und weil du bei Menschen nie das siehst, was wirklich zählt. Offen gestanden, was spielt es für eine Rolle, ob man ›ss‹ oder ›ß‹ schreibt, ›wegen dem Pulli‹ oder ›wegen des Pullis‹, he? Was spielt es für eine Rolle? Natürlich tut es ein wenig in den Ohren weh oder auf der Zunge, aber na und? Mehr Schaden richtet es doch nicht an, oder? Es macht nicht die Menschen, ihr Herz, ihr Engagement oder ihre Absichten kaputt, das heißt, doch, es macht alles kaputt, weil du sie schon verachtest, noch bevor sie den Satz zu Ende gesprochen haben … und äh … ich … ich komme vom Thema ab. Ich wollte ja nicht von der Sprachkommission reden.

Wenn ich es schnell hinter mich bringen wollte, würde ich sagen, zwei Menschen sind schuld daran, dass ich mich von dir trenne: Alice und Isaac. Denn damit, ja, damit wäre alles gesagt. Ich trenne mich von dir, weil ich Leute kennengelernt habe, die mir klargemacht haben, wie sehr wir uns verkalkuliert haben, wir zwei. Aber darüber will ich nicht sprechen. Zum einen, weil du sie dann noch schiefer anschauen würdest als ohnehin, und außerdem will ich sie nicht mit dir teilen.«

(Pause. Autosirene in der Ferne.)

»Neben hundert anderen Sachen haben sie mir klargemacht, dass … dass wir nur so tun als ob, dass wir uns belügen, dass wir alles unter den Teppich kehren.

Ich spreche von Liebe, Mélanie. Seit wann lieben wir uns nicht mehr? Nicht mehr richtig, meine ich. Weißt du es? Seit wann haben wir Sex, anstatt Liebe zu machen? Es läuft immer gleich ab, ich weiß, was dir Lust bereitet, und tue es, und du weißt, wie du mich zufriedenstellst, und du tust es, aber … Was aber? Was soll das? Wir befriedigen uns beide, dann schlafen wir ein? Nein, verdreh nicht die Augen … Du weißt, dass ich recht habe. Das weißt du.

Es ist traurig in unserem Bett.

Alles … alles ist mittlerweile traurig.

Aber das ist noch nicht alles. Da ich dich gut kenne und weiß, dass dir so schnell die Luft nicht ausgehen wird und du dich in allen Tonlagen und jedem gegenüber, der es hören will, darüber auslassen wirst, was für ein Dreckskerl ich bin, ein richtiger Dreckskerl, wenn man bedenkt, was du alles für mich getan hast, was deine Familie für mich getan hat, die Wohnung, die Miete, die Ferien und so weiter, und weil mir davon schon jetzt die Ohren klingeln, werde ich dir die drei Gründe für mein Verschwinden nennen. Drei kurze Gründe, damit du noch mehr Anlass hast, schlecht über mich zu reden.

Ich nenne sie dir nicht, um mich zu rechtfertigen, ich nenne sie dir, damit du dir daran die Zähne ausbeißen kannst. Weil du das gerne magst. Etwas zum Knabbern, Kauen und Wiederkäuen *ad nauseam* zu haben, wie blöd die Menschen doch sind und dass du das, was dir widerfahren ist, wirklich nicht verdient hast, und … Ja, das ist deine Spezialität, immer anderen die Schuld in die Schuhe zu schieben, anstatt dich selbst in Frage zu stellen. Ich bin dir deswegen nicht böse, ich beneide dich sogar, weißt du, ich beneide dich sogar. Hin und wieder wäre ich gern wie du. Das würde mir das Leben erleichtern. Und außerdem weiß ich, dass du so erzogen wurdest, dass du ein Einzelkind bist, dass deine Eltern dich immer vergöttert haben, dass sie dir alles haben durchgehen lassen und du … und dir das am Ende den Charakter verdorben hat.

Sogar bei deinem kleinen dämlichen Bretonen haben sie beide Augen zugedrückt, das sagt schon alles! Ja, ich weiß, dass du es nicht böse meinst. Aber egal. Ich nenne dir die Gründe trotzdem, dann hast du was zu tun. Dann habt ihr was zu tun, deine Mutter und du.«

(Stille.)

»Ich trenne mich von dir, weil du mir im Kino am Ende jeden Film verdirbst … Jedes Mal … Jedes Mal bringst du das fertig.

Dabei weißt du genau, wie wichtig es mir ist, noch ein wenig im Dunkeln sitzen zu bleiben, um mich wieder zu berappeln, indem ich auf der Leinwand die ganze Latte an fremden Namen lese, die für mich wie eine Luftschleuse sind zwischen Traum und Straße … Dir geht das auf den

Wecker, okay, aber ich habe dir schon hundert Mal gesagt: Dann geh vor mir raus, warte in der Halle auf mich, im Café, oder geh lieber mit deinen Freundinnen ins Kino, aber tu mir das nicht mehr an, dass du mich fragst, in welches Restaurant wir gehen sollen, oder dass du mir von deinen Kolleginnen oder deinen drückenden Schuhen erzählst, wenn der Film eben erst zu Ende ist.

Ja, auch wenn es kein guter Film war. Das ist mir egal. Wenn ich bis zum Ende geblieben bin, gehe ich nicht raus, bevor ich mich nicht vergewissert habe, dass noch dem Bürgermeister im hinterletzten Kaff gedankt wurde und die Worte Dolby und Digital am Ende aufgetaucht sind. Auch wenn es ein dänischer oder koreanischer Film war und auch wenn ich kein Wort verstehe, ich brauche das. Bald sind es drei Jahre, dass wir zusammen ins Kino gehen, drei Jahre, in denen ich spüre, wie du dich von den ersten Zeilen des Nachspanns an regelrecht verkrampfst und … und du … du kannst mich mal, Mélanie. Geh mit einem anderen ins Kino. Ich habe nicht viel von dir verlangt, ich glaube sogar, dass dies das Einzige war, worum ich dich jemals gebeten habe … und doch … Fehlanzeige.«

(Stille.)

»Der zweite Punkt ist, dass du immer die Spitze von meinem Kuchen naschst, und auch das kann ich nicht mehr ertragen. Weil du angeblich auf deine Linie achtest, bestellst du dir nie ein Dessert, und sobald meins kommt, schnappst du dir meinen kleinen Löffel und futterst die Spitze. Das allein gehört sich schon nicht. Und auch wenn du weißt, was ich antworten werde, könntest du mich um Erlaubnis bitten, und sei es nur, um mir die Illusion zu geben, dass ich noch existiere. Außerdem ist die Spitze das Beste am ganzen Kuchen. Vor allem bei der Zitronentarte, beim Cheesecake und beim Flan, was, wie du weißt oder wie du vielleicht mal wusstest, meine Lieblingsdesserts sind.

Du kannst deinen getreuen Kumpels also sagen: ›Könnt ihr euch vorstellen? Nach allem, was ich für ihn getan habe, verlässt mich der Blödmann wegen eines Kuchenstückchens!‹, denn das wäre die Wahrheit. Aber vergiss nicht, darauf hinzuweisen, dass es um die Spitze ging. Alle Naschkatzen werden das verstehen.

Der letzte Punkt, und das ist der Wichtigste, glaube ich: Ich gehe, weil es mir nicht gefällt, wie du dich meinen Eltern gegenüber benimmst. Dabei habe ich sie dir weiß Gott nicht sehr oft zugemutet. Wie oft haben wir sie besucht, seit wir zusammen sind? Zweimal? Dreimal? Egal, ich will lieber nicht daran denken, dann fühle ich mich ganz beschissen.

Ich weiß ja, dass sie weniger gebildet sind als deine. Weniger intelligent, weniger gepflegt, weniger interessant. Dass ihr Haus ziemlich klein ist, dass es dort viele Zierdeckchen und Trockenblumensträußchen gibt, aber weißt du, es ist genau wie mit den Rechtschreibfehlern, es ... es sagt überhaupt nichts über sie aus. Nichts Wichtiges jedenfalls. Die Stickereien, das Wohnmobil hinten im Garten und die venezianischen Masken, die sagen etwas über ihren fehlenden Geschmack, schon klar, aber sie sagen nichts über sie. Über ihre Toleranz und ihre Freundlichkeit. Zugegeben, meine Mutter ist nicht so gewandt wie deine, sie weiß nicht, wer Glenn Gould ist, sie verwechselt Monet und Manet und hat Angst, in Paris Auto zu fahren, aber wenn du dich dazu durchgerungen hast, sie zu besuchen, Mélanie, ging sie dir zu Ehren immer zum Friseur. Ich weiß nicht, ob es dir aufgefallen ist, aber mir ist es aufgefallen, und es hat mir jedes Mal ... jedes Mal ... wie soll ich sagen ... jedes Mal hat es mir einen Stich versetzt. Ihre unterwürfige Haltung dir gegenüber, weil du schlank und weltgewandt bist und von ihrem Sohn geliebt wirst und weil … und weil, es ist albern, aber all das verleiht dir eine außergewöhnliche Aura … Für meinen Vater geht sie nie zum Friseur, aber für dich, um dir ihren Respekt zu erweisen, o ja, sie macht sich hübsch. Und du kannst dir nicht vorstellen, wie gerührt ich darüber bin. Du nicht, was? Du isst nur widerwillig und rümpfst die Nase, sobald dein nobler Blick auf ihre Muschelfigürchen fällt oder ihre Encyclopædia Universalis, die ordentlich aufgereiht dasteht, aber nie aufgeschlagen wird, aber weißt du, ich … ich, als kleiner Junge habe ich nie erlebt, dass meine Mutter es sich gutgehen ließ oder mit ihren Freundinnen shoppen ging, weil meine Großeltern bei uns gewohnt haben, und um die hat sie sich nonstop gekümmert. Und als das vorbei war, als sie ihnen nicht mehr die Haare und Nägel schneiden musste und ihnen jeden Tag bergeweise Kartoffeln, Bohnen oder was auch immer zum Schälen hinstellen musste, damit sie das Gefühl hatten, sie wären noch zu etwas nütze, als sie schließlich ihre Ruhe hatte, weil die Alten endlich auf dem Friedhof lagen, schwuppdiwupp, haben die Kinder meiner Schwester ihren Platz eingenommen. Und weißt du was? Ich habe nie gehört, dass sie sich beklagt hat. Nie. Ich habe sie immer fröhlich gesehen. Kannst du dir das vorstellen?

Immer fröhlich … Kannst du dir vorstellen, wie viel Kraft und Energie man braucht, damit diese beiden Worte in einem Leben die ganze Zeit zusammenbleiben? Verdammt, wenn das nicht der Inbegriff von Stil ist, dann weiß ich auch nicht! Ich will dir mal was sagen, Mélanie: Zwischen der Fröhlichkeit meiner Mutter und deinen Goldberg-Variationen von Gould sehe ich überhaupt keinen Unterschied. Es ist derselbe Geist. Und diese Frau, diese Königin, diese Königin der kleinen Leute, jedes Mal, wenn sie mich anruft, fragt sie nach dir, und … und manchmal lüge ich, weißt du … Manchmal sage ich, bevor ich auflege: ›Mélanie lässt dich grüßen‹ oder ›Mélanie lässt euch Grüße ausrichten‹ und … äh … ich habe keine Lust mehr zu lügen, ganz einfach.«

STOP (roter Knopf).

Puaaaaaah…

Ich tauche aus dem Wasser auf und schüttele mich wie die sportlichen Typen im Olympiastadion.

He? Ich habe tatsächlich das ganze Becken geschafft, oder?

Und wo sind jetzt die hochnäsigen Mädels vom Club Balou? Sind sie noch da? Haben sie mich wenigstens gesehen?

zehntens, das andere Ufer

Was für eine Heldentat.

Ich spule ein wenig zurück, um zu sehen, ob mein sarkastischer Plan, ho, ho, funktioniert hat, ich teste die Aufnahme, und was höre ich? Eine verklemmte Piepsstimme, die von einem Wohnmobil spricht …

Oh, mein Gott. Ich schneide mir sofort das Wort ab.

Erschütternd.

Ich bin erschüttert.

Oje … Ist das schwer, man selbst zu sein, wenn einen dieses Selbst nicht inspiriert. Ist das schwer.

Es ist Viertel nach drei. Ich brauche noch einen Kaffee.

Ich spüle meine Tasse, hebe den Kopf, und da ist es, mein Spiegelbild, ich sehe es.

Betrachte es.

Ich denke an Isaac, ich denke an Alice, ich denke an Gabrielle, ich denke an Schubert und an Sophia Loren, an Jacquelines Hinterteil und ihre tröstende Mauer.

Ich denke an die Gerechten, ich denke an meine Eltern.

Ich denke an meinen Job, an mein Leben, an meine Essensmarken, an meine Bequemlichkeit, an meine Sicherheit, an den Begriff Engagement – was ich mir unter Engagement vorstelle –, an Geld, Knete, Kohle, Mäuse, Schotter, an meine Vorteile, an meine Kollegen, an meinen Chef, an ihre Versprechen und an meinen unbefristeten Arbeitsvertrag.

Unbefristet … Wie kann so ein schwaches Wort eine solche Bedeutung erlangen?

Wie nur?

Dann betrachte ich das Spielzeug auf meinem Tisch, das sich in eine Art Zeitbombe verwandelt hat, und senke erneut den Kopf.

Ich mag die Vorstellung nicht, Mélanie wehzutun.

Ich liebe sie nicht mehr genug, um noch länger in der Komödie vom netten Pärchen mitzuspielen, aber ich mag Menschen zu sehr, um einen von ihnen verletzen zu wollen, und sei es auch die Frau, die mir meine Filme, meine Desserts und meine Kindheit skalpiert.

Ja. Nicht einmal sie.

Wie schwer ist es, gemein zu sein, wenn man ein freundlicher Mensch ist. Wie schwer ist es, sich von jemandem zu trennen. Wie schwer ist es, sich zu sammeln, sich in Reih und Glied hinzustellen und einen Vortrag zu halten, wenn man nicht autoritär sein will.

Wie schwer ist es, sich selbst so viel Bedeutung beizumessen, dass man unilateral beschließt, das Leben eines anderen Menschen zu verändern, und wie albern ist es, mit sechsundzwanzig Jahren in der Küche des kleinen spießigen Apartments, das der alten Tante der dienstlich abwesenden Partnerin gehört, um drei Uhr morgens das Wort »unilateral« zu verwenden.

Gut.

Ich habe gerade einen Durchhänger …

Was mache ich?

Was mache ich mit meinem Leben?

Was mache ich mit meinen Wuffwuffs?

Verdammte Kacke.

Jetzt fange ich auch noch an zu fluchen.

Himmel, was für ein Elend.

Fassen wir zusammen: Was man braucht, ist Egoismus. Ein bisschen Egoismus wenigstens. Sonst lebst du nicht wirklich, und am Ende stirbst du trotzdem.

Genau …

Auf, Yannou. Nur Mut. Hol deinen Schwanz raus und dein Messer.

Wenn du es schon nicht für dich machst, dann tu's für deine Cheesecakes.

Okay, okay, aber mal ganz blöd gefragt: Wie tritt man egoistisch auf, wenn man es gar nicht ist? Wenn man in einer Welt erzogen wurde, in der der andere mehr zählt als man selbst? Noch dazu mit so viel Wasser vor den Augen? Man muss sich zwingen, stimmt's? Ich kann noch so sehr versuchen, mich an diese Vorstellung zu klammern: Ich, Ich, Ich, Mein Ich, Mein Leben, Mein Glück, Mein Nest, ich kriege sie nicht zu fassen. Sie interessieren mich nicht. Es ist das Gleiche wie mit Mickeys Schwanz auf der Kirmes: Ich habe zwar den Arm gehoben und so getan, als wollte ich ihn erhaschen, um meine Mutter zu beruhigen, aber ich wollte ihn nicht wirklich haben. Ich fand ihn hässlich, auch wenn er eine Extrarunde Autoscooter versprach.

Den Kopf gesenkt, die Zähne zusammengebissen, die Schultern eingezogen, die Arme verschränkt, die Brust verschlossen, denke ich nach.

Ich verschließe mich in mir, von außen dringt nichts durch, ich höre meinen Herzschlag, ich atme langsam und versuche, mich von der Müdigkeit und meiner Liebenswürdigkeit, die sich zu diesem lächerlichen Gipfeltreffen selbstverständlich eingestellt haben, nicht unterkriegen zu lassen.

Ich denke.

Ich denke an Isaac.

Ich sehe keinen anderen als ihn, Isaac Moïse, der mich von einem Ufer zum anderen bringen könnte. Ich rufe mir sein Gesicht in Erinnerung, seine Geschichten, sein Schweigen, seine Blicke, sein mal polterndes, mal kindisches Lachen, seine Böswilligkeit, seinen Egoismus, seine Großzügigkeit, seinen bescheuerten Vorwand vorhin mit dem Etikett und seine Art, mich am Handgelenk zu packen in einem Augenblick, in dem ich es so nötig hatte.

Ich rufe mir seinen Satz über die Höflichkeit in Erinnerung und den Ton, den er dabei angeschlagen hat. Ganz sanft ... sanft und grausam ... Und ich klammere mich mit aller Macht daran.

Ich klammere mich daran, weil es die einzige Gewissheit ist, die ich in diesem Schlamassel noch finden kann, die einzige. Ja, doch, so bin ich: höflich.

Und weil ich höflich bin, werde ich mich am Ende aufrichten und mich von mir selbst befreien, und ich drücke ein letztes Mal auf den blauen Knopf, bevor ich Misias kleinen Kassettenrekorder unten in den Kühlschrank stelle.

Damit es Mélanie erspart bleibt, sich neben meiner Willensschwäche auch noch die Musik meiner pickeligen Jugendjahre anzutun. Meinen *Paradise Circus* und meine *Unfinished Sympathy*.

Und während meine alte Kassette das Geräusch der Kälte aufzeichnet, packe ich meine Sachen.

⋆

Mein Seesack liegt bereit. Saubere Wäsche, dreckige Wäsche, Rasierer, Bücher, Laptop, Verstärker, alles passt rein.

Das ist der Vorteil, wenn man sich nicht liebt ...

Ich hole den Rekorder und drücke endlich auf EJECT.

Das Fach öffnet sich mit dem Geräusch einer Zange. Tschack. Die Fesseln sind weg.

Ich schreibe ihren Vornamen auf die Kassette und lege sie auf ihr Kopfkissen.

Hm, lieber nicht ... Auf den Küchentisch.

Wenn es mir schon an Größe fehlt, machen wir es wenigstens mit Anstand.

⋆

Ich lasse meinen Schlüssel zurück, ziehe die Tür zu und gehe hoch in den vierten Stock.

Ich stelle meinen Hausrat zu meinen Füßen ab, knöpfe meine Cabanjacke zu, hole meine Handschuhe heraus, setze mich und treffe wieder auf meine Wand.

Ich schmiege mich an sie.

Ich warte, bis Alice oder Isaac die Tür aufmachen.

Ich muss ihnen unbedingt das Spielzeug der Kleinen zurückgeben und ihnen eine letzte Frage stellen.

elftens, der Horizont

Ich heiße Yann André Marie Carcarec, ich bin in Saint-Brieuc zur Welt gekommen, in wenigen Monaten werde ich siebenundzwanzig, ich bin 1,82 Meter groß, habe braune Haare, blaue Augen, kein Vorstrafenregister und keine besonderen Kennzeichen.

Ich war ein Kind, das nicht auffiel, ein Erstkommunionkind wie aus dem Bilderbuch, das Maskottchen meines Optimistenclubs, ein ruhiger Gymnasiast, ein gern gesehener Abiturient, ein gewissenhafter Student, ein Liebhaber mit großem Herzen und eine treue Seele.

Ich hatte mir irgendeinen Job gesucht, weil ich keine Vorliebe, keine Leidenschaft für einen bestimmten Beruf hatte, ich hatte gerade einen unbefristeten Arbeitsvertrag unterschrieben, der mir erlaubt hätte, mich zuerst ein wenig zu verschulden, um mich später noch etwas mehr zu verschulden, und ich ging mit einem Mädchen aus, das einer Familie entstammte, die viel vornehmer war als meine. Ein

Mädchen, das mir die angenehmen Seiten der Bourgeoisie gezeigt hat und auch ihre Grenzen. Das mir Schliff beigebracht hat, das gebe ich zu, das mich aber auch, ohne es zu wissen, damit versöhnt hat, als Enkel eines Fischkutterbesitzers in einer Drecklache aufgewachsen zu sein. Das mir ermöglicht hat zu erkennen, dass man sich in meiner Familie zwar weit weniger an die Etikette hielt als in ihrer, sich aber besser benahm. Dass man weniger Wert auf Formen legte, die Kette aber länger und der Anker stärker waren. Und man nicht so schlecht über andere redete. Und uns die anderen weniger beschäftigten. Vielleicht waren wir zu dumm, um weiter als bis zur eigenen Nasenspitze zu sehen, vielleicht lag es aber auch daran, dass am Ende unserer Nase der Horizont begann.

Vielleicht sorgte diese Linie dort, dieser unendliche Strich zwischen Himmel und Meer seit alters her dafür, dass die Menschen weniger arrogant waren.

Vielleicht … Ich weiß es nicht … Es ist bestimmt nicht richtig zu verallgemeinern, aber na ja … ihrem Vater fiel nie der richtige Vorname ein, wenn er mir die Flosse schüttelte, mal sagte er Yvan, mal Yvon, mal Erwann, auf die Dauer wirkte das verdächtig.

Sie, seine Tochter, habe ich geliebt. Von Herzen geliebt. Aber ich wusste nicht mehr, was sie erwartete. Ich enttäuschte sie, sie enttäuschte mich. Wir trauten uns nicht, es uns einzugestehen, aber unser Körper war weniger höflich als wir und sagte Dinge in der Intimität. Ihr Duft, ihr Aroma, ihr Atem, ihr Schweiß, alles verbündete sich gegen mich. Alles hatte sich geändert, um mich aus dem Sattel zu werfen. Und ich nehme an, dass dies umgekehrt auch der Fall war. Dass die Seife, die Zahnpasta und mein *Eau sauvage* meine Verlegenheit nicht immer überdecken konnten.

Nein, ich nehme es nicht an, ich weiß es.

Ich habe es gewusst.

Gestern Abend war ich allein. Ich wollte ins Kino gehen, aber meine Wohnungstür wurde von einem Möbelstück versperrt. Es gehörte Nachbarn, die ich kaum kannte. Leuten, die zwei Stockwerke über mir wohnen. Ein Paar mit zwei Töchterchen. Ich habe angeboten, ihnen beim Hochtragen zu helfen und es in ihrer Wohnung abzustellen, und dann bin ich bis in die frühen Morgenstunden bei ihnen geblieben.

Am nächsten Tag, also heute Morgen, bin ich in den TGV gestiegen und habe während der ganzen Fahrt geschlafen, dann ging's weiter mit dem Bus. Eine Stunde später stieg ich an einem kleinen, von Platanen gesäumten Platz aus und setzte mich in ein Café. Eins, das mich inspirierte und das in der schönen Jahreszeit sicher für jede Menge Trostrunden beim Boulespiel herhalten muss. Nachdem ich mein Glas Wein getrunken hatte, zog ich einen Zettel aus der Tasche und hielt ihn in die Runde, damit mir jemand zeigte, in welche Richtung ich musste und an welcher Straße ich meinen Daumen ausstrecken konnte.

Der Zettel wurde mir entrissen, kommentiert, von mehreren Händen befühlt, und am Ende war er ganz zerknittert.

Wie eine Karte. Eine Schatzkarte mit dem Kreuz des Südens in der Mitte. Als ich mich bedankte, bekam ich ein vielstimmiges »Gern geschehen« zur Antwort. Ich sprang auf und machte mich auf den Weg.

Ich musste nicht sehr lange warten. Ein junger Kerl nahm mich in seinem Lieferwagen mit. Er war Maurer. Eigentlich baute er Schwimmbecken, aber jetzt, in der Saure-Gurken-Zeit, renovierte er Friedhofsgruften. Daumen und

Zeigefinger nach oben gereckt, zielte er auf Krähen in der Ferne und erlegte sie mit onomatopoetischen Schüssen. Als er sich eine Zigarette drehte, klemmte er das Steuer zwischen die Knie und beschleunigte, um den Wagen zu »stabilisieren«. Er würde bald Vater werden. Vielleicht sogar heute Abend. »Scheiße, Mann«, murmelte er, »verdammt, jetzt wird's brenzlig ...«

Ich lächelte. Alles, was er sagte, bezauberte mich. Ich mochte seine Stimme, seinen Akzent, seine Redseligkeit. Sein Auftreten als Al Pacino Südfrankreichs. Er war etwa in meinem Alter, er hatte schon einen Lieferwagen, auf dem sein Name und Vorname standen, war sozialversichert und hatte eine Familie. Echt exotisch.

An einer Abzweigung setzte er mich ab. Es tat ihm leid, dass er den Umweg nicht für mich machen konnte, wegen des Babys ... Es war ganz dahinten, hinter dem Hügel. Ich konnte der Straße folgen, aber schneller ginge es, wenn ich querfeldein liefe. Ich bedankte mich. War erleichtert, etwas laufen zu müssen. Ich hatte Lampenfieber. Ich redete mir ein, dass mich das Gewicht meines Seesacks multipliziert mit der Zahl meiner Schritte entspannen würde.

Eine Annahme unter tausend anderen, die mir die Sicht trübten.

Ich dachte nach, ich lief, ich bastelte an einem Plan.

Ich stellte mir verschiedene Unterhaltungen und Antworten vor und ging immer schneller, versuchte, meinen Einwänden davonzulaufen.

Die Tasche schnitt mir in die Schulter. An der Straße stand eine Art Häuschen. Die Tür ließ sich leicht öffnen. Dort packte ich meine Bücher aus.

Ich würde zurückkommen.

Kein Mensch stiehlt Bücher.

Ich erkannte das Haus. Es sah so aus wie auf meinem Zettel. Ich stellte meine Tasche neben dem Torbogen ab, betrat den Hof und steuerte auf den gepflegtesten Teil der Anlage zu. Auf das Gebäude, wo Stiefel vor der Tür standen und Vorhänge in den Fenstern hingen. Ich klopfte. Keine Antwort. Etwas lauter. Nichts.

Damned. Kein Schatz.

Ich sah mich um. Ich versuchte zu verstehen, wo ich war, wie alles zusammenhing und was ich auf diesem gottverlassenen Hof wollte. Es war verwirrend.

Schließlich öffnete sich hinter meinem Rücken die Tür. Mit einem breiten Lächeln anstelle von Blumen drehte ich mich um. Doch leider verwelkte es rasch.

Scheiße, damit hatte ich nicht gerechnet.

Stand es schon so schlimm um sie?

Mit dem Kinn deutete sie auf einen Schuppen. Wenn ich ihn dort nicht fand, brauchte ich bloß den Weg zu Ende zu gehen und zu schauen, ob ich an den Hängen einen Menschen sah.

»Einen Menschen oder einen Hund! Wenn Sie einen Hundeschwanz sehen, ist der gute Mann nicht weit!«

Sie amüsierte sich köstlich.

Ich war schon ein paar Schritte gegangen, als sie hinzufügte:

»Erinnern Sie ihn daran, dass Tom um sechs ins Training muss! Er weiß Bescheid! Danke!«

Ich war ganz durcheinander. Ich, der ich Menschen für gewöhnlich sehr aufmerksam betrachtete, hätte sie nicht beschreiben können. Weder ihr Gesicht noch ihre Kleidung oder ihre Haarfarbe. Das Einzige, woran ich mich erinnern konnte, war das, worüber ich verzweifelt versucht hatte, hinwegzuschauen: zwei Krücken.

Was genau hatte ich erwartet?
Ich weiß es nicht …
Etwas Spektakuläreres …

Eine Szene.
Eine schöne Szene.
Wie in einem Film oder in einem Buch.

Ein Licht, ein majestätischer Himmel und ein aufrechter Mann.

Ja, genau: ein aufrechter Mann mit einem … äh … einer Art Gartenschere in der Hand.

Oder auch ein Orchester, warum nicht. Die Trompeten aus *Star Wars*, *Der Walkürenritt* oder sonst so einen Quatsch.

Stattdessen stand ich in der Tür zu einem neonbeleuchteten Schuppen mit einem Hund, der meinen Schwanz beschnupperte, und mit den Posthörnern der Quiz-Sendung *Große Denker* als musikalischer Umrahmung.

Klasse, Yannou, klasse …

He, dein Leben ist keine Hure, dein Leben ist ein dicker Bastard!

Ich konnte die Augen noch so sehr zusammenkneifen, ich sah rein gar nichts.

»Ist da jemand?«

Über der Motorhaube eines Traktors (keine Ahnung, ob ein Traktor eine Motorhaube hat, ich bin nicht mal sicher, ob das Vehikel überhaupt ein Traktor war) richtete sich eine struppige Gestalt fluchend auf.

»Tag«, grunzte er, »Sie sind von der Versicherung, stimmt's? Parker! Bei Fuß, Herrgott noch mal!«

Hilfe.

Äh … Können wir das Ganze noch mal ohne den Köter haben?

Er musterte mich. Man konnte spüren, dass er seine Zweifel hatte. Für einen Versicherungsagenten war ich arg salopp gekleidet, oder?

Da ich keine Antwort gab, drehte er mir schließlich den Rücken zu:

»Kann ich Ihnen helfen?«

In dem Moment …

Ja, in dem Moment bin ich herausgeplatzt:

»Nein«, habe ich geantwortet, »nein. Sie können mir nicht helfen, aber ich … Darum bin ich hier. Um Ihnen zu helfen. Sorry. Guten Tag. Ich heiße Yann. Ich … äh …« (er hatte sich umgedreht), »gestern Abend habe ich Isaac Moïse kennengelernt. Er hat mich zum Abendessen eingeladen, wir haben von Ihrem Wein getrunken, und er hat mir von Ihnen erzählt. Er hat mir Ihre Geschichte erzählt und auch den … die Krankheit Ihrer Frau erwähnt und … und all das. Er hat mir gesagt, dass Sie keine Zukunft mehr sehen, dass Sie erschöpft sind, dass Sie beschlossen haben, Ihren Betrieb zu verkaufen, und dass …« (er starrte mir jetzt ins Gesicht, und ich schaute weg, um nicht umzukippen, ich zählte die Ölflecken auf seinem Arbeitsanzug) »und nein … nein. Sie werden nicht verkaufen. Sie werden nicht verkaufen, ich habe Ihretwegen meinen Job hingeschmissen. Meinen Job, mein Leben, meine Freundin, alles … Das heißt, nein … nicht Ihretwegen, meinetwegen, und ich … der … Die Moïses stellen mir bis zum Sommer ihr Haus zur Verfügung, ich habe zwei Arme, zwei Beine, alle erforderlichen Impfungen, ich bin Bretone, ich habe einen Dickschädel, ich kenne mich zwar mit Wein nicht aus, aber ich lerne schnell. Ich lerne schnell, wenn mich etwas interessiert. Und außerdem habe ich den Führerschein. Ich kann Fahrten übernehmen. Ich kann einkaufen fahren. Ich kann mich um das Essen kümmern. Ich kann Tom nachher zum Training bringen, wenn Sie wollen. Ich kann alles machen, was Ihre … was Ariane gemacht hat und im Moment nicht mehr machen kann. Und auch meine Eltern werden Ihnen helfen. Mein Vater war Finanzbuchhalter, jetzt ist er im Ruhestand, aber er kann immer noch genauso schnell rechnen und wird Sie so gut es geht unterstützen, davon bin ich überzeugt. Außerdem gehören meine Mutter und er zu einer Art Rentnerclub, die im Wohnmobil durch Europa zuckeln, und für die Weinlese werden sie alle kommen, Sie werden sehen … meine Eltern und ihre englischen, italienischen, holländischen Freunde, die ganze Clique. Und ich kann Ihnen garantieren, das wird hier abgehen, diese Leute werden keine Mühe scheuen für Sie, sie werden sogar stolz sein! Sie dürfen nicht verkaufen, Pierre. Was Sie bisher geschafft haben, ist doch großartig. Geben Sie nicht auf.«

Stille.

Bleierne Stille.

Beschissene Stille.

Totenstille im fahlen Neonlicht.

Der Bursche sah mir direkt in die Augen. Sein Gesicht zeigte keinerlei Regung. Hielt er mich für verrückt? Hatte er längst das Handtuch geworfen? Hatte er bereits etwas unterschrieben? Wäre es ihm lieber gewesen, ich wäre Versicherungsvertreter? Liquidator? Notariatsgehilfe? Suchte er nach einer passenden Antwort, um mich dahin zurückzuschicken, woher ich gekommen war?

Wog er sorgfältig seine Worte ab, um mir gleich um die Ohren zu schlagen, dass ich ein lächerlicher Pariser Schnösel war, der mit sich nicht zurande kam und ein Bioabenteuer suchte?

War er taub? War er dumm? Äh … war er hier überhaupt der Chef? War er Pierre Cavanès? Kannte er denn meine Nachbarn? War er ein einfacher Landarbeiter? Oder reparierte er hier nur den Traktor?

Verstand er Französisch?

Huhu, edler Eingeborener, du verstehen, was ich dir sagen?

Stunden vergingen. Mist, langsam wird's brenzlig, wie mein Maurerfreund sagen würde. Ich wusste nicht mehr, ob ich noch einen Schritt nach vorn machen sollte oder lieber die Beine unter den Arm nehmen.

Das Problem ist, dass ich überhaupt keine Lust hatte zu gehen. Ich war von weit her gekommen und hatte seit gestern einen langen Weg hinter mich gebracht. Ich konnte jetzt nicht einfach gehen.

Die Neonröhren fiepten, das Radio knatterte, der Hund zählte die Punkte, und ich selbst wartete. Ich hatte immer noch das Etikett der Weinflasche in der Hand und folgte den Anweisungen meines Freundes Isaac: Ich forderte das Schicksal heraus.

War ich grotesk? War die Situation grotesk? Egal. Pech für mich. Ich wollte gern noch mal Hiebe einstecken, aber ich würde mein Nest nicht verlassen. Noch nicht. Nicht mehr.

Ich hatte die Schnauze voll vom Höflichsein. Das zahlte sich nicht aus.

»Oje …«, sagte er schließlich, »habt ihr denn sooo viel getrunken?«

Sein Gesicht war noch genauso undurchdringlich, aber ein Quentchen Ironie, ein spöttischer, melodiöser Tonfall hatte sich zu dem Fragezeichen gesellt.

Ich lächelte.

Er betrachtete mich noch einen Moment, bevor er sich wieder für seinen Motor interessierte.

»Aha, demnach hat Moïse Sie geschickt ...«

»Höchstselbst.«

Stille. Lange Stille.

Große Denker.

Unbehagen.

Nach ... ich weiß nicht ... zehn, fünfzehn, zwanzig Minuten vielleicht hob er den Kopf und deutete mit dem Blick auf das Lenkrad:

»Dann leg mal los. Ich will sehen, was du kannst.«

Und ich legte los.

Wollte sehen, was ich kann.

Minnesang

1.

»Hör auf, sag ich. Vergiss es.«

Ich hatte überhaupt keine Lust mitzukommen. Ich war todmüde, fühlte mich hässlich und hatte außerdem die Schamhaare nicht entfernt. Dann läuft bei mir sowieso nichts, und wenn klar ist, dass ich nichts an Land ziehen werde, geb ich mir am Ende eh nur die Kante. Ich weiß, ich bin zu empfindlich, aber ich kann nicht anders: Wenn ich und meine Muschi nicht perfekt sind, verschließ ich mich wie eine Auster.

Zumal ich mich vorhin beim Herrichten der Käfige mit meinem blöden Chef in die Wolle gekriegt hab, und das drückt mir mächtig auf die Stimmung.

Es ging um das neue Sortiment von ProCanina, *Puppy Sensitive*.

»Das verkauf ich nicht«, hab ich zu ihm gesagt, »das ist Beschiss. *Trägt zur Verbesserung der Hirntätigkeit und Sehkraft bei*«, hab ich ihm vorgelesen und ihm seine verfluchte Tüte mit den Kroketten für 22 Euro die 3 Kilo zurückgegeben. *Verbesserung der Hirntätigkeit*, so ein Schwachsinn … Und außerdem, wenn das stimmt, dann sollte er sie am besten selber futtern, was?

Mein Vorgesetzter zog schimpfend ab: mein Aufzug und mein Benehmen und meine Ausdrucksweise und sein Bericht, den er an die obere Etage geben würde, und mein Vertrag, den ich niemals bekäme, und so weiter und so fort, aber das ging mir am Arsch vorbei. Mich kann keiner rauswerfen, das weiß er genauso gut wie ich. Seit ich hier arbeite, hat sich der Umsatz mehr als verdoppelt, und zum Einstand hab ich meine früheren Kunden von Truffaut mitgebracht, also ...

Verpiss dich, Bleichgesicht, verpiss dich.

Friss deine Kroketten.

Keine Ahnung, was er mit diesem Lieferanten hat. Ich nehm an, dass ihm der Händler alles Mögliche in Aussicht stellt ... DVD-Player, die als digitale Zigarettenanzünder fungieren, oder ein Camping-Wochenende bei Mer & Vacances oder, besser noch, ein Camping-Wochenende bei Mer & Vacances, das als Verkaufsseminar getarnt ist, damit sich sein Schwanz fernab von seiner Alten verlustieren kann.

Das würde passen ...

Ich hockte gerade bei meiner Freundin Samia. Futterte die selbstgebackenen Kekse ihrer Mutter und sah zu, wie sie sich die Haare glättete. Das dauert Stunden. Den Schleier auf der Seite tragen, das ist die wahre Befreiung der Frau. Ich leckte mir die honigverschmierten Finger ab und bewunderte ihre Geduld.

»Hä? Seit wann verkauft ihr Futter für Papis?«, fragte sie mich.

»Was?«

»Deine Kroketten, mein ich ...«

»Für *Puppies*. Das ist Englisch und heißt junger Hund.«

»Oh, sorry.«

Sie musste kichern.

»Und?«, fuhr sie fort, »was ist das Problem? Schmecken sie dir nicht?«

»Sehr witzig.«

»Jetzt komm schon, zieh nicht so ein Gesicht. Darf man denn gar nix mehr sagen? Und außerdem, komm heute Abend mit … Bitte … Bitte … liebe Didi … Lass mich diesmal nicht im Stich …«

»Bei wem steigt denn die Party?«

»Bei dem früheren Mitbewohner von meinem Bruder.«

»Den kenn ich ja gar nicht …«

»Ich auch nicht, aber das ist doch egal! Wir glotzen, ficken, futtern und quatschen!«

»Wie ich deinen Bruder kenne, ist das bestimmt so ein Spießerladen …«

»Aber das ist doch toll. Dort gibt's gutes ham ham, meine Liebe. Du brauchst nicht ein Dutzend Cousins anzurufen, um an Gras ranzukommen, und am nächsten Morgen gibt's manchmal sogar Croissants.«

Ich war wirklich nicht sehr erpicht darauf. Traute mich aber nicht, es ihr zu sagen, ich hatte noch eine Menge Folgen von *Sexy Nicky* nachzuholen, und außerdem hatte ich von ihren beschissenen Plänen die Schnauze voll.

Die Vorstellung, wieder in die RER zu steigen, baute mich nicht gerade auf, mir war kalt, ich hatte Hunger, ich roch nach Hasenköttel und …

Sie legte ihr Glätteisen weg und kniete sich vor mich hin, machte einen Kussmund und presste die Hände aneinander.

Gut.

Seufzend steuerte ich auf ihren Kleiderschrank zu.

Freundschaft.

Das Einzige, was zur Entwicklung meines Gehirns beiträgt.

»Nimm mein Top von Jennyfer!«, rief sie mir vom Bad aus zu, »das steht dir bestimmt saugut!«

»Wie … dieses nuttige Teil?«

»Hör auf, das ist voll schick … Außerdem hat es vorne eine Katze aus Strass. Das ist dein Teil, wenn ich's dir sage!«

Gut gut.

Ich lieh mir ein Rasiermesser von ihr, duschte und machte Verrenkungen, um meine beiden Lollos in ihr XXS-Shirt mit dem glitzernden Kätzchen zu zwängen.

Als wir runter in die Eingangshalle kamen, drehte ich mich vor dem Spiegel bei den Briefkästen hin und her, um zu checken, ob man das Kinnbärtchen von meinem kleinen Mumu sehen kann, das über dem Po herausschaut.

Mist … Ich musste meine Slim fit etwas tiefer ziehen.

Das Tattoo war klasse. Es zeigt Muschu (ich glaub, in Wahrheit schreibt sich das Mushu), Mulans Drachen. Ich hab den Zeichentrickfilm mindestens 157-mal gesehen, ohne Witz, und jedes Mal hab ich geheult. Vor allem beim Training, als sie es endlich schafft, die Stange hochzuklettern.

Es ist voll schön. Es zieht sich über meine rechte Pobacke, endet links oberhalb vom Po und ringelt sich um die Grübchen unten am Rücken. Der Typ, der es mir gestochen hat, hat geschworen, dass der Drache wirklich aus der Ming-Zeit stammt, und ich glaube ihm, er ist nämlich Chinese.

»Wooooow! Du siehst voll geil aus!«

Da sie meine beste Freundin ist, nahm ich das Kompliment nicht für voll, aber als ich sah, wie der Typ, der aus dem Fahrstuhl kam, geglotzt hat, ist mir klargeworden, ja, dass es funktioniert.

Er kriegte sich gar nicht mehr ein.

Samy zeigte auf die Wand:

»He, Alter … Dort hängt der Feuerlöscher …«

Bis er geblickt hatte, was los ist, waren wir schon auf der Straße, rannten zur RER-Station, gluckst wie die Hühner und hielten uns ganz fest bei der Hand, denn mit unseren Absätzen war das echt ein Drahtseilakt.

Wir nahmen den SCOP um 19:42 Uhr und fanden heraus, dass für alle Fälle um 00:56 Uhr ein ZEUS zurückging. Dann holte Samia die Sudokus raus, um einen auf graue Maus zu machen, sonst werden wir die ganze Zeit blöd angemacht.

2.

Ein Spießerladen, du hast recht. Wir mussten mindestens vier Codes eintippen, bis wir überhaupt zu den Chipsters vordrangen.

Vier!

Ich schwör's, die Polizeiwache nebendran war der reinste Playmobil-Bauernhof dagegen.

Zwischendrin hab ich ernsthaft geglaubt, wir würden die Nacht hinter dem gelben Müllcontainer verbringen. Ich war stocksauer. Das war typisch Samy, so nach dem Motto: Ich-kenn-zwar-den-Code-nicht-geb-aber-trotzdem-mal-was-ein.

Zum Glück kam dann ein Kerl raus, der mit seinem Zwergschnauzer Gassi gehen wollte, sonst säßen wir immer noch dort fest.

Wir stürzten uns auf ihn. Der Arme, ich glaub, der hatte richtig Schiss, dabei würd ich niemals einem Tier ein Haar krümmen. Auch wenn Schnauzer wirklich nicht mein Ding sind, das muss ich zugeben.

Ich steh nicht auf harte Haare. Nicht auf Barthaare, Schnurrbärte, lange Haare am Bauch oder an den Pfoten, wenn man die in Ordnung halten will, ist das die Hölle.

Endlich kamen wir rein, und als wir im Warmen waren, dauerte es nicht lange, bis wir den Fusel fanden.

Während wir an einem Punsch nuckelten, der lauwarm war und nur knapp an der Ekelgrenze vorbeischrappte, peilte ich die Lage, um die verfügbare Ware zu taxieren.

Na ja. Ich bereute es schon, meine Serie geopfert zu haben. Lauter Milchbubis und Mamasöhnchen. Überhaupt nicht meine Kragenweite.

Es war irgendein Künstlerschuppen, wenn ich mich nicht irre. Eine Fotoausstellung von einer Tussi, die in Indien gewesen ist oder so ähnlich. Ich hab nicht so genau hingeschaut. Wenn ich ausnahmsweise mal auf der richtigen Seite der Stadt war, wollte ich keine Armen sehen. Davon hatte ich im Alltag genug.

Samy war schon dabei, sich an einen Typen aus der Gothic-Szene ranzuschmeißen, einen mit hochgebürsteter Tolle und schwarzem Eyeliner von seiner Mama. Mir sagte seine Verkleidung nichts, bis ich merkte, dass der kleine Dracula im Nieten-Anzug einen Kumpel im Dolce & Gabbana-Look bei sich hatte. Okay, da hat's bei mir klick gemacht. Das war das richtige Outfit.

Ich kenn doch meine kleine Yaya. Die Vorstellung, sich vielleicht zum ersten Mal im Leben an einen Gürtel von D&G zu schmiegen, der nicht vom Flohmarkt stammte, dürfte ihr den Weg zu dem Typen schon halb geebnet haben.
Vielmehr zu seinem Schwanz.

Um nicht als fünftes Rad am Wagen dazustehen, schaute ich mich in der Wohnung um.
Na ja.
Überall Bücher.
Die arme Putzfrau …

Ich ging ganz dicht an ein Foto ran, auf dem eine Katze zu sehen war. Eine heilige Birma. Das sah man an den weißen Pfoten. Ich mag die Rasse, aber die sind empfindlich. Und wenn man an den Preis denkt … Für eine heilige Birma kriegst du zwei Siamkatzen. Teure Pfötchen sind das. Mir fiel ein, dass ich noch meine Kratzbretter und Katzenbäume auspacken musste. Puh … In *der* Abteilung hab ich echt nicht mehr genug Platz. Wenn der Ausverkauf vorbei ist, dann …
»Darf ich Ihnen Arsène vorstellen?«
Himmel, hab ich einen Schreck gekriegt, so ein Blödmann.

Ich hatte ihn nicht gesehen. Den Typen im Sessel hinter mir. Er saß im Dunkeln, und man sah nur seine Beine, na ja … seine Tantchensocken und seine schwarzen Stiefeletten. Und seine Hand auf der Armlehne. Seine große Hand, die mit einer winzigen Streichholzschachtel spielte.
»Mein Kater … Vielmehr der Kater meines Vaters. Arsène, darf ich dir …«
»Äh … Lulu.«

»Lulu?«

»Ja.«

»Lulu, Lulu …« Als er meinen Namen wiederholte, bekam seine Stimme einen sehr geheimnisvollen Touch. »Lulu, das kann für Luce oder Lucie stehen … Oder für Lucille? Oder sogar … für Ludivine … Wenn nicht gar … für Lucienne?«

»Ludmila.«

»Ludmila! Welch ein Glück! Eine Puschkin-Heldin! Und wo ist Ihr Ruslan abgeblieben, Gnädigste? Immer noch auf der Suche nach Ihnen mit Rogdai, diesem Schelm?«

Hilfe. Nichts wie weg.

Sobald jemand aus der Klapse ausbricht, kannst du Gift drauf nehmen, dass er mir über den Weg läuft …

Du hast recht, mein Lieber: Welch ein Glück!

»Wie bitte?«, stotterte ich.

Er stand auf, und ich konnte sehen, dass sein restlicher Körper überhaupt nicht zu den Füßen passte. Er war insgesamt sogar ganz schnuckelig. Mist, das war mir gar nicht recht.

Er fragte mich, ob ich was trinken wollte, und als er mit zwei Gläsern zurückkam, die keine Plastikbecher waren, sondern richtige Gläser aus Glas aus seiner Küche, sind wir zum Rauchen auf den Balkon.

Ich fragte ihn, ob Arsène so heißt wegen Arsène Lupin und den weißen Handschuhen, damit er gleich schnallt, dass ich nicht so dumm bin, wie ich aussehe, und sofort konnte ich in seinem Blick eine leise Enttäuschung sehen. Er machte mir ein übertriebenes Kompliment, dabei war klar, dass er sich sagte: Ei der Daus, diese vulgäre Milchkaffeehaut wird nicht so leicht flachzulegen sein wie erwartet.

Genau. Man soll sich nicht täuschen lassen. Meine Sprache mag ordinär sein, aber das ist nur Tarnung. Wie es die Geckos auf ihren Baumstämmen oder die Füchse in der Arktis machen, die sich einen Winterpelz zulegen.

Meine grelle Seite zeigt nicht die wahren Farben.

Es gibt Hühner, ich weiß nicht mehr, wie die heißen, die haben hinter den Krallen Federn, damit verwischen sie beim Laufen ihre Spuren, und bei mir ist das genauso, nur andersrum: Ich vernebele alles, bevor ich überhaupt mit jemandem in Kontakt komme. Warum? Weil mein Körper meine wahre Natur verfälscht.

(Vor allem, wenn ich die Fliegenfänger-T-Shirts meiner Freundin Samia trage, das muss ich zugeben.)

Wir fingen also an bei seiner Katze, dann ging es um Katzen im Allgemeinen, um Hunde, die weniger vornehm, aber anhänglicher sind, und von dort sind wir – fatalerweise – bei meinem Job gelandet.

Er musste laut lachen, als er erfuhr, dass ich für sämtliche Tiere im Animaland in Bel-Ébois verantwortlich bin.

»Für alle?!«

»Na klar ... Für die Angelwürmer, die Hunde, die Meerschweinchen, die Rennmäuse, die Karpfen, die Papageien, die Kanarienvögel, die Hamster und ... äh ... die ... die Kaninchen, Zwergkaninchen, Widderkaninchen, Angorahasen ... Plus all die, die ich im Eifer des Punschs vergessen hab und die es dort trotzdem gibt!«

(Eigentlich bin ich gar nicht wirklich verantwortlich, aber weil er gleich neben Notre-Dame wohnt und ich hinter dem Stade de France, hatte ich das Bedürfnis, im Gespräch für einen gewissen Ausgleich zu sorgen.)

»Das ist ja herrlich!«

»Wie bitte?«

»Nein, ich meine, das ist ja pittoresk! Romantisch!«

Ach, wirklich? Futtertüten schleppen, die fast so schwer sind wie man selbst, sie hochheben und stapeln, die Kunden über sich ergehen lassen, bescheuerte Tierzüchter, die alles besser wissen, Hundeführer, die über die Preise jammern, Omis, die dich stundenlang zutexten mit ihren Erinnerungen an ausgesetzte Katzen, und Leute, die wollen, dass man den Hamster ihrer Kinder umtauscht, und dabei genervt seufzen, als wäre es die falsche Größe gewesen ... Mit den Chefs klarkommen, Wochenpläne ertragen, die davon abhängen, wer sich besonders eingeschleimt hat, um seine Pausen kämpfen, die Tränken im Blick behalten, die Näpfe auffüllen, die läufigen Weibchen isolieren, die dominanten Tiere trennen, die altersschwachen einschläfern und mehr als siebzig Mal am Tag die Einstreu austauschen, war das wirklich pittodingsbums?

Ganz offensichtlich, er stellte mir nämlich tausend Fragen.

Wie es sich mit den exotischen Haustieren verhielt? Und ob es stimmte, dass die Leute in ihren Zweizimmerwohnungen Pythons und Kobras hielten. Und ob Leckerlis mit Minzgeschmack wirklich für einen frischen Atem sorgten, weil nämlich der Labrador von seinem Großvater ziemlich heftig aus dem Maul stank. (Später sagte er nicht mehr mein Großvater, wenn er von ihm sprach, sondern mein »Bon Papa«, quasi als Pendant zu »Bonne Maman«, und da konnte ich nicht mehr an mich halten und prustete los.) Und ob ich Ratten mochte. Und ob es stimmte, dass der Film *Ratatouille* eine Rattenmanie ausgelöst hätte. Und ob ich schon mal gebissen worden wäre. Und ob ich gegen Tollwut geimpft wäre. Und ob ich schon einmal eine Schlange in der Hand gehalten hätte. Und welche Rasse am besten ging. Und … Und was aus den Tieren wurde, die sich nicht verkauften?

Was machten wir mit Hunden, die zu groß geworden waren? Brachten wir die um?

Und die Mäuse? Gaben wir die an ein Labor weiter, wenn wir zu viele davon hatten?

Und ob es stimmte, dass die Leute manchmal ihre Schildkröten ins Klo spülten und in der Pariser Kanalisation Krokodile unterwegs waren, und … und … und …

Mir schwirrte der Kopf. Aber im positiven Sinne. Nicht genervt, sondern berauscht.

Und weil ich meine Arbeit liebe, hat es mir wirklich nichts ausgemacht, noch einmal in meinen Kittel zu schlüpfen. Sogar in einer solchen Reichenwohnung und Stunden nach Ladenschluss. Ich hab ihm meine ganze Abteilung beschrieben, von den Sägespänen bis zu den Bestellformularen, und er war superaufmerksam und hat ständig nur exzellent … exzellent … exzellent … gemurmelt.

»Auch die Fische?«

»Auch die Fische«, konnte ich nur bestätigen.

»Nur zu, Mademoiselle. Empfehlen Sie mir etwas, bitte.«

Komisch. Ich amüsierte mich bestens, dabei hatte ich nicht mal was getrunken.

Es war … wie hatte er noch gesagt? *Pittoresk.*

»Na ja, Monsieur … Zunächst muss man sich entscheiden, ob Salzwasser oder Süßwasser, das erfordert nämlich eine unterschiedliche Ausstattung. Ansonsten empfehle ich Ihnen für ein Süßwasser-Aquarium den Segelflosser, der sich mit seinen langen eleganten Flossen majestätisch fortbewegt, und den Diskusfisch, der flach wie eine Scheibe ist und wunderschön aussieht. Und dazu ein paar Danios, Bärblinge und Neonsalmler, wahre Schmuckstücke in fluoreszierenden Farben. Wie Glühwürmchen, nur dass sie im Wasser leuchten. Nicht zu vergessen die Ohrgitter-Harnischwelse, die großen Putzerfische, die Algen fressen und die Scheiben sauber halten und … äh … ich mag auch die Prachtschmerle, die drei schwarze Streifen hat, sehr edel, eher ein Bewohner der Tiefe, man sieht sie nicht so oft. Und die Guppys … Und auch die Guramis … Aber bei denen muss man aufpassen, die ärgern die anderen. Die wären glatt imstande, die Neonfische zu fressen … Ich empfehle Ihnen in jedem Fall, sie gemeinsam aufzuziehen und als kleine Fische zu kaufen, dann haben Sie weniger Verluste. Natürlich bieten wir Ihnen auch eine breite Palette an Aquarien, vom Aquatlantis über das Nano bis hin zum Eheim oder Superfish … sowie alles auf dem Markt befindliche Zubehör, desgleichen eine große Anzahl exklusiver Importware. Nicht zu vergessen Kies, Steine, Algen, Pflanzen, Dekomaterial, Filtersysteme, Wasserheizungen, Luftpumpen und pH-Kits. Sie sehen, nichts fehlt …«

Es war das erste Mal in meinem Leben, dass ich jemanden kennenlernte, den mein Alltagstrott so sehr interessierte, ja faszinierte.

Mein Lager am anderen Ende des Ladens, die Kilometer, die ich am Tag zurücklegte, meine Müdigkeit, meine Bemühungen um Sauberkeit, mein Kampf gegen Räude, Grind, Schnupfen und so weiter. Außerdem, glaub ich, war er ehrlich, es interessierte ihn wirklich. Sonst wäre uns früher aufgefallen, dass wir schon halb erfroren waren, während wir mitten im Winter hoch über Paris nebeneinander am Geländer lehnten und schwätzten.

Ich will ja nicht leugnen, dass er mich dabei auch ziemlich indiskret beäugt hat, aber auch das lief ... äh ... na ja, so wie er halt: ruhig. Und war mal was anderes. Ich und meine Brüste waren solche Umgangsformen nicht gewöhnt.

Am Ende beschlossen wir, wieder zur Musik, in die Menschenmenge und den Rauch zurückzukehren.

Er hatte die Terrassentür noch nicht geschlossen, da schoss eine superdürre Furie auf ihn zu und fragte ihn sichtlich genervt und auf 180, wo er bloß abgeblieben wäre, was er gemacht hätte und warum die Musik so ... dann verstummte sie, ihr Blick war auf mich gefallen.

Ja, das hat sie auf einen Schlag ernüchtert, dieses Bügelbrett.

»Oh, Entschuldigung«, hat sie geflötet, »ich wusste ja nicht, dass du in so *guter* Gesellschaft warst ...«

(Ohne Witz. Das hab ich nicht geträumt. Sie hat wirklich das Wort »guter« betont, die Schlampe.)

Er reagierte mit einem Katzenlächeln:

»Nein, das wusstest du nicht.«

Sie sah mich an und zeigte mir mit ihrem breiten Mund, dass das Terrain schon markiert war und das Flittchen aus der Banlieue jetzt schleunigst abzischen sollte, das Ganze hübsch garniert mit einem zuckersüßen Spießerlächeln, dann hakte sie sich bei ihm unter und führte ihn ab.

Ich nutzte die Situation, um nach meiner Samy Ausschau zu halten, ohne Erfolg.

Womöglich war sie längst unterwegs nach Mailand mit einem kleinen Schlenker über das Bermuda-Dreieck ...

Mir war kalt, es gab nichts mehr zu essen, die Musik war beschissen, sprich angesagt, wenn auch vor allem dazu gedacht, die Nachbarn nicht zu stören, und die Gäste hatten sich in kleinen Gruppen zusammengefunden, die keinen mehr reinließen.

Ich nahm einen Pulli aus der Tasche, zog ihn an, damit mein kleiner Muschu keine kalte Nase bekam, und bevor ich meinen Parka holte und zwei, drei iPhones mitgehen ließ (haha, war nur ein Scherz), scannte ich die Wohnung ein letztes Mal, um dem einzigen Menschen, der an diesem Abend das Wort an mich gerichtet hatte, tschüss zu sagen.

Er war unauffindbar. Vor zwei Minuten noch so begeistert, hatte er mich total vergessen, nachdem diese Schlange ihn sich geschnappt hatte.

Pah ... Das passiert ... Mir jedenfalls. Ziemlich oft sogar. Sobald sich ein Typ für mehr als meine Reize interessiert, erlahmt sein Interesse dann auch wieder ziemlich fix.

Schnell befummelt, schnell entsorgt, das ist mein Los.

Vorhin hab ich erzählt, wie viel Ärger mein Job so mit sich bringt, aber der Punkt ist, dass mich niemals auch nur ein einziges Tier so behandeln würde. Niemals.

Wenn man sich Zeit für sie nimmt, wenn man gut zu ihnen ist und für ihr Wohlergehen sorgt, dann vergessen sie einem das nicht.

Und egal zu welcher Tageszeit ich an ihren Käfigen vorbeikomme, hat jedes seine ganz spezielle Art, mir seine Zuneigung zu zeigen. Sie hören für zwei Sekunden auf zu fressen, manche heben sogar den Kopf, quieken oder fiepen oder piepsen, andere bellen, krächzen oder singen, und kaum bin ich vorbei, hop, futtern sie weiter.

Übrigens, jedes Mal, wenn ich eins hergeben muss, bin ich traurig.

Auch wenn es nur eine dämliche weiße Maus ist oder ein doofer Papagei und auch wenn die Kunden nett wirken.

Es nimmt mich mit, und ich sage stundenlang kein Wort.

Samia behauptet, das liegt daran, dass meine Eltern sehr alt und sehr weit weg sind und ich an Liebesentzug leide.

Keine Ahnung.

Ich denke, es liegt daran, dass ich einfach nur blöd bin.

Puh, war das kalt. Drinnen. Draußen. In meinem Kopf und auf der Straße. Ich hatte Eisfinger, und entsprechend war meine Stimmung.

Es war einer dieser Momente, wo es keine gute Idee ist, die Bilanz deines Lebens zu ziehen, und genau der Moment, wo du es trotzdem tust.

Ich war nicht verheiratet, wohnte in einer heruntergekommenen Einzimmerwohnung, noch kleiner und lang nicht so gut isoliert wie mein Käfig bei Animaland, ging sonntags zu meiner Schwester und spielte mit ihren Kindern, während sie und ihr Mann an ihrem Bungalow werkelten, verreiste in den Ferien nie, weil ich die Haustiere meiner Lieblingskunden und einiger Mitmieter sowie Shirley, die kleine Yorkshire-Terrier-Lady der Hausmeisterin, in Pflege nahm. Das war eine willkommene Ausrede, um nicht zu meinem Onkel und meiner Tante fahren zu müssen, die mich nicht ausstehen konnten, und außerdem verdiente ich so ein zweites Monatsgehalt.

Und den Rest der Zeit klotzte ich ran.

Manchmal ging ich mit sogenannten Freundinnen aus und verstrickte mich in Geschichten, eine heftiger als die andere. Na ja, »Geschichten« ist wohl nicht ganz das richtige Wort, aber es ist schon klar, was gemeint ist …

Ich hab eine Kollegin, die mich ständig nervt, ich soll mich auf einer Dating-Plattform einschreiben, aber das ist so was von überhaupt nicht mein Ding. Immer wenn ich beim Online-Shoppen nach dem Foto ging, war ich hinterher enttäuscht. Am Computer setzt es bei vielen echt aus. Sie glauben hundert pro an das, was sie sehen, dabei liegen die Sachen nur in einem besonders hellen Schaufenster.

Kein Mensch kann sich vorstellen, dass ich so bin. Dass ich ein Mensch bin, der Bilanz zieht und sogar eine Meinung zum Internet hat.

Aber es weiß sowieso niemand was, also …

Vor ein paar Stunden hab ich selbst nicht mal gewusst, dass es mitten in Paris zwei Inseln gibt. Das hab ich erst festgestellt, als wir uns auf dem Balkon unterhalten haben.

Mit 23, echt krass, was?

3.

Ich düste zur Metrostation Châtelet, weil ich Angst hatte, die RER zu verpassen, und mir im Moment wirklich das Geld für ein Taxi fehlt, da hörte ich jemanden rufen:

»Prinzessin! Prinzessin! Nicht so schnell! Sie verlieren sonst Ihr Pantöffelchen!«

Nee, was …

Ich glaub's nicht …

Mein Sherlock Holmes von vorhin.

Vielleicht hatte er noch eine letzte Frage an mich? Was ein Kanarienvogel kostet oder ein Käfig für Frettchen?

Er beugte sich vor und versuchte, wieder zu Atem zu kommen:

»Wa… Warum sind Sie denn so schnell verschwunden? Wollen Sie … pfff … Wollen Sie nicht noch ein … pfff … letztes Gläschen trinken?«

Ich erklärte ihm, dass ich meinen ZEUS nicht verpassen wollte, woraufhin er laut lachen musste, dann schlug er mir vor, mich zum Olymp zu begleiten, und ich wurde ganz traurig.

Da hatte ich einen großen Fisch an Land gezogen, und ich wusste, ich würde nicht mehr lange mithalten können. Ich musste die Karten auf den Tisch legen, wenn ich weiterspielen wollte. Ja, ich wusste, dass ich neben meinem Tiergehege nicht viel zu bieten hatte und dass meine anderen Trümpfe viel zu simpel waren.

Ich sagte nichts.

Zusammen stürmten wir die Treppe hinunter, und da er kein Ticket hatte, schlug ich ihm vor, sich zusammen mit mir durch das Drehkreuz zu zwängen.

O ja … Auch ich durfte heimlich lächeln.

Die Station war gottverlassen und die Atmosphäre ziemlich einschüchternd: ein Express-Dealer, der sich gleich am Tunneleingang postiert hatte, ein paar Nachtschwärmer, die ziemlich abgefüllt waren, und ein paar Reinigungskräfte, die todmüde wirkten.

Wir setzten uns auf die letzte Bank am hintersten Ende vom Bahnsteig und warteten.

Langes Schweigen.

Er sagte nichts, stellte keine Fragen mehr, und ich hatte zu viel Schiss, dass man mir meine verplemperten Schuljahre und meinen gescheiterten Berufsschulabschluss anmerken könnte, darum machte ich es wie der Gecko: Ich bewegte mich nicht und verschmolz mit meiner Umgebung.

Ich las die Werbesprüche, starrte die Zeitungsseiten auf

dem Boden an, versuchte, die fehlenden Wörter zu erraten, und fragte mich, ob er mich wirklich bis nach Hause begleiten würde. Das machte mich völlig panisch. Ich überlegte schon, bis nach Disneyland weiterzufahren, damit er nicht mitkriegte, wie es in meiner Bude und in meinem Leben aussah.

Er betrachtete die Leute, und man konnte sehen, dass er vor Neugier brannte und ihnen am liebsten genauso viele Fragen gestellt hätte wie mir.

Was kostet ein Gramm? Und wo kommt das Zeug her? Und wie hoch ist Ihre Marge? Und wenn es Ärger gibt, dann fliehen Sie durch den Tunnel, oder? Und Sie? Von was für einer Party kommen Sie gerade? Von einem Geburtstag? Einem Fußballspiel? Und wohin wollen Sie jetzt? Und sagen Sie, wird Ihre Mama die Kotze hinter Ihnen aufwischen? Und Sie, Madame? Haben Sie Büros oder Ladenräume geputzt? Harte Arbeit, oder? Haben Sie wenigstens starke Staubsauger zu Ihrer Verfügung? Aus welchem Land kommen Sie? Warum mussten Sie dort weg? Haben Sie einen Schlepper bezahlt? Haben Sie Heimweh? Nein? Ein bisschen? Und haben Sie Kinder? Wer kümmert sich um die, wenn Sie nach Mitternacht und so weit weg von Mali auf die Bahn warten?

Nach einer Weile hab ich versucht, das Gespräch wieder anzukurbeln:

»Sieht so aus, als fänden Sie alle Menschen interessant …«

»Ja«, murmelte er, »das stimmt. Alle.«

»Sind Sie bei der Polizei?«

»Nein.«

»Was machen Sie?«

»Ich bin Dichter.«

Scheiße, jetzt sah ich alt aus. Ich wusste nicht mal, dass es so etwas noch gibt. Das muss er gemerkt haben, er drehte sich nämlich zu mir um und schob hinterher:

»Sie glauben mir nicht.«

»Doch, doch, aber ... äh ... Das ist ... das ist doch kein Beruf ...«

»Wirklich nicht?«

Und auf einen Schlag wurde er superernst. Das Gesicht grau, die Augen feucht wie bei einem verlassenen Cockerspaniel. Alles Schöne an diesem Abend war verflogen, und ich wünschte mir nichts sehnlicher, als dass meine Bahn endlich aufkreuzte.

»Vielleicht haben Sie recht«, sagte er ganz leise, »vielleicht ist das kein Beruf ... Aber was dann? Augenwischerei, ein Privileg, eine Ehre? Schwindel? Schicksal? Oder ein schöner Vorwand, um ein hübsches Mädchen an einem düsteren Ort einzuseifen, während man darauf wartet, vom Gott des Blitzes getroffen zu werden?«

Scheiße.

Zurück in die vierte Dimension.

Genau das passiert, wenn man nach den Trauben greift, die zu weit oben hängen: Man handelt sich ein Schwergewicht ein, aber man kann die Illusion nicht lange aufrechterhalten.

Und die lahme Bahn war immer noch nicht in Sicht ...

Nach einer Pause, die erdrückender war als die vorangegangenen, da er jetzt nicht mehr in die Gegend schaute, sondern in sich hinein, und das, was er vorfand, deutlich weniger »pittoresk« und weniger »romantisch« zu sein schien als zwei Fixer, drei Gestrandete und eine völlig erledigte Putzfrau, fügte er hinzu, ohne von seinen Gedanken aufzublicken:

»Und doch … Ludmila, sind Sie der beste Beweis dafür, dass Dichter eine Existenzberechtigung haben. Sie sind …«

Ich bewegte mich nicht einen Millimeter, ich war ziemlich neugierig darauf, zu erfahren, wer ich bin.

»Ein Traum von einem Blason.«

»Hä?«

Licht an. Er war wieder bei uns gelandet:

»Im 16. Jahrhundert«, blablate er weiter, eingebildet und selbstsicher, »haben sich alle Dichterlinge, alle Reimschmiede, Versemacher und sonstigen Träumer daran versucht … sich daran abgearbeitet, sollte ich besser sagen … an den göttlichen Verlockungen, mit denen Sie uns bisweilen beschenken. Ein Blason war die Kunst, aufs einfachste und doch aufs feinsinnigste die verschiedenen Teile des weiblichen Körpers zu preisen, und Sie, schöne Lulia, Sie, als ich Sie …«

Er rückte näher, um mein krauses Haar zu berühren, und sagte ganz leise:

Ihr Haar, flatternd schön und schwer,
Wie fesselt ihr mein Herz so sehr …

dann fuhr er mit dem Finger über meine Piercings und Ringe:

Ohr, das stets wachsam auf der Lauer liegt,
Ob sich das Aug auch sanft im Schlummer wiegt,
O Zugang zum geheimsten Herzensgrunde
Weit offen für ein Wort aus liebem Munde,

so dass ich anfing zu schielen:

O Braue, die den Schwarm der Wolken führt,
Von denen ihre sanfte Wölbung rührt.

Dann setzte sein Zeigefinger wie bei einem Abzählreim für Kinder seinen Spaziergang über mein Gesicht fort:

Nase, so hübsch und glatt, so fein gezogen,

Zu lang nicht noch zu kurz, so ausgewogen …

Ich lächelte.

Und er klopfte an meine Beißerchen:

Mund, der im Innern trägt die starke,
Die weißgezähnte Doppelharke.
Mund ohne Schwarz, voll Weiß allein,
Das reiner strahlt als Elfenbein.

Und jetzt musste ich lachen.

Und weil ich lachte, wusste ich, dass ich geliefert war. Na ja … möglicherweise. Das Ganze roch plötzlich ziemlich nach Feuer.

»Zug fährt ein«, blinzelte das Schild, ich stand auf.

Er kam hinter mir her.

Wir waren die Einzigen weit und breit und setzten uns einander gegenüber.

Da war es wieder: das merkwürdig vertraute Schweigen, das sich im Schienenlärm verlor. Nach ein paar Minuten sagte er, als wäre nichts gewesen:

»Es gibt natürlich noch sehr viel mehr … Blasons, meine ich. Denn, wie Sie sich vorstellen können, O göttliche Lulu, gibt es, ähm, *gäbe* es zwischen Ihren Haaren und Ihren Zehenspitzen unzählige weitere Quellen der Inspiration.«

»Ach ja?«, lächelte ich, wobei ich mir das Lächeln verkniff.

»Das berühmteste, zum Beispiel: *Das schöne Brüstchen* des großen Clément Marot.«

»Verstehe …«

Ich zwang mich, die Funzeln im Tunnel zu zählen, um ernst zu bleiben.

»Oder der Bauch, meine Liebe: *O Bauch, um dein geschätztes Wesen macht mancher manches Federlesen.*« Er sah mir direkt in die Augen, und seine blitzten: *»Denn wenn die Hand* *dich zart umschmeichelt, dich oben oder unten streichelt, empfängt der neue Freund wie schon vor ihm der alte reichen Lohn.«*

»Auch der Bauch?!«, wunderte ich mich ganz im Stil der kleinen Musterschülerin, die sich noch für den letzten Quatsch ihres Lehrers interessiert.

»Genau. Wie ich schon sagte. Der Bauch und die Nachbarn unter ihm.«

Was für ein Abend … Was für eine galaktische Anmache … Schwachsinn pur. Wenn man mir vorher gesagt hätte, dass ich eines Tages mit Victor Hugo persönlich in die mitternächtliche RER steigen würde, noch dazu mächtig angetörnt, dann hätte ich mich umgedreht, um nachzusehen, wer hinter mir Faxen macht.

Drum stellte ich mich dumm:

»Und? Sind diese Nachbarn Ihrem Gedächtnis entfallen?«

»Nein, nein, aber … äh …«

»Was äh?«

»Nun ja, ich will niemanden schockieren. Schließlich befinden wir uns in einem öffentlichen Raum«, flüsterte er und deutete aus den Augenwinkeln auf den vollkommen menschenleeren Wagen.

Und in dem Moment, in genau diesem Moment meines Lebens, kurz bevor wir in die Gare du Nord einfuhren, sagte ich mir drei Dinge.

Erstens: Ich habe Lust, mit diesem romantischen Jüngling zu schlafen. Ich habe Lust dazu, weil ich mich mit ihm blendend amüsiere und es bei näherer Betrachtung nichts Schöneres auf der Welt gibt, als sich mit einem Jungen zu amüsieren, ohne dafür besoffen sein zu müssen.

Zweitens: Ich werde leiden. Ich werde *wieder* leiden. Die Geschichte kann nicht gutgehen. Nach dem Motto: Culture Clash und Klassenkampf. Also investiere ich nichts. Ziehe mich aus, folge meiner Lust, genieße und verdufte. Keine Handynummer, keine SMS am nächsten Tag, keine Küsschen auf den Hals, kein Lächeln, keine Liebkosungen, kein Streicheln, nichts.

Nichts Zärtliches. Nichts Sanftes. Nichts, was sich ins Gedächtnis einbrennen könnte. Von mir aus der Blason, aber der ist mir zu blasiert, sonst muss ich am Montagmittag wieder in meinen Käfigen flennen und stundenlang mit meinen Hasenbabys schmusen.

Denn die vielen Grapsch-Gedichtchen waren zwar ganz nett, aber auch typisch als raffinierter Trick, um Mädels anzubaggern. Um das alles auswendig zu kennen, musste er es schon tausend Mal vorgetragen haben ... Und außerdem ist meine Nase gar nicht hübsch.

Fassen wir noch mal zusammen, bevor ich zum Angriff blase: Guten Tag, Hereinspaziert, Und tschüss.

Bis bald.

Drittens: Nicht bei mir. Nicht dort.

»Woran denken Sie gerade?«, fragte er beunruhigt.

»An die Kosten für ein Hotelzimmer.«

»Allmächtiger im Himmel ...«, stöhnte er wie ein unberührter Jüngling im Schockzustand, »Puschkins Heldinnen ... Ich hätte gewarnt sein sollen.«

Ein Dichter, der gut drauf ist, ist echt süß.

Ich musste lachen.

»O süßes Lachen du, lässt ein mich in dein Paradies ...«

Besser konnte man es nicht sagen.

4.

Nach dem, was folgte, nach »dem Hügelchen, das eine rote Knospe krönt« (»von einem funkelnden Rubin verschönt«) und dem »Popo, du starke Feste wie versteint, zwischen zwei Bergen trotzt du jedem Feind«, nach den vielen schönen Stunden mit schönen Dingen und schönem Geplauder über die gute alte Zeit und während wir versuchten, uns von dieser ganzen Poesie zu erholen, und er mich an sich drückte, fragte ich ihn:

»Und du?«

»Pardon?«

»Das ist doch alles Zeug, was du in Büchern gelesen hast, aber … Kannst du mir nicht auch eins machen? Eins ganz für mich allein?«

»Was? Ein Kind?!«, er tat geschockt.

»Nix da, du Blödmann, ein Gedicht.«

Er schwieg so lange, dass ich schon dachte, er sei eingeschlafen, übrigens war ich auch nicht weit davon entfernt, als er sich plötzlich aufrichtete, mir ins Ohr flüsterte und nebenbei Mushus Barthaare liebkoste:

»*Heil'ger Georg sein, einmal im Leben,*
zur Waffe greifen und zum Kampfe streben,
die Waffe hieß Sprechen, sie hieß Lachen,
und ebnete den Weg mir zum edlen Drachen.«

Ich lächelte im Dunkeln, dann wartete ich auf die erste Bahn.

Ich wollte nicht schlafen. So viel Vertrauen, so viel Gelöstheit wären zu viel des Guten gewesen.

Ich litt auch so schon genug. Ganz bestimmt.

5.

Am Ende nahm ich den IVON um 05:56 Uhr.

Darin saßen mehr oder weniger dieselben Leute wie vor ein paar Stunden in Châtelet, nur die Putzkolonne war neu.

Alle hingen in den Seilen.

Ich lehnte die Stirn an die kalte Scheibe und kaute ein imaginäres Kaugummi, damit sich in meinem Hals kein Kloß bildete.

Mir war zum Heulen. Ich hielt mich an alles Mögliche. An die Müdigkeit, die Kälte, die Nacht … Sagte mir immer wieder: Du hast nur nicht genug geschlafen, später, nach einer heißen Dusche geht's dir wieder besser, du wirst schon sehen, und drehte die Lautstärke voll auf, um alles andere zu übertönen.

Hatte Adele in den Ohrstöpseln. Ihre Stimme war toll. Es war meine eigene. Immer kurz vorm Zerreißen. Kurz vorm Kippen. Folglich hielt ich nicht bis zum Ende des Songs durch.

So konnte ich mir das Abschminken sparen.

Ficken, bumsen, vögeln, poppen, pimpern, vernaschen, Verkehr haben, es miteinander treiben, miteinander ins Bett steigen … man greift gern auf Behelfswörter zurück, wenn es ums Liebemachen geht und man genau weiß, dass gar keine Liebe im Spiel ist und auch niemals sein wird, aber ich, und das hab ich noch nie jemandem erzählt, und schon gar nicht Samia, ich, wenn ich … bei mir ist die Liebe immer dabei, leider.

Immer, immer. Mein Körper … das … das bin auch *ich*. Darin wohne ich, und …

Und deshalb lass ich jedes Mal Federn.
Oder vielmehr Schuppen.
Jedes Mal.

Ich hab noch nie eine schnelle Nummer geschoben.

Noch nie.
Ich hab immer was dabei empfunden.

Sieh mal an, da sind sie ja wieder, die Türme, die Graffiti, das Kommissariat, die Kapuzen und der Dreck.
Mein Zuhause.

Als ich aus dem IVON stieg (von meinem Dichter wusste ich nicht mal den Vornamen), holte ich tief Luft und steuerte auf dem schnellsten Weg mein Bett an.

Ich hatte einen Handschuh verloren, verstauchte mir die Knöchel, schlug die Hände gegeneinander, schluckte die Tränen hinunter und redete mir gut zu: Mensch, Lulu, sagte ich mir, Kopf hoch … Diesmal ist es anders, diesmal wurdest du besungen.

Immerhin …
Das hatte Stil.

Inhalt

Baptiste Beaulieu

Die Taxifahrerin, die das Glück brachte

Roman

Band 03642

Eine Hommage auf das Glücklichsein, eine Kampfansage an den Trübsinn!

Der junge Chirurg und Held dieses Romans verliert seine Frau an Krebs, und damit seinen Lebenswillen. Von seinem Selbstmord überzeugt, steigt er in ein Taxi, doch hat er nicht mit seiner Fahrerin gerechnet. Sara ist die schrulligste und außergewöhnlichste Taxifahrerin, die die Literatur zu bieten hat. Sofort spürt sie das Unglück des Chirurgen, und handelt mit ihm einen Pakt aus: Sieben Tage soll er mit ihr verbringen, dann könne er aufgeben. Der Arzt stimmt zu, ohne zu ahnen, dass diese Zeit sein Leben von Grund auf ändern wird…

Ein Buch, das mit seiner französischen Leichtigkeit, Witz und Zuversicht beflügelt und Lust auf Leben macht.

fi 03642 / 1

Philippe Pozzo di Borgo

Ich und Du

Mein Traum von Gemeinschaft jenseits des Egoismus

Aus dem Französischen von Bettina Bach

Band 29792

»Ich und Du. Mein Traum von Gemeinschaft jenseits des Egoismus« ist ein bewegendes Plädoyer für eine solidarische Gesellschaft von Philippe Pozzo di Borgo, dem Autor des internationalen Bestsellers »Ziemlich beste Freunde«.

Wie zerstörerisch der normative Druck unserer Leistungsgesellschaft, die keine Schwächen akzeptiert, sein kann, hat Philippe Pozzo di Borgo, jahrelanger Geschäftsführer des französisches Champagnerhauses Pommery erfahren müssen, als er bei einem Gleitschirmflug schwer verunglückte. Fortan vom Hals abwärts gelähmt und damit aus seinem alten Leben gerissen, musste der erfolgreiche Unternehmer sich komplett neu orientieren. Er erkannte, wie wenig aufnahmebereit er früher anderen Menschen gegenüber gewesen ist, verschlossen für dessen Sichtweise und Wesensart. Doch nur wer offen für das Nicht-Perfekte ist, kann die eigenen Schwäche und die eigene Menschlichkeit zulassen – und nur so kann Gesellschaft gelingen. »Das Ich und Du ist mehr als das Ergebnis der Addition von Dir plus Mir!«

»Dieser Appell trifft die Welt zum richtigen Zeitpunkt.«
Kurier

fi29792 / 1